海之翼◎著

剑仙水影

JIANXIAN
SHUIYING

② 玉玲珑

山西出版传媒集团
北岳文艺出版社
BEIYUE LITERATURE & ART PUBLISHING HOUSE

图书在版编目（CIP）数据

剑仙水影. 2, 玉玲珑 / 海之翼著. — 太原：北岳
文艺出版社, 2016.6
ISBN 978-7-5378-4690-5

Ⅰ.①剑… Ⅱ.①海… Ⅲ.①长篇小说—中国—当代
Ⅳ.①I247.5

中国版本图书馆CIP数据核字（2016）第048013号

书名：   著者：海之翼   责任编辑：赵 勤
剑仙水影. 2, 玉玲珑   策划：诚客优品   印装监制：冯宏霞

出版发行：山西出版传媒集团·北岳文艺出版社
地址：山西省太原市并州南路57号
邮编：030012
电话：0351-5628696（太原发行部）   0351-5628688（总编办）
传真：0351-5628680
网址：http://www.bywy.com   E-mail：bywycbs@163.com
经销商：新华书店   印刷装订：北京市通州运河印刷厂

开本：670mm×970mm   1/16   字数：238千字
印张：16   版次：2016年6月第1版   印次：2016年6月北京第1次印刷
书号：ISBN 978-7-5378-4690-5
定价：32.80元

目录

楔子

夜渐深了，一弯眉月斜挂在中天，弥散淡淡清晕。草庐里一灯如豆，茶香袅袅，俩人依桌而坐，端着茶盏浅酌。

　　"喂，你这个人，这茶可是最上等的'雨前'，我自己都不舍得喝，为了要听好故事才拿出来的，你已经喝了三盏，一句话也没说，好意思啊你！"眉儿见他的茶盏又空了，正要伸手去拿紫砂壶，忙一把按住，瞪着眼睛叫起来。

　　"急什么！说好了十二种名茶换十二个故事。我几时白喝过你的茶，几时讲的故事不配喝你的茶？"叶天微笑着拨开她的手，又斟一杯清碧淡香的茶，慢慢饮尽，满意地放下绿玉盏，"好了，现在可以讲故事了。你还记得剑仙水影的故事吗？"

　　"记得呀！那是你喝'云螺'时讲的故事嘛。"眉儿说着，又瞪了他一眼。川中名茶云螺，产在高绝险绝、如在云中的曦照峰上，是皇上都喝不到的茶中极品。自己也只因机缘巧合才得了小小一竹筒，珍藏三年才品过一泡，却被眼前这个茶痴喝得一片茶叶都不剩了。可是他用来交换的那个故事实在精彩，现在回味起来，感动犹新。

　　"那个叫水影的女子本是昆山剑仙，因为想要一柄属于自己的仙剑，在一次剑仙与蚩尤族的战乱中，她竟偷了一个死去的蚩尤少年的魂魄去炼剑。蚩尤族和剑仙是势不两立的仇敌，这剑本来是万万炼不成的，可是水影太执着了，真像俗语说的'精诚所至，金石为开'，那个蚩尤少年流火，居然被她感动了，心甘情愿成为她的剑。但水影如此逆天而行，也受到了天界的严惩，必须离开昆山，去人间经历七重宣阗之劫，那可是些非常可怕而危险的劫难，以她的法力修为，可真是九死一生，凶多吉少。"

"哦。"叶天挑了挑灯芯，草庐里登时亮了许多，"这是一年前讲的故事了，你还记得如此清楚，看来是很喜欢了。"

"嗯，那个故事我特别喜欢。其实有些情节已经淡了，但那几个人物却越来越鲜明，水影、坤灵、孔雀明王……"眉儿托着下颌，望着灯影出神，幽幽道，"像坤灵那样的男子，也许只能活在故事里，这世上是寻不到的。他喜欢水影那么久，久得沧海桑田，给了她他所能付出的一切，却只盼能守在她身边吹箫，而她，哪一天能懂得箫音中的深情呀！"

"是啊。七重宣阗之劫，如果不是带着坤灵的承诺和牵盼，水影又如何闯得过？即使如此，最后的'双心劫'她仍然无力破解。那是两个梦境结成的劫，一场噩梦接着一场美梦，她醒不了，看不破。若不是坤灵舍命点破迷津，唤醒了她，她就会困死在自己的梦里。"

"岂止是舍命而已，他所有的一切，统统都为她舍去，甚至连对仙家来说最宝贵的元神，也在最后的时刻给了水影，他救她出劫难，自己却拼得魂飞魄散，万劫不复。"眉儿叹了口气，望着半杯残茶出神，忽然抬头面对叶天，"你说，坤灵他就真的从未后悔过吗？"

"这个傻丫头，可真是痴了。莫忘了那只是个故事。你刚才不也说了，像坤灵那样的男子，只能活在故事里。而他若是懂得后悔退步，让我的故事如何继续呢。"叶天笑着摇头，"再说，水影为他封剑惊云瀑，放弃上界仙品而重入轮回，也可说是不曾负他如此深情了。"

眉儿悠悠的眼神一亮："照你这样说，世间轮回，人海茫茫，水影和坤灵还是有相见之期的了？"

"呵，"叶天笑得很是狡黠，"那就是后话了。世上哪有免费听的故事呢。现在天色已晚，我这就告辞了。"

"喂，别走啊，谁说让你免费讲故事了。"明知是上了当，眉儿还是被吊起了胃口，急急地拿起茶壶给对面的"狐狸"满斟了一杯。"快点讲他们后来的事，这一筒'雨前'都是你的。"

上卷·失忘篇

剑光撕裂了风，划亮了眼，
冥冥中谁在安排，让他们注定相遇……

序章

一

　　弘源七年四月十三，子夜，暴雨倾盆，雷电交加，雨点噼里啪啦地打在屋檐和窗棂上，嘈杂而急促，这样的天气是适合入梦的，整座城都在雨声里沉睡，墨染的夜，只有一处房舍点着灯，亮得有些突兀。

　　书房里，门窗大开着，风雨肆无忌惮地扑进来，翻卷着桌上凌乱的书，灯火明明暗暗地闪烁，几次差点熄灭。闻漠宇也不盖上玻璃罩，也不关门闭窗，只顾在房里来回地踱步，脸色阴郁，烦躁不安。

　　夜更深，雨也愈大，汹涌如瓢泼，闪电一道道划下来，伴着声声震人心魄的炸雷，似银蛇狂舞，刹那间照亮了天地。一个人正撑着油纸伞，踩着没过脚踝的积水跑向书房，脚刚踏进门槛，就被闻漠宇一把抓住，一迭声地催问着："怎么样了？夫人怎么样了？"

　　"夫人她，她还是生不出来……"来报信的丫鬟又痛又吓，扔下伞，用力从他青筋暴起的手里抽出胳膊，往后退了一步，怯生生瞧着主人的脸色，"那几个产婆已经没法子了，她们要走，还说夫人已经……"

　　"别听她们胡说！"闻漠宇暴怒断喝着，就要出去，丫鬟忙冲过来挡在门口，苦苦哀求，"老爷，您不能去，您忘了产婆说过的，夫人现在决不能受到男子气息的冲撞，不然就更危险了。"

　　"一派胡言！"闻漠宇口中骂着，还是悻悻然后退，吩咐道，"让她们快滚。告诉逢管家，再去请人来，一定要让夫人和孩子平安无事！"

丫鬟瞟了眼外面漫天彻地的大雨，心想，老爷可是急疯了，这么大的雨，上哪儿去请人？再说也不会有大夫或产婆愿意出诊一位已经垂死的产妇，即使出再多的钱，也没人敢担此风险。

她想着，却不敢说什么，屈膝应了声"是"，拾起伞，急急地逃出门去。

丫鬟走了，剩下闻漠宇仍然似困兽般在房里徘徊，腿已走得僵硬麻木，恐惧和焦虑却有增无减。

闻家几代以来，人口都不甚兴旺，闻漠宇十七岁上娶妻，几十年里一直无嗣，休说男丁，连女儿也无一个。转眼过了知天命的年纪，同僚们皆是含饴弄孙，尽享天伦，自己须发斑白，膝下荒凉。索性辞官告老，举家离京回归原籍，免得在人前丢脸。

谁曾想到，还乡后侧室素云居然有了身孕，当前来诊脉的医生微笑着抱拳恭喜时，闻家上上下下几乎沸腾了。闻漠宇更是欣喜若狂，原本不信神佛的他，在家里最大的厅堂中布置了佛龛，早晚三炷香，毕恭毕敬，比在朝上参拜帝王还要虔诚肃穆。

十月怀胎，一朝分娩，这个闻家早盼晚盼的日子竟是一场灾难，素云腹中的胎儿怎么也不肯降生在这世上，轩辕县最好的产婆几乎都集中在了闻家，煎熬了一整日，什么办法都用了，只是徒然。产婆们技穷，便到处挑毛病，说一定有什么冲撞了送子娘娘，找来找去，发现闻漠宇正守在产室门外，便把这责任落在他身上，他只好离开，躲在远离产室的书房里，可情况也未有丝毫好转。黄昏时天气突变，下起了暴雨，彻夜不停，更让惶惶的人心凄苦担忧。

二

"这么荒唐的主意亏你想得出来，我可不会陪你荒唐，你死了心吧！""你我相交几百载光阴，我可曾求过你什么？！今日才张了口，你就拿腔作势的，这个忙，你果然不肯帮？"

阴沉沉的大殿，桌上点了盏幽幽的灯，一个穿灰袍的中年人倚桌而坐，脸色郁郁的，盯着旁边一袭蓝衫、白发苍然的老者，极是为难的样子，"我不是不肯，是不能，这事若让上方知道了……"

老者不屑地瞟他一眼，"你别拿上方来压我，我自是仔细思量过的，不然为何找你。这李代桃僵之计可谓天衣无缝，那闻漠宇命中该有一子，婴儿胎死腹中实属意外，反正你还要再送魂灵去他家转生，不如帮我这个忙，又成全了人家的父母之情，让丧事变喜事，还省得你再耗神劳力，一举三得，何乐不为？"

"呵，"灰袍人低声冷笑，"你何时学得如此会说话？倒像是为了我好，我可不领你这情。别说上方知道了罪责不小，就是真的能瞒天过海，也不合规矩。只有魂灵才能投生转世，"他看了眼桌上一个乌金色的锦盒，立刻转过头去，似是有些恐惧，"你想让这个下世为人，还没有先例呢。"

"既然没有先例，这次就是先例也未尝不可，何必拘泥。"老者不以为然，随即正色道，"就是上方降罪，自有我一身承担，绝不会带累你！"

对方无言，思量许久后，还是决然摇头。老者脸色一凛，拿起锦盒放入怀中，叹息着，"罢了，方才那些话，算是白说。"看他转身就走，灰袍人也有不忍，刚想再说两句解释的话，"哐啷"一声，沉重的殿门已被锁上，方才似要出门的人却仍在殿里，倚着门，冷冷看他。

"你要怎样？"灰袍人又惊又怒，几步抢到他面前，嘶声质问。

老者毫不在意："我要怎样你难道不知？你若不答应帮我的忙，就休想出这个门。我有的是工夫在这儿耗着，你的时间可是很宝贵啊，每个时辰都有上千亡灵要去世间转生，要是拖上一天，得有多少魂灵滞留在此，这罪责，你可担得起？"

"你……闪开！"灰袍人怒极，再顾不得什么，暴喝着，当胸一掌劈来。

"真的动手吗？"老者笑问，身形不动，只有宽大的衣袖微微一颤，凛凛的寒意袭来，灰袍人急退，但无论他怎样闪避，一点寒光始终在喉间方寸闪动，虽然没有刺进血肉，无形的锋芒已让他疼痛难当。

"你……停下，有话好说……"灰袍人左支右绌，好容易才喘过口气，颤声说道。

"终于肯应了吗？"老者左手轻扬，锦盒在空中滑过一道半圆的弧抛向他，"你我至交，何必弄到如此地步。"

灰袍人无法，只好伸手接下，抚着仍在作痛的喉咙，恨恨地咬牙大骂："你这老儿，这样胁迫于我，还好意思说是至交，真是不要脸！罢了，以后再莫让我看见你……"

"不见就不见吧，"老者开门扬长而去，大笑在空旷的长廊里激起落寞回声，"我毕生修道，七情六欲皆已抛下，一张脸皮值什么，要与不要，又有何妨！"

黎明将近，雨也将停了，黑暗还是沉沉地压着，闻家那几盏灯火，幽幽得让人心寒。产房里的女子枯槁惨白，气若游丝，披散纠结的乱发浸在冷汗里，剧痛之下，却连一丝微弱的呻吟也无力发出，而孩子尚在腹中，看来两条性命都已难保了。

"王阿婆，你们再想想办法，就算孩子保不住，好歹救夫人一命。"闻家人围着几个产婆，声泪俱下地哀求。

"我们是真没辙了，要是还有啥办法，哪能这么眼睁睁看着你们夫人受苦呢……"老妇人为难得抬不起头来，"夫人一天一夜也生不下来，娃娃肯定已经死在她肚里了，这是索命鬼哦，还没出世就要了娘的命……"

"住口！"一声震耳的怒吼吓众人一跳，齐齐回头，看见门口的闻漠宇，衣服湿淋淋的，在滴水，眼里却像要冒出火来。他一步踏进来，平日斯文庄重的面孔扭曲着，布满痛苦的狰狞，狠狠地挥手，指向房里所有无计可施的人："都给我滚，快滚！"

三

"就是这家了。"闻家宅院上方的天幕上，不知何时笼上一层蒙蒙的灰暗云朵，低哑的语声就在上面。方才还在下的雨，竟然停了，东方的天际泛起若隐若现的鱼肚白，太阳就要出来了。

"卓老儿，你也难得固执一回，我就成全了你的苦心。"云上的声音无奈地笑说着，话音未落，就被巨响掩没。一声惊雷就在屋脊上炸响，振聋发聩，闻家所有的人俱是一怔，可是他们不知道，那幕奇景也只有一两个恰巧从附近路过的人看到了，一道闪电悬在屋顶上，是淡淡的青色，像是要和渐渐亮起来的天融在一起，也只是一瞥的工夫，便突地往下一沉，不见了，似乎是穿透屋顶进了房里。

产室里，几个老妇人正战兢兢准备出门，床上垂死的女人突然剧烈地战栗，震得身下的床咯吱吱乱响，她猛地转过头，大睁的眼睛空旷得像黑洞，一只苍白的手笔直地伸出，喉间发出一些含糊的声音，似乎在说话。

"素云，你怎么了？"闻漠宇大惊，正要过去，一个经验丰富的产婆反应甚快，一把拉住他，往门外推去。"孩子可能要出来了，您去外面等。"

几盏茶的工夫过去，终于，响亮的婴啼传出，打碎了雨后晨曦的清冷寂静，闻漠宇胸中大石落地，心花怒放。

产婆出来时满面堆笑，欢喜得像捡了黄金，一迭声地嚷着："恭喜闻老爷添了个公子，夫人也无大碍，好好调养些日子就好。小少爷那眉眼可漂亮了，必是有大造化的，日后状元及第，光耀门楣……"

她还在长篇大套地说着，听众却不见了，闻漠宇已经冲进房里，小心翼翼从丫鬟怀里抱过红缎小被的襁褓，婴儿真像产婆说的那般眉清目秀，不哭不闹，眼神澄澈晶亮，黝黑如墨的瞳仁里，有异样的光彩流转，竟让做父亲的都不敢逼视。

闻漠宇一时恍惚，转头问身边的人："不是皆说，婴儿在出生三天后才能睁眼的吗？如何……"

"是啊，"一个快嘴丫鬟抢着道，"可是小少爷一出世眼睛就睁开了，还特别有神，几个产婆都说，从来没见过这样的孩子，大概不是凡人，以后是能中状元的。"

闻漠宇看着怀中的婴儿，这个娇小稚嫩的生命，谁也不能断言日后的前景，但不论如何，这是他的儿子，是他的骨血。他盼了几十年，终于老来得子，激动的心情无法自抑，竟落下泪来，两颗温热的泪珠滴在孩子面上，婴儿似是很惊讶，向着面前这张慈祥疼爱的脸，咧开小嘴一笑。

"他笑了！"闻漠宇且惊且喜，紧步上前，把襁褓送到素云床边，"夫人，你看，他竟然会笑呢！"

"你轻声些，莫吓坏了他。"素云勉强从枕上撑起身子，嗔怪着他，苍白的手指轻抚婴儿的小脸，拭去那未干的泪痕，轻笑道，"老爷，给孩子取个名儿吧。"

"可不是，若非夫人提醒，几乎忘记了。"闻漠宇捋须沉吟着，半晌没有言语。他是进士出身，极有文采的，平日里和朋友同僚把酒临风，吟诗作赋，常常是信手拈来，语惊四座。今天给儿子取名却好生为难，左不是右不好，似乎是满腔澎湃的喜意冲淡了才思，又或是所有能想到的名字，都配不上他的珍宝。

丫鬟们偷眼瞅着他的窘相，抿着嘴儿，互相拉扯着溜出去，到门外才叽叽喳喳笑成了一片。

"老爷，您快出来看呀！"正冥思苦想着，外面的丫头们忽然七嘴八舌地叫起来，异常兴奋地催促，"您快来看，真是奇景呢……"

"什么奇景？"思绪被打断了，他无奈地叹了口气，出了屋子，一众女子正仰望着天，指指点点，惊异地赞叹着。他也好奇地抬头望上去，视线就凝固了。

那是一抹淡青的虹，半弯如上弦的月，斜斜地悬在天际，光晕朦胧。那样淡静的美，竟是绝丽的。

风雨后的彩虹本是常见之景，可是这淡青的虹，应该只在梦里吧。仰望的人皆是如醉如痴，生怕一眨眼就会错过，可是太阳慢慢升起，照得虹光渐渐淡薄，终于消失了。

"唉，没有了。那么美的彩虹，可能这一辈子再不会看到了……"使女们抚着酸痛的颈，伤感叹息，回头却见闻漠宇仍是呆呆仰望着，竟似僵住了。

"老爷，老爷您怎么了？"几个人慌忙推着，唤着。闻漠宇方才回过神，垂着头喃喃低语，"天兆祥瑞，青虹，闻青虹，这是天赐予的名字啊……"

"青虹，呵，真是个匹配的名字，也不枉来世间这一场。"远远的云端上，皓发银须的老者点头微笑，欣慰释然，亦有淡淡感怀，"水影，你是我最疼爱的弟子，为师不负你之所托，算是对你我师徒之情做个了断……"

突兀的，有人幽幽然接口，语声讥诮冰冷，就在他耳边，"卓方成，你如此煞费苦心，真的以为这番安排，能瞒天过海吗？"

第一章 · 月暗映剑寒

一

　　弘源七年七月二十四，因前夜下了一场爽透的雨，空气中弥漫着久违的沁凉和泥土的芬芳。一大早，闻府就热闹起来，上上下下都忙得不亦乐乎。厅堂庭院张灯结彩，满盈着洋洋喜气，门前车水马龙，人流如织，偌大的庭院里熙熙攘攘，满是来道贺的人。闻漠宇衣着崭新，神采矍铄，素来稳重平和的面容飞扬着掩饰不住的欢喜欣慰，朗声谈笑着，引宾客来至前厅，落座开宴。

　　酒过三巡，闻漠宇端杯起身，环视着满座宾朋，笑道："今天是小儿青虹百日之期，设了家宴请各位一聚，也给孩子添些喜气，多谢各位赏光，以此杯敬之。"

　　他举杯，一饮而尽，众人应和着饮了一杯，大厅里笑语喧哗，满满的都是吉祥话。一位老者向闻漠宇笑道："既是令郎百日之贺，为何不将孩子带出来，让大家看看。"

　　这提议带起一片附和之声，闻漠宇向众人拱拱手，随即吩咐使女回内室去告知夫人。

　　片刻工夫，两个丫鬟引着素云迤逦而来，一袭淡紫罗裙的素云盈盈浅笑，把怀里的襁褓交给丈夫。

　　孩子是醒着的，却并没有被这喧哗热闹和许多端详注视的眼神吓着，他不哭不闹，黑亮的眸子闪闪的，好奇地打量着周遭陌生的面孔，神情虽稚嫩却泰然，哪像个刚满百天的婴儿。

大家啧啧称奇，七嘴八舌地赞叹着，又向闻漠宇道贺，也没有什么新鲜的话，不过是说此子不凡，日后必有大作为，必能光耀闻家门楣……

闻漠宇微笑着把这些天已听过无数遍的溢美之词又听了一遍，待众人说得口干，重新归座喝茶饮酒，他才抱着孩子穿过这些闹嚷嚷的人，走向大厅最僻静的角落。那里只放着一张小桌，没有七荤八素的丰盛菜肴，桌上只放着一壶酒，一只杯和一小碟豆干。一位衣衫褴褛的白发老者依桌而坐，独斟独饮，喝一杯酒，嚼一块豆干，然后摇头晃脑地低声哼一支小调，手指在桌上敲出应和的节拍，很是自得其乐的样子。

老者专心致志地哼着曲子，根本不理会身边的人，闻漠宇也没有出声打断他的兴致，静默地立在他背后，直等到他一曲终了，才开口唤道："王老先生。"

老头儿还是不理他，拿起酒壶斟了一杯，慢悠悠地浅酌着，又夹块豆干吃了，才拖长了腔调问道："什么事呀？"

闻漠宇微微欠身，毕恭毕敬地回答："想请王老先生给犬子看看面相，烦劳了。"

"哦，"老头含糊地应了一声，举杯饮尽，方才转过身来，枯干蜡黄的脸上只有左眼溜溜地转着，右眼却是一块黑紫的伤疤，给他冷漠的脸色平添了几分狰狞和厉气。闻漠宇和他对视一眼，连忙垂下视线，这张脸是不能多看的，既是无礼，亦有些胆虚。

这古怪的老者叫王古一，可是这一带的名人，方圆百里，几乎没有不知道他的，他无妻无子，也没有田地产业，只靠与人算命卜卦相面为生。王古一的右眼是天生的畸形，出世时就带着黑紫的伤疤，只以一只独眼看遍众生相，却是奇准，轩辕县里，不管是谁家添了子嗣，谁家有人要考取功名，甚至娶媳嫁女，造屋置地，都要请他来看看。这老头的独眼一扫，便知是成是败，是吉是凶，从未出过差错。

这王古一既是神算，脾气也古怪得紧，已是花甲之年，仍然独自住在县郊的落霞山下，搭起间简陋的茅屋，潦草过活，就是有生意上门，他也只要三钱银子、一壶酒和一碟豆干，从不多取一文。闻漠宇今天为儿子办百日宴，特地请了他来，想预测一番儿子的未来。

老头瞟了眼他怀里的襁褓，嘶哑的声音说了句："把娃娃抱近点儿，让我端详端详。"

闻漠宇连忙俯身，把孩子送到他面前，殷勤地赔笑："有劳王老先生了。"

王古一不理他，只专心端详眼前这张稚气的小脸。闻漠宇本还担心儿子会被王古一脸上的疤吓着，没想到婴儿很是安静地看着老者吓人的面孔，竟比他这做父亲的还镇静些。

这样的特异也让王古一微怔，他轻轻地"哦"了一声，伸出一只枯瘦如鸟爪的手，抚摸着婴儿的脸。闻漠宇盯着他小指上那三寸多长的尖利指甲，紧张得额上冒汗，生怕他万一不小心，划破了孩子娇嫩的皮肤。

王古一的手在孩子脸上慢慢滑过，从额头到下颌，再从下颌到额头，一遍一遍，什么话也不说，从来都冷静平板的面孔却在微微的战栗，似是非常激动。

约莫有一盏茶的工夫，他终于收回了手，仍然没有言语，呆呆地，不知在想什么。闻漠宇一再压抑着，还是开口问道："王老先生，我儿面相如何？前程怎样？请您尽管直言。"

"这孩子，这孩子……"王古一口中喃喃的，只有这三个字，两道焦黄稀疏的眉毛忽而紧皱，忽然舒展，脸色阴晴不定，终于长长叹一口气，"令郎的面相，老朽看不出来，眼拙，眼拙了。"

"怎么会？"闻漠宇急了，他不信王古一真的看不出，一定是隐瞒着不说，"王老先生，我并不想听奉承话，是好是坏，是吉是凶，你但说无妨。我是这孩子的父亲，我有权知道他的命相如何，才好为他做日后的打算。"他凑近老者，低声央求着。

"我真的看不出，你让我说什么？"王古一侧过身子，尽量避开闻漠宇，苍老干涩的独眼中，有哀伤和恐惧一闪而过，"老朽今年六十有八，整整给人看了五十年的面相，今日居然遇到看不透的脸，唉，看来这一行是做到头了。"他叹息着，从袖筒里摸出三钱银子放在桌上，"无功不受禄，既然没看出令郎的面相，这银子如数奉还。可是，酒和豆干已进了肚子，这样的话，老朽我岂不是沾了你的便宜？"

闻漠宇此时心乱如麻，哪里还有心思听他絮叨这些鸡毛蒜皮，转身就要离开。王古一忽然喝了声"慢着"，闻漠宇还没反应过来，老者的手已伸进了他怀中的褓褥里，旋即收回，也不理他的惊怒，自顾自走了。

闻漠宇怔怔地，半晌都没移动脚步，直到丫鬟过来要抱回孩子，他才醒过神来，把孩子交予她，自己还是归席招呼客人，但已没了方才那份欢喜，连笑容也是僵硬的。宾客们皆是善于观色察颜的，见主人情绪不对，勉强又坐了一会儿，也都散了。

闻漠宇离开杯盘狼藉的大厅，拖着沉重的脚步回到内室，素云坐在床头，正愣愣地出神。一见他进来，便起身迎了上来。她的左手紧攥成拳，却有明亮的红光从指缝间透出，闻漠宇诧异："你拿着什么？"素云不说话，过去关紧房门，才把手里的东西递给他，低声道："这是从青虹的衣服里掉出来的，这么贵重的东西，是谁送的？"

闻漠宇接过，不禁脱口惊呼："这……这是血玉！"

玉质本天成，而血玉却是人力所造的珍宝。传说是以箫寒山出产的上等清玉，于血液中浸泡十二年所成。必须是人心口的血，而且每日必得更换，保持血液新鲜。造玉者必得是纯阳之身的男子，每日凌晨淋浴更衣，在阳光初升时，面向东方，以寒铁为锋、犀角为柄的刀取心口之血，注满三寸深的水晶盘，将玉放在盘中浸泡。这套烦琐而痛苦的程序在十二年里不得中断一天，且只能由同一个人完成，绝不可有人替代，否则前功尽弃。

如此浸出的血玉，通体炙如红莲，在黑暗中，那灼灼的光彩比灯火还亮。此玉集天地之灵，吸人体之精，若是佩在身上，可随季节调换温度，夏季沁凉如冰，即使三伏天也不受暑热侵袭，寒冬则有温暖缓缓释放，漫天大雪里只着一件单衣也不会冷。传说佩此玉者皆得神之眷顾，百病不生，魑魅不侵，长生永寿，不求自得。

酿成如此的宝物，要付出整整十二载的疼痛和鲜血，太多的造玉者在中途就因伤口溃烂或失血过多而逝去，只有极少数身体异常健壮的，才能挨过这漫长的煎熬。这玉的价值亦可想而知，就连帝王都视为难得奇珍，寻常人家如何能见到。闻漠宇还是当年在朝中时，见圣上的皇冠顶上装饰有一枚血玉，不曾想今日再见此宝，竟是在自己手中，而且，这鸽卵般浑圆莹润的血玉，明显比皇上的那颗还大，明艳的光彩也更炫目生辉。他亦惊亦喜亦忧亦惧，手抖得几乎握不住这小小的玉。

素云连忙接过，又追问他："这到底是谁送的？我们怎么能收如此贵重的宝物，要是不小心传出去，还可能招来大祸的。"

妻子的话入耳，闻漠宇激灵灵打了个寒战，忽然感觉像是落入了深不可测的陷阱。这血玉肯定是王古一塞在孩子身上的，那样一个穷老头子，做一次生意只收三钱银子，他怎么可能有如此的宝贝？这样的奇珍，休说绝不可能是他合法所得，就算是偷的抢的也不可能，他总没那么大本事入宫行窃……他把这东西送到闻家来，又是什么意思，有什么阴谋？

他越想越怕，汗水像蛇一样顺着背脊蜿蜒下滑，阴森森地冷。他一把抓起那不祥的宝贝，揣在怀里，转身奔出门去，任素云在身后焦急呼喊也没有回头。

他没有用家里的车轿，在官道上截了辆骡车，跳上车，抛给赶车的汉子一锭银子，只说了句："去落霞山。"

大车辚辚地走着，从下午走到黄昏，才到了落霞山。闻漠宇下车，吩咐车夫在这里等他，便直奔那间在山脚下孤独矗立的破茅屋。

门没锁，只虚掩着，一阵风卷来，就吱吱呀呀开了大半。望进去，屋里只有一床一桌，不见有人。闻漠宇索性进去，心想一定要等那古怪老头回来，当面把玉还给他，玉的来历不问也罢，总之不要就是了，儿子的命相却一定得要他说实话。

等了好一会儿，王古一还没回来，车夫已在门口催过几次，闻漠宇还是不肯走。月光从唯一的窗口透进来，黯淡的光影投在桌上，他这才发现桌上放着油灯和火石，刚才心烦意乱的，竟然视而不见。

灯火燃起，照亮了小屋，也照亮了油灯下压着的一张写了字的纸。闻漠宇心里一动，蓦然意识到了什么。

纸上的字迹歪歪斜斜，凌乱不堪，但明显是王古一写给他的，"老朽一生不欠人债，那是个好东西，就算是抵了老酒和豆干的账吧，让令郎随身带着，或者，还可以送人。"

闻漠宇攥着那张纸，脸色僵硬得哭笑不得。那老头子果然是神算，当时不置一词，却写下了这句话等自己来看。血玉居然是他拿来抵账的，他一生不欠债，但自己岂不是永远欠了他……一块血玉换一壶酒和一碟菜，他是太傻，还是太精明？

"你说是王古一看不出青虹的面相，就把这玉留下抵酒菜的账？"素云又一次重复这个荒谬绝伦的理由，又一次看到丈夫点头，她还是不信，再看一眼手中的无价之宝，却又不得不信。

"那我们怎么办，真的把这玉留下吗？那王古一不是被称为神算的嘛，怎么算不出青虹的命？"

"不留下又能如何呢？再说，他留下此玉给青虹必有深意，只是不方便直说，或许这就叫作'天机不可泄露'。"闻漠宇烦躁地来回踱步，瞟了眼摇篮中安睡的婴儿，紧紧锁眉，"王古一给青虹看相的时候，脸色甚是沉重，似乎还有些害怕，他到底在怕什么？"

素云随手整理着丫鬟刚送过来的衣服，没有接话，闻漠宇停下了脚步，眼里的疑惑愈重，"你觉不觉得青虹的确有些古怪？他很少哭闹，初生婴儿哪有这么安静的？还有他的眼神，总觉得有什么潜藏在他眼里，很深，甚至有时候我都不敢和他对视；而且，今天王古一看他时，他居然不害怕，王古一那张脸，再胆大的人见了也会心虚的，一个小小的婴儿，居然……"

"你说够了没有！"素云霍地从床头站起，脸涨得通红，怒冲冲地瞪着他，温婉纤柔的声音陡然尖厉，"不过就是那个独眼老头没算出青虹的命相来，你就疑神疑鬼，这也不对那也不是，好，就算这孩子是个妖怪，行了罢，你满意了吧？"她说着，一把抱起孩子就往外走，泫然欲泣，"我九死一生的，才把他带到这个世上来，就算他真的是妖怪我也认了，你休了我吧，我回娘家去，我一个人也能把他养大，可别连累了你。"

"素云，是我说错了，我给你赔罪还不行吗？你这是干什么？"闻漠宇也觉得自己说话过分了，忙上前拦在门口，作揖赔笑，"夫人，你消消气，快放下孩子，小心别把他弄哭了。"

素云不是烈性的女子，丈夫既认了错，她也就没了脾气，哼了一声，红着眼圈转过头："你刚才不是还说他不会哭吗？"

"我是说他很少哭，又没说不会……"闻漠宇无奈苦笑。

天都快亮了，闻漠宇却毫无倦意，还在灯下把玩着那枚血玉，捻在指间轻轻转动，看通透的玉体中光晕流转，每一次转动都折射出不同的光彩和花纹。最奇特的是，竟有两条光芒首尾相接，一条金红，一条淡紫，在玉体中连成一个圆环，所有的光彩都在这圆环里变幻流离。闻漠宇看得心神迷醉，禁不住忘形地一拍桌子，大赞道："真真的是极品血玉！能见此宝玉，此生也不算枉过了。"

"老爷，你这么大声做什么，生怕人不知道啊！"素云吓了一跳，明知房里再无别人，还是小心地回头看了看："这玉你打算如何处置，不会真的想留下吧？这样的无价之宝，咱们恐怕消受不起，可别招来灾祸！"

"夫人也太小心了，血玉是吉祥之物，哪能招来什么灾祸。依我看，既然是王古一特地留给青虹的，不如就让孩子戴上，当护身符吧。"

"你疯了！"素云惊叫出来，又连忙压低了声音，"给孩子戴上这个，还能躲得过用人们的眼睛？人多嘴杂的，不弄得街知巷闻才怪……"

闻漠宇满不在乎地一笑，"你就是死脑筋，怕被用人发现，那以后就由你自己来照顾青虹，不让她们插手，不就行了。再说，让用人照顾青虹，总不及你这做娘的细心周到。"他起身抚着妻子的肩，也把她的反驳挡回去，"就这么定了，你赶快用丝线编一根络子，把玉穿好，给咱们的儿子戴上。"

二

时光倏忽一晃就过了夏天，转眼已到深秋，香樟树的叶子从苍绿到金黄，在越来越冷的风里离开大树，打着旋儿飘落。满园娇嫩的石竹都萎败了，残花落了一地，那些失了水分的色彩干涩脆弱，被来往凌乱的脚步践踏成碎片，不甘心地陷入了泥土。待到来年春暖，仍会有娇媚的花儿开放，只是，已非去年那朵了。

血玉安然挂在青虹的颈间，伴着他咿呀学语，蹒跚学步，看着他一点点长大。

这一段日子过得平静安详，闻漠宇每天只在书房里研究金石字画，或邀三五好友赏菊吟诗，优哉游哉的，好像早已忘记了血玉的事。只是累了素云，绝不敢有一刻的放松，就连贴身丫鬟抱着青虹都让她紧张万分，至于给孩子洗澡、换衣之类的事，更是锁上门都难以放心，每次都弄得像打仗般紧张。用人们私下里议论着，都取笑她爱孩子太甚，变得神经兮兮的。

素云有苦难言，再看看丈夫丝毫不萦于怀的洒脱，又气又恼，恨不得把青虹丢给他，自己回娘家去躲几天，让他也尝尝这手忙脚乱、战战兢兢的滋味，却又不忍心让儿子受苦，也只能是想想而已。

表面的安然只是伪装，闻漠宇的心里其实从未踏实过，他原本以为只要儿子戴着血玉，就和王古一保持着一种神秘而微妙的联系，他一定会再出现的。

可是闻漠宇想错了，古怪的眇目老者不但没有再来过闻家，甚至连自己的家都再未回过，尽管他每隔三五日就去落霞山，在破茅屋里等上整整一天，但这守株待兔的法子完全无效。

王古一的失踪，在整个轩辕县也引起了不小的风波，人们众说纷纭，子虚乌有的流言传得绘声绘色，有的说他一定是看到了不该看的东西，说了不该说的话，被人杀了灭口；也有人说那老头是通灵的，已经修成正果，上天做神仙去了。县太爷派出了差役到他家里一通乱翻，也没找到任何线索，王古一穷得身无长物，差役们什么油水也没捞着，骂咧咧地走了。

等到所有的流言都说腻了，人们很快把王古一抛之脑后。谁也不知道他最后一次相面竟然以失败告终，更没有人知道，那个穷老头其实有一件倾国倾城的宝物。

这天，是轩辕县乡绅慕容浩五十岁的寿辰，一大早，慕容家就来人奉上帖子，请闻漠宇夫妇去赴寿宴。

闻漠宇和慕容浩是相交多年的老友，两人曾一起在朝中为官，其后又同时辞官还乡，两家来往极其密切。慕容浩半年前又添了一个女儿，居然是与闻青虹在同一天出生，如此的巧合又让两家的关系近了一层。出门上了车，闻漠宇逗弄着素云怀里的孩子，玩笑着："不如我去跟慕容说说，要了他家的闺女来给青虹做媳妇，夫人意下如何？"

素云笑着推开他，轻嗔道："急什么，等青虹长大了再说，别擅自做主，你怎么就知道青虹会喜欢慕容家的丫头。"

热热闹闹的寿宴后，宾客都散了，只有闻家留下来，进内室喝茶，聊些家常闲话。慕容浩一边逗弄着青虹，一边吩咐妻子王氏："你去把烟儿抱来，让两个孩子见见面。"

王氏答应着起身进了里屋，一会儿，抱着一个白衣绿裙的女孩儿出来，柔声笑道："烟儿乖，来见过闻伯伯和闻伯母。"

素云连忙接过，揽在怀里，女孩儿很是灵慧的模样，明眸如水，肌肤胜雪，小巧的嘴角笑盈盈的，素云欢喜不禁地赞叹："这小丫头模样真俊，长大了一定是个美人。"

王氏道："烟儿是那一日的正午出生的，不知比青虹早还是晚？"

"青虹是凌晨辰时生的，大了四个时辰呢。"素云说着，转身把两个孩子放在一起，笑道："青虹，来看看这个小妹妹，能同年同月同日生可不容易呢，就是戏文里也难有这么巧的，两个人好好地玩，要做好朋友呀。"

孩子面对面地坐着，像是早已认识一般，认真地看着彼此，两只小手竟然拉在了一起，都是刚过了半岁的小人儿，还讲不出清晰完整的语言，却叽叽咕咕不停地说着，似是有问有答，煞有介事。

四个大人被这奇异的一幕吸引住，愣愣地，看得傻了眼。好半天，慕容浩大笑着，一拍好友的肩："你看这两个孩子多有缘，干脆我就把烟儿许给你做儿媳了，要不要？"

"当然要啊，喏，一言为定了！"闻漠宇更是早有此意，忙一口应许下来，两家人既是知交莫逆，结亲自是顺理成章之事，王氏也是极力赞成的，只有素云隐隐觉得不妥，但也不方便反对，也就微笑着默许了。

时近黄昏，屋里陷入朦胧的昏暗，秋日夕阳似一匹金色丝绸，绵绵地铺展下来，温馨而美丽。庭院里，菊花开得正好，微凉的风拂来，送来淡淡清香。两个半醉的男人，浸在这醇酒般美好的暮色里，为一双小儿女订下了终身大事，浑不知以后的岁月如何。

慕容浩抱起女儿，解下她颈间所戴的护身符，那是水碧色琉璃琢成的一只青鸟，以双手捧着，举在闻漠宇面前。

闻漠宇愣住了，方才的几分醉意刹那间清醒过来，只觉得一股苦水涌进嘴里，吐不出，咽不下。他竟然忘记了家乡历来的风俗，结娃娃亲时，不但要交换生辰八字，还要互换孩子所戴的长命锁、护身符等物，以示命运相交，不离不弃之意。现在，他只要接下了慕容浩手里的东西，就得以血玉作为交换之礼……情形已是骑虎难下，应允结亲的话已出口，人家女儿的护身之物就奉在眼前，若是不接，几十年来的朋友之谊就荡然无存。

只是眨眼的瞬间，闻漠宇的心思就转过了几个来回，也幸亏他是在官场沉浮过的，尽管心里惊涛骇浪，面上却不动声色，看不出丝毫异样。蓦地，他似是想到了什么，暗暗一咬牙，伸手接过了寓意着吉祥幸福的青鸟。

他把这物件交给素云，假装不见她极力压制的愤怒目光，忍着心痛，解下了儿子颈中的血玉。

炽艳的光芒笼罩了整个房间和每个人的眼睛，闻漠宇手里托着的，仿佛是一轮正在燃烧的血色阳光，奇丽明亮得让人心悸，禁不住想要对这光芒顶礼膜拜。

"这……这个……莫非就是血玉？"慕容浩算是见多识广的，此时竟然惊诧得舌头打结。

"是。"闻漠宇见他瞠目结舌的样子，也不由心生得意，有意把口气放得极淡，似是很无所谓，"这枚血玉是青虹随身之物，现在就送与烟儿做聘礼吧。"

"不行，这太贵重了……烟儿受不起。"慕容浩惊得失色，几乎从座上跳起。他当然知道这玉的价值，同时也更加疑惑，闻漠宇怎么会有如此的稀世奇珍？他们交往多年，彼此都知根知底，闻漠宇乃布衣出身，家世寒微，后来虽官至一品要员，又是户部尚书这样的肥差，但他心性清高，力求廉洁，想来也无多少积蓄，如今竟拿出一件世所罕见的宝物来当聘礼，真是做梦也想不到的。他看看闻漠宇，再看看他手里的玉，小心翼翼地问了句："这是闻兄祖上留下的传家之宝？"

"呃……是的。"闻漠宇有苦难言，也只有点头默认了。毕竟这个是最令人信服的解释，若说是不相干的人送的，自己都觉得虚假好笑。他起身，执意把血玉塞给慕容浩，故作轻松地笑，"此物虽然贵重，但既是给烟儿的聘礼，待她长大后我自来迎娶，那时，这血玉不是又回到了闻家。你又何必拘礼，莫非是想反悔吗？"

"不，不是，那……我就收下了。"慕容浩推辞不过，只好接下了那梦幻般的美玉。

回到家里，自然少不了又是一场争执，闻漠宇费尽口舌，好容易才哄得素云消了怒气。夜静更深，所有的灯都熄了，人都入梦了，只有闻漠宇辗转难眠。阻止了睡意的，是血玉和送给他血玉的人，闭上眼睛，王古一那张丑陋却高深莫测的脸就在血玉的光芒里晃动着，逼在面前。他越来越坚信这老者是非凡的，只是有些话不方便说出而已。他把血玉给了慕容浩，不只是情形所迫，而是他想起了王古一在那张纸上留下的关于血玉的最后一句话："或者，也可以送人。"

这句话看似就像个玩笑，如此价值连城的宝贝怎么可能送人呢？他当时也只是一哂了之，并没有放在心上，想不到事隔这么久，这句疯话却不慌不忙地成了现实，究竟这只是巧合，还是早已写在了冥冥中的注定？如果是注定，那么，这之后又会怎么样呢？

他想着，隐约听到有人在窗外轻轻地叹息，一声一声，无助而哀怨。他坐起，惊问道："谁？！"

没有人回答，那个声音只是叹息着。闻漠宇惊出一身冷汗，掀被下床，慢慢走到窗前，定了定神，分辨出那声音就在窗下，他的手颤抖着扶在窗框上，猛地用力，"砰"的一声，窗扇大开，一阵风呼啸着卷入，似乎带进了沙尘迷进眼里，闻漠宇以袖掩面，退了一步。忽听得素云在身后问："老爷，你在干什么？"

"我，我睡不着，开窗透口气。"闻漠宇揉着流泪不止的眼。院子里的香樟微微摇晃着，风在枝叶间穿梭，沙沙地响，刚才隔着窗，竟然听成了叹息。他自嘲地笑，自己什么时候变得这样疑神疑鬼，莫不是因为老了。

关上窗，回到床上，沉重的倦意忽然压上来，眼皮不胜重负地合起，入梦之前，叹息声又响起，这一次，近在耳边……

三

"青虹哥哥，这花到底什么时候才开好呀？"小女孩无精打采的，两手托着腮，看着荷塘里那枝将开未开的花儿。这是今年夏天的第一枝荷花，他兴冲冲拉了她来看花开，可是已坐了很久，昂扬的花蕾也只轻轻地打开一线，像是在试探着，并不因身边有等待的人而加快绽放。

"烟儿你耐心一点嘛，"坐在身边的男孩抬头看看太阳，"到正午这花儿就能开好了，急什么。"

听他这么说，慕容烟只好继续等，勉强又坐了一会，她终于耐不住了，跳起来叫道："我不看了，我要回家。"

"那你回去吧。"同伴随口回了句，眼睛仍然盯着已经张开一瓣的花儿，好像天下再没有比花开更重要的事。

"哎，是你拉我出来的，现在让我自己回去，你就不怕我走丢了。这花儿反正是要开的，不如等它开了我们再来看嘛。"

她说着，努力噘起嘴巴，却没人理会她假装的气愤，闻青虹依然抱膝而坐，一点也没有起身的意思，慢悠悠道："这荷塘你来过多少次了，闭着眼睛都能回去的。再说，既然这花儿一定会开，那为什么不看着它开呢。"

慕容烟叹口气，知道是拗不过他的，他一旦决定的事就不会在中途放弃，她快快地在他身边坐下，托着腮，继续这漫长的等待。

太阳渐渐升到头顶，初夏正午的阳光是昏昏欲睡的燥热，女孩半梦半醒的，听到身边的赞叹声，连忙揉着惺忪的眼睛，看向塘里。花果然开了，娇嫩嫩的一朵粉红绽放开来，盈盈含羞，周围皆是紧闭着的绿色花蕾，越发衬出它的明艳灿烂。连飞过的蜻蜓也爱慕这样的美丽，栖在花瓣上，整理着透明的翅膀。

"真漂亮啊！"她睡意顿消，拍手欢叫着，闻青虹心满意足地起身：

"怎么样，我说这花儿正午就开好了嘛。好了，现在我送你回家吧。"

她伸出手让他牵着，两人往回走，她忽然冒出一句话："哎，你帮我画一幅画吧。"

"你想让我把这荷花画下来？"

"不是不是，"她连连摇头，"我是想让你把我的梦画下来……"

"梦？"他笑得眯起眼睛，"可不是，你方才肯定做了个好梦，还流口水呢，是梦见好吃的了吧？"

女孩儿一愣，想到那么丑的样子竟被他看到了，立刻满脸通红，恨不得找个地缝钻下去。羞恼自然成怒，她抽出手用力捶打着他，大叫："你讨厌！你不看那花儿，干吗看着我！我根本没睡着，也不是那个梦，是昨天晚上的梦……"

闻青虹笑着，躲着："好了好了，就算我没看到，不管是哪个梦，我帮你画就是了……"

"就是这样，这边再加一点云彩，嗯，这样就更像了。"慕容烟趴在书桌边，絮絮地讲着她的梦境，看它在雪白的宣纸上慢慢现出心里的样子，明山秀水，奇峰层叠，漫天半透明的雾，无数不知名的美丽花朵开放着，还有一只奇异的大鸟，披着金色的羽毛，在云雾间起舞鸣唱……

"好了，"闻青虹放下笔，小心地拿起画端详着，似在想着什么，"这真是你的梦吗？我怎么觉得这里很熟悉。好像去过这地方的。"

"你也这么觉得呀？"她凑过来看画，"我做过那么多梦，只有这个记得最清楚，我醒来的时候就想，这座山是在哪里见过的，可就是想不起来。"她不由兴奋起来，拉住他的袖子摇晃着，"青虹哥哥，等我们长大了，一起去找这座山，好不好？"

"好啊，就这样说定了！"闻青虹眼睛一亮，细心地把画卷好，郑重交给她，"喏，你收好啊，到时候我们按图寻山。"

弘源十三年的初夏，第一朵荷花开了。慕容烟倚在父母身边，极尽所能地渲染着那花儿的美丽，慕容浩听着，应着，看到妻子眼里有同样的惊讶。女儿的好动淘气最让他们头痛，六岁的孩子，却似有着用不完的精力，只要醒着，就不肯有一刻的安宁。实在想不到她竟能静坐几个时辰，只为等一朵花开。

"呵，我们烟儿怎么转了性子，这么乖啊。"慕容浩抚着女儿笑道。王氏却不以为然："不用说，一定是青虹要看花开，这丫头不得已，只好陪他坐在那儿。"她笑着轻戳女儿的额角，"说起来，这门亲还真结对了，青虹那孩子是烟儿的克星，要不然，这丫头就真是无法无天了。"

"可不是，青虹性情安静，不像烟儿这样淘气，我本以为他们是合不来的，想不到却相处得这么好，青虹和烟儿在一起，恰好以静制动，倒让我们省了不少心。"

女孩子转头看看父母笑吟吟的脸，也跟着笑起来。她还小，不明白他们在说什么，也不明白青梅竹马意味着什么，她只知道闻青虹是她最好的玩伴，是只大了她四个时辰的小哥哥，她喜欢和他在一起，尽管有时候他安静的性格也让她郁闷，比如今天的事，但她还是愿意坐下来陪他等着花开，而不是独自回家。这个骄横任性的小丫头，也只有在他身边才能收敛脾气，她喜欢听父母夸赞他，心甘情愿地承认他是了不起的，他知道很多的事，会讲很多的故事，他还很会画画，把她的梦，画得像真的一样……

她埋下头，玩着衣裙上的带子，不让父母看到她的得意，他们不知道她有个秘密，只属于两个人的秘密。

夜深了，星星亮起来了，一盏盏点燃天际的灯火，慕容烟一反常态没有拉着丫鬟们陪她玩，她躲在自己的房间里，看着那幅画。云缠雾绕的层叠山巅似乎越发神秘，那里一定隐藏着许多的秘密，现在还是个谜，但总有一天会知道的。她的手指在孤绝的山峰上流连，柔柔抚摸着心底的梦境，这一夜的星光格外明亮，像女孩子想象着未来的明净眼眸。

如果天可以遂人愿，日子可以一直这样平静地过下去，那么在十年之后，小丫头长成娉婷娇媚的少女，嫁与自幼心仪的少年，两人也许真的会一起去寻访梦境里的地方，完成这个童年时的约定。

可惜，天从不会轻易予人幸福，缘分在冥冥中，阴差阳错……

四

弘源十四年正月十五，正是上元佳节，轩辕县虽是个小地方，每年的上元灯会却是四里八乡都闻名的。

闻家本也是要去看灯的，不想闻漠宇临时有事，就让用人带着青虹先去。好半天才办完了事，闻漠宇陪着妻子刚要出门，却见那用人踉踉跄跄地奔来，扑通一声，跪倒在他们面前，身上筛糠似的抖着，一句话也没有，只是不住地磕头。

"王成……你这是怎么了？"闻漠宇见他这个样子，心里猛地一震，强压下不祥的念头，问道，"少爷呢？"

那人仍然匍匐着，不敢抬头，拖着哭腔道："是小人该死，没看好少爷，少爷被人劫去了……"

话出如惊雷，震得天地几乎倒转，素云身体一晃，软软地滑了下去，闻漠宇忙搀住了她，退了几步，靠着墙不让自己跌倒，语声颤得像将断的线："是……什么人？"

"小人也不知道，方才在灯会上遇到了一个很久没见面的朋友，就跟他聊了几句，小少爷在旁边看灯，我正和朋友说着话，就听小少爷一声惊叫，回身就见一个人抱着小少爷已经跑出很远了，小人忙去追，可灯会上人太多，那人三闪两躲，就没影了……"王成哆嗦着，砰砰地磕头，"都是小人该死，求老爷责罚！"

"你，你……"闻漠宇惊怒交集，咬牙切齿，可现在也不是发脾气的时候。他狠狠一跺脚，吼道："蠢材，跪在这儿等着领赏吗？还不赶紧带上人去找！"

闻府上下的人全部派出，在灯会上寻了整整一夜，至天明灯灭，也没有孩子的下落。闻漠宇只好带了王成去衙门报案，王成也没见到那人的面目，只看过几眼背影，再加上惊吓，言语混乱得让人糊涂。县令不耐，挥手让他闭嘴，埋头和师爷低声嘀咕了半晌，转向闻漠宇："敢在闹市明目张胆打劫的，必是齐风寨那伙人，你可和他们结过怨？"

"大人，这从何说起？在下一向洁身自好，怎会同那群强盗牵扯结怨。"闻漠宇悚然，连忙申辩。在方圆百里之内，齐风寨可是人人闻之色变的强盗窝，那伙人打家劫舍，绑票杀人，无恶不作，县里的衙役差役根本无可奈何。想到儿子竟可能是落在他们手里，他惊恐得失了魂，跪倒在地，喊道："大人……"

"你别叫我，叫我也没用。"县令急急地打断他，"既没有结怨，那就是绑票了，你回家去准备好银子等着就是，谁让你运气不好呢，休说是你，就是本官的儿子让他们劫了去，也只能如此。"

惊堂木"啪"地敲在案上，一声"退堂"，县官和衙役转眼就没了踪影，闻漠宇仍跪在那儿，木然得欲哭无泪。

书房里，闻漠宇正和管家一起理着账目，一个用人满面惊惶地进来，压低着声音："老爷，来了，齐风寨的人来了！"

"来就来了，慌什么。"闻漠宇强作镇定，起身就往外走，在门口又回头问道，"真的只有这些吗？"

管家重重地叹息，"老爷，所有的账都在这儿，多一文也拿不出了。"

厅上那个满脸麻子的不速之客竟是毫不客气，自顾自地喝茶，吃点心，色迷迷地打量着旁边侍立的丫鬟，见闻漠宇进来，也不起身，只大咧咧地拱了拱手。

闻漠宇不动声色，在桌旁坐下。那人嘿嘿一笑，把一只握紧的拳头在他面前摊开："闻老爷，你可认得这个？"

闻漠宇看着那只儿子身上戴的荷包，眉宇间一紧，冷冷地问："你们要多少？"

"闻老爷果然是痛快人！"那人叫了声好，在茶盏里蘸了点水，在桌上写了个"十"，笑道："十万两。我们大哥知道闻老爷从前是在京城里做大官的，令郎又如此聪明可爱，日后必是人中龙凤，若是要得少了，岂不是看不起闻老爷？也就勉为其难多要点，想来闻老爷必不会小气。"

闻漠宇想不到这帮强盗竟然如此无耻，打劫绑票这见不得人的勾当，也能说得冠冕堂皇，他狠狠地冷笑："承蒙你们看得起，我也不算小气，只是拿不出那么多，只有五万两。"

麻子脸一愣，阴阳怪气地咳了一声，"闻老爷可是晚来得子呀，这一辈子可就这么一个儿子，要是有个三长两短的，可就绝后了。"

"你……"闻漠宇气得发抖，却也无可奈何，"我倾尽家产，真的只拿得出五万两，你若不信，我把账目拿来你看。"

那人转了转眼珠，皮笑肉不笑地点头："我信，世上再吝啬的守财奴也不会对儿子小气，五万两就五万两吧，明天我就把令郎送回来，只是不知，闻老爷想要哪边的一半？"

闻漠宇不解，只觉得他的话阴森森的有血腥气，迟疑着问："你是什么意思？"

"这意思还不明白吗？我们要十万，你只给五万，既然你只给一半赎金，我们也只能还你一半的人。"他横掌为刀，在那荷包上一劈，瞟着面无人色的闻漠宇，"你是孩子的爹，自然由你先挑，是要左边还是右边，说吧。"

闻漠宇说不出话来，却听到一声撕裂般的尖叫："我跟你拼了！"两人都是一怔，只见素云从内室冲出来，一把抓住那人，哭喊着又撕又打。

"素云，素云，你冷静一点。"闻漠宇忙抱住妻子，素云挣扎着，力气大得他几乎控制不住。那杀人不眨眼的强盗面对这满面泪痕、几近疯狂的女子，竟也有些恐惧，退了两步，尽量离她远些，可是她的嘶喊却躲不开："你还给我儿子，还给我儿子……"

他只好又退两步，闻漠宇见他要走，忙喊道："十万就十万，你给我三天时间筹钱，三天后，我去齐风寨交钱领人，你们不可伤了我儿子！"

"一定，一定，只要闻老爷交上赎金，我们保证令郎一根头发也不会少！"那人实在受不了素云的愤怒，灰溜溜转身就走，将出门时，像是想起了什么，古怪地笑着，"闻老爷，说起来，令郎真是奇怪的孩子，他似乎不会哭，也不知道怕，我们几个兄弟闲得无聊，打赌看谁能弄得他哭，可是呵斥也好，威吓也罢，他统统不理睬，有个性急的弟兄抬手要打，他也不躲不闪，仍是安安静静的，那样子，倒让人不敢碰他。呵，我们这些刀头舔血的家伙，竟会怕一个手无缚鸡之力的孩子，真是奇怪呢！"

强盗已扬长而去，闻漠宇放开素云，跌坐在椅子里，呆呆地愣着。青虹是他的儿子，怎样的性格自然无须旁人多言，这一番话还是让他惶惶的。那个孩子，从出生起就不像个孩子，他的安静不是听话，而是一种看破了沧桑的超然。

素云低低的啜泣声将他的思绪拉回，才想起青虹现在是让强盗劫了去，不管怎样他还是孩子，对着一群凶神恶煞的强盗，怎能不害怕呢？即使强装着不肯示弱，心里总盼着爹娘快去救他。

闻漠宇沉沉叹息，开始筹划着那巨额的赎金从何处着落。家产只有五万两，就算把这祖上所传的宅子卖出去，估价也就是一万两。素云抽噎着道："老爷，我还有首饰，还有我娘家的陪嫁……"

"那些东西，加起来最多也只值一万两。"闻漠宇一拳砸在桌上，震得茶具哐啷啷作响，"还有三万两的亏空怎么填补？就是找人借，这么大一笔钱，谁肯相借！"

这句话提醒了素云，她蓦地停止哭泣，使劲摇着闻漠宇的手臂，道："去向慕容借呀，咱们和他是亲家，青虹将来是要做他女婿的，他岂能不帮这个忙！"

"对呀！"闻漠宇叫道，"我可真是急糊涂了，怎么忘了他。他家底殷实，又与我多年知交，再加上青虹和烟儿已经定了亲，这笔钱定能借到。"

车马在慕容浩家门前停住，闻漠宇下了车，整整衣衫，上前敲门。虽说是迫不得已，又是向最好的朋友求助，心里却仍有难免的羞惭，敲门的声音都是闷闷的。

门房见是他，照例躬身行礼，向里面通报："闻老爷来了。"笑的样子却有些苦，里院有隐隐的哭泣传来，透出不祥的征兆。闻漠宇正忖度着，抬头正见迎上来的慕容浩，那张神采全无、颓唐惨白的脸让他吓了一跳，颤声道："慕容，你这是怎么了？"

"你还不知？我还以为你是知道这事才来的。"慕容浩叹气顿足，声音哽咽得将要落泪，"我家烟儿丢了。"

"什么？"闻漠宇惊得呆住，张了好几次嘴，才挤出一句话，"可是，在昨晚灯会上丢的？"

"不是。就在家里丢的。你说世上哪有这么怪的事，昨天晚饭时她还好端端在的，饭后准备带她去看灯，就再找不见她了，前后不到一个时辰，这孩子莫名其妙地就失踪了。这一夜一天，家人把这宅子和附近的地方找了几个遍，连井里都下去过了，哪里都没有，活不见人……"

他猛地闭住嘴，不敢再说出下面不祥的话，紧咬的牙关里迸出强忍的呜咽。闻漠宇只觉有芒刺在背。借钱的事断不能再提了，安慰的话又不知该怎么说，这猝然惊变把他的心思搅成一团乱麻，连语言也有了障碍，他昏沉沉的，只听到自己口中含糊支吾着，说了些什么却全无意识。

"怎么会这样？"素云也是同样的惊诧，"这样算来，烟儿失踪的时间和青虹差不多，这两个孩子，到底是怎么回事？"

"烟儿丢得更是蹊跷，慕容家里上下有百十口人，侍候烟儿的就有四五个丫鬟，那孩子怎么可能无声无息地就失踪了……"闻漠宇喃喃说着，眼睛紧紧盯住地板，似乎地下埋藏着诡异谜团的答案。

"你还是先想想青虹吧，那三万两银子怎么着落？要是交不出赎金，那些强盗……"素云捂着嘴，又哭了起来。

"你别哭了，我再想办法。明天你让管家把房子和能当能卖的东西都卖掉，看看能凑多少，我去京城，不管怎么说京里还有很多旧日同僚，东挪西借，怎么也能凑足赎金的。"他屈指算着路程，"如果骑快马，两天两夜即可往返，一天筹款，时间应该够了。"

闻漠宇像是把握十足，其实心里一点底也没有，官场上向来是人一走茶就凉的势利，何况他已离开了这么久，但是为了儿子，硬着头皮也得去求人。

听他这么说，素云稍稍安心，看看窗外，天上一轮黯淡的月，映得这冬夜格外地深，幽秘凄寒，想着孩子在那帮强盗手里，一定是又冷又怕的，也不知他们有没有给他饭吃，想着想着，又掩面啜泣着，泪水一串串浸透锦帕，闻漠宇知道劝说也止不住她的悲伤，也就沉默着，埋头盘算着明天的行程，该向谁借钱才最有希望。

五

齐风寨的大堂里灯火通明，房梁上还高悬着几盏精美的花灯，可惜谁也没空看上一眼，所有的人都在忙着喝酒吃肉，猜拳行令，喧哗笑嚷满满地充斥，庆贺他们即将得到的一大把收成。这是一笔极划算的买卖，也不需要刀光剑影去冒险，凭空就得了十万两，足够他们舒舒服服过上大半年。

一个小喽啰拿了半只鸡，两个馒头就往里面走，身后蓦的一声呵斥，"你干什么去？"

"呃，我去给那娃娃送点吃的……他饿了整整一天……"面对柴老大一双血红的眼，小喽啰紧张得舌头打结。传说柴关这双眼是因杀人太多，被血光浸红的，传说或许不可信，可柴关的确是杀人如麻，且喜怒无常，尤其在七成醉的时候，脾气最为古怪，手下的弟兄若是不小心触怒了他，就有身首异处的危险。

"你倒好心得很，"柴关喝尽一碗酒，把酒碗往桌上一摔，"又不是没给他吃的，人家是富贵公子，根本一眼都不看，你又去献什么殷勤！"

"可是……"小喽啰刚开口，就被一条鸡腿堵住了嘴，一个人夺下他手里的东西，小声嘀咕道，"你是不是嫌命长，没见大哥快醉了吗？那娃娃又不是你儿子，心疼什么，三天后他爹来交钱赎人，他回家去自然有好吃好喝，你还是消停点，别给自己找事。"

这是间很小的屋子，简陋到徒有四壁，靠墙的地下铺了张破破烂烂的草席，一盏灯搁在上面，光线昏黄微弱，勉强能照亮这间屋子。闻青虹坐在角落里，双手拢膝，埋着头，好像已睡着了。可是外面的喧嚣潮水般灌进来，吵得他一点睡意也没有，他已经这样坐了很久，这屋子很冷，灯里的油已经不多了，一会儿灯熄灭了，会更冷的。他有点怕，想着爹娘，想着家的温暖，还想着烟儿，那个顽皮的丫头现在在做什么？她知不知道他被抓到这里来？她有没有哭？

这样想着，他竟真的听到了哭声，而且，真的是烟儿在哭。他相信自己没听错，那哭声不知从哪里传来的，纤细微弱，却没有被外面喧天的叫嚷淹没，响在他耳中，无比清晰。

他起身，用力拍打着门，砰砰的闷响震得灯火轻微摇晃，从昨晚被劫来，他第一次开口说话，大喊着："来人，开门！"

外面实在太吵了，过了很长时间，才有人注意到这边的动静，沉重的脚步走近，钥匙插进锁里，门开了，一个高大的壮汉倚着门，粗声粗气地吼："你喊叫什么？你爹还没来呢。"

"我问你，你们是不是还抓了个女孩子来。"他不理那人的凶悍，直接地问。

"女孩子？"那人愣住，这小孩被关了一夜一天都没说过话，现在才开口，不是要水要饭，居然是问有没有抓来女孩子。他一怔，随即狂笑，喊道："大哥，你们快来看，这孩子真是好玩，将来长大了，肯定是个色鬼。"

柴关已差不多醉了，踱着方步进来，弯下腰，对着这个只到自己膝盖的孩子，大着舌头道："小娃娃，你吵什么？"

闻青虹转过头，避开那喷在脸上的酒气，又重复了一遍方才的问题。柴关也是一怔，倒没有笑，很认真地回答："没有，这里除了你，男孩子女孩子都没有。"

旁边的人正奇怪大哥怎么和气得像菩萨一样，柴关已直起身，瞪起血红的眼睛大吼，"要是你再吵，你也就不在这里了，到时候你爹拿了银子来，也是白送钱给我们，你还是乖乖地去睡觉，才是正经！"

门哐的一声重重锁上，那点昏惨惨的灯光猛地一颤，随即熄灭在一片漆黑里。闻青虹默默地退回墙角坐下。外面的喧哗也渐渐沉寂，然后是此起彼伏的鼾声，整个齐风寨，似乎只有他一人醒着。他没有再听到烟儿的哭泣，也许刚才只是错觉，他紧紧地蜷缩着，闭上眼睛，等着睡意来袭。

好像还没有睡着，就已开始做梦了，他听到有人在叫他的名字："闻青虹，闻青虹……"声音很近，就在这间房里。

"谁？"他睁开眼睛，惊讶地看到了光亮，在前面的木门上，映出一团银白的光芒，光芒里闪闪烁烁的，似乎有什么在晃动。

"闻青虹，你看到了吗，看清了吗？"那个声音就在身边，可是没有人，他却不觉得怕，眼睛只盯着门上那闪动的光晕，口中喃喃道："我看到了，看清了……"

大堂上横七竖八地躺满了人，他们呼呼大睡，好梦正酣，隐约又听到那孩子在敲门，还在喊着："来人，开门！"

没人理他，也没人起来，但他不停地敲，不停地喊，终于彻底叫醒了烂醉如泥的人们。灯火亮起，照着柴关铁青的脸，他抓起灯盏向那屋子走去，后面跟着的人噤若寒蝉，心想这孩子真是活得不耐烦了。

门是被柴关踢开的，半扇门几乎掉了下来，他怒冲冲进去，就是一个抡圆的耳光，大吼："小崽子，你找死吗！"

吼完，他愣住，打出去的手居然落空了，明明这个孩子就站在他面前，这耳光应该落在他脸上的，不知怎么，却没打着。

趁着柴关发愣，那个小喽啰忙挤了过来，他实在很喜欢这个孩子，决心拼着受大哥责罚，也要尽力保护他。他隔在两人之间，把闻青虹拉开，低声劝道："你别再闹了，惹恼了大哥可不得了，你要是饿了，我去拿些吃的来。"

"我要回家。"小小的孩子扬起头，根本不在乎面前的危机。柴关更是怒不可遏，几步抢上来，抬手把小喽啰摔到墙角，就来抓这个不知天高地厚的孩子，喝道："老子这就送你回家！"

这一抓又莫名其妙地落空，闻青虹与他擦身而过，走出门去。旁边的人没有拦他，他们都很糊涂，为什么大哥气势汹汹地扑过去，小孩子却好端端地走出来，到底在玩什么把戏？

大堂里亮着几盏灯，照着满目的狼藉，闻青虹穿过那些杯倾碗倒的残席，向大门走去。柴关气急败坏，给了离他最近的人一耳光，骂了声"饭桶"，追出来，从桌上抓起了自己的剑，剑光雪亮，映着他扭曲的脸，血红的眼，恶鬼般可怕。他狂怒地挥剑，刺向闻青虹瘦弱的背脊……

一声惨叫响起，却不是稚嫩的声音。所有人都目瞪口呆，用力揉揉眼睛再看，还是不敢相信眼前是真实的情景。大哥的剑在孩子手里，大哥的手在剑锋上挑着，血正汩汩地流下。

柴关怔怔看着穿透手背的剑尖，努力想着在剑刺出的刹那发生了怎样的变化，为什么会是这样……直到溅到脸上的血渐渐变冷，他才反应过来那是自己的血，用力拔出穿在剑上的手，大吼道："杀了他，给我杀了他！"

尽管惨败，他的命令还是像圣旨一样，众人手忙脚乱地从各处找到自己的兵器，硬着头皮一拥而上，围攻这个怪异的孩子。

三尺的剑，几乎等于闻青虹的身高，握在他手里，长得有些滑稽。但当剑锋刺进身体，痛和血涌出时，滑稽就变成了可怕。没人看得出这是什么剑法，每一剑划出的光影比闪电还亮，躲不开，避不了。更让他们惊恐的是，这孩子的眼睛里没有恐惧，也没有杀气，漆黑的眸子是绝对的平静，像安定的湖水，那么多血也惊不起一丝毂纹。

大堂里很快就横七竖八地躺满了人，呻吟声响成一片，但伤处都不致命，只是让他们不能动弹。孩子垂着手，滴血的剑拖在地上，他轻轻地说："我只是想回家。"

"是，请回，请回。"那个去闻府送信的麻子方才一直躲着，现在才冒出来，点头赔笑，"我们有眼无珠，不知小爷有这样的本事，多有冒犯，该死该死。"他说着，快步过去打开了大门，殷勤地躬身立在一旁，"小爷也出够了气，在下这就送您回去。"

夜色已过三更，月亮无精打采地黯淡着，很冷很黑的小路上，两个人影慢慢走着，前面的孩子像是很累，低着头，拖着剑，脚步沉重。后面的麻子不停地嗝嗝傻笑，对他的剑法赞不绝口，闻青虹像是没有听到，不声不响地走。

麻子的手摸向腰间，悄无声息地解下缠在腰间的缅铁软刀，稍一用力就抖得笔直。他的笑声更响，刀慢慢地举起，前面的孩子还是毫无觉察，小小的年纪，怎会明白笑里也能藏刀呢。

刀在刹那间猛地劈头落下，这一刀的威力足以将前面的小人儿一劈两半，就像他曾经威胁闻漠宇时说的那样，狞笑扭曲了他的嘴角，这才是他真正的笑容。

刀没有落在闻青虹头上，麻子忽然跌倒在地，孩子的脚步没有停，连头也没有回一下，手里是空的，剑深深插进麻子的左胸，那是心脏的位置。轻微的夜风送来一句话，平静而冰冷地宣判："你是该死的人！"

曙色熹微，闻府的大门就打开了，车夫老张准备去套车，送老爷进京。朦胧的光线里，门口的台阶下，似乎有一个人蜷缩在那里。

"老爷，夫人……"老张一迭声地惊呼着，冲进了内室，不等闻漠宇发怒，他喘着气指向外面，"你们快去看……小少爷回来了！"

两个人跌跌撞撞奔出大门，台阶下躺着的果然是青虹。看到他满身已经干涸的血迹。素云颓然瘫倒，剧烈战栗着，却哭不出来。

闻漠宇脸色惨白如死，还是支撑着走过来，怀着最后一线希望去探孩子的鼻息，手指触到平稳而温暖的呼吸，他惊喜交集，大呼道："青虹还活着呢，快去请大夫来！"

孩子在他怀里睁开眼睛，看见父亲，安心地笑了，轻声呢喃着："爹，我回来了。"

约莫半个时辰，大夫才从内室出来，微笑道："令郎没什么大碍，只是受了些风寒，我开个方子，吃两服药就没事了。"

"可是，他满身是血啊……"

大夫打断素云的话，笑着摇头："那些血迹是沾在衣服上的，令郎身上一点伤也没有。"

送走大夫，夫妻俩坐在床边，守着昏睡中的儿子，面面相觑，都有种劫后余生的庆幸。但谁也说不出这幸运怎么会突然降临，寻思了半天，闻漠宇忽然叫道："一定是有位大侠，武功高强，行侠仗义，从那些强盗手里救了青虹。"

素云嗔怪地看他一眼，笑道："老爷你还真信那些小说话本上的故事呀？再说，就算这世上真有那样的侠客，你又不认识，又没拜托人家，他怎么知道青虹被齐风寨的强盗劫了去？"

"这也是呀……那你说青虹是怎么回来的？"

"我不知道。不管是怎么样的，只要他回来就好。"素云爱怜地抚摸着孩子熟睡的脸庞，喜极的眼泪又落下来，"这两天我一直在祷告，乞求上天把青虹还给我，菩萨听到了，就把他送回来了。"

这个说法更是奇特，闻漠宇看着墙壁里镶着的佛龛，观音大士掌托杨柳净瓶，敛眉垂目，宝相庄严，真有种度世间苦的慈悲，他本不信神佛之事，现在却不由得有些信了。待了一会儿，他回头看着儿子，低声道："到底是怎样的，恐怕也只有青虹知道了。"

三天后，闻青虹才从昏睡中醒来，好容易等到素云抱着他哭够了，闻漠宇才有机会来了解真相，得到的回答却是："我不记得了。"

闻漠宇不甘心，一再地启发引导，帮助儿子回忆。怎样被带进齐风寨，这两天经过的遭遇，他全都记得，只忘记了是被谁救出来的……

更奇怪的是，和这一段一起消失的，还有对烟儿的记忆。当父母小心翼翼地告诉他，烟儿是和他同一天失踪的，而且现在还没有找到，他却没有他们预想中的悲伤，眼神茫然地问："烟儿是谁？"

就这样，闻青虹毫发无伤地回到了父母身边，却丢失了一段最宝贵的记忆，他不再记得慕容烟，那个叫他青虹哥哥的古灵精怪的小女孩，不再记得她陪他等着花开，他为她画下梦境，不再记得他承诺过，长大后要陪她寻梦……

几天后，闻漠宇瞒着家人，独自来到了齐风寨。这里在他想象中应该是刀枪林立，戒备森严，可是眼前的荒凉空旷着实让他吃了一惊。他壮着胆子一步步往前走，到了寨门也没人阻拦。寨门是大开的，门前的地上有零星的血迹。闻漠宇犹疑片刻，一咬牙，迈进了寨门。

一路走来，寂静中只有他的脚步和心跳，但这寂静中却没有杀机暗伏的不祥，好像这里本就是座空寨，荒无人烟。

进了大堂，第一眼所见的凌乱狼藉将他震在那里，桌翻椅倒，满地皆是破碎的杯盘碗盏和斑驳血迹，很明显，这里曾发生过一场惨烈的战斗。

闻漠宇扶起一把椅子，坐下来，仔细地打量这个战场。过去恶名昭著的齐风寨现在却变成了一座空寨，死寨，那些强盗，不知是死了还是逃走了。他靠在椅背上，长舒一口气，然后起身，离开了这个曾经的强盗窝。在回家的路上，他打定主意，无论如何，一定要找到这个仗义行侠，铲平齐风寨，为他救回儿子的人，重重酬谢。

闻漠宇反复想象着那位无名大侠的模样，但他做梦也不会想到，其实没有什么大侠，而是青虹，自己救了自己……

第二章・流星翻惊云

一

　　流光如飞电，十年的光阴只是弹指间的刹那，快得来不及眨眼。

　　弘源二十三年的夏天，闻漠宇坐在书房里，手里握着卷书，眼睛却不在纸上，呆呆地直视着对面的书架，眉间紧蹙，为一件事犹疑着，举棋不定。

　　三天前，他收到了慕容浩的书信，信中提出了退亲，退回了青虹的生辰帖子，还附上五万两银票，作为对丢失血玉的补偿。

　　十年前的那一天，慕容烟失踪，从此音信全无，慕容浩向来最疼爱这个小女儿，就这样莫名地丢了，岂不伤痛失落，从此百般寻访，甚至出过巨额赏金，也终是无用。如此过了三年，慕容浩终于绝望，索性举家迁离，与这伤心之地远隔。

　　那之后，闻漠宇再也没有见过昔日好友，两人只是书信往来。这些年里，慕容浩也曾有几次有过退亲的念头，都被他劝住了，不知怎么，他似乎认定了烟儿一定是闻家的儿媳，慕容浩感激好友的诚信不弃，也对女儿还能回来抱着些许幻想，这事也就一直拖下来，直到现在。这封信里，慕容浩的口气委婉却坚决，再加上附还的两样东西，此番是真的下定了退亲的决心。

　　"既然慕容决心退亲，你就应了吧，算来烟儿失踪已经十年，根本没希望再找回了，总这样拖着也不行，青虹已经十六岁了，总不能让他守着这一桩不可能有着落的婚姻过一辈子吧。"素云说着，忧心忡忡。

"谁说是一辈子了。我只是想，好歹等到青虹十八岁成年，如果那时烟儿仍无消息，再退亲不迟，也算是我们没有背弃当初的承诺。"闻漠宇叹息，"说起来，我总觉得对不起慕容，如果当初我不用血玉当聘礼，烟儿也许就不会出事。那女孩怎么可能是自己走失，必是被人劫了，劫她的人肯定是为了她戴着的血玉。"

素云看着埋头叹息的丈夫，眼里有温柔的同情，轻声道："老爷你何必自责自苦，这事根本就与咱们无关。那人能潜入慕容府中把烟儿劫走，居然没惊动任何人，算是有本事的，可是，劫人到底没有偷玉容易呀。"

"嗯？你是什么意思？"

"我的意思是，他如果只是想要那玉，就不会带走烟儿。慕容家深宅大院，那么多人，居然谁也不知道孩子丢了，想必是他用迷香什么的，把烟儿弄得昏迷，才能悄无声息地把她带出去，如果他看中的是玉，从烟儿颈上解下来拿走就是了，多轻巧方便，何必带着个孩子，翻屋爬墙的时候岂不辛苦。"

闻漠宇低头想着，嘀嘀地笑起来，起身对素云深深一揖："夫人真正言之有理，是我糊涂了。看来如果我当初不做官，而去做贼的话，一定是个注定饿死的笨贼。"

素云掩口轻笑："你不是笨，只是心眼太实，凡有过错总往自己身上揽。现在这个结也解开了，你就应了慕容，把亲退了吧。"

"要不然，再等等罢。"说到退亲，闻漠宇仍是犹豫，"青虹年纪还小，应以学业为重，你也不是立刻就想为他张罗亲事吧，还是再等两年，你说呢？"

素云为他的优柔寡断动了气，冷笑："你既已决定了，又何必问我？我真是不明白，你为何这么固执，别说烟儿找不到了，就算真能回来，你知道她现在是什么样子，什么身份？再说，自出了那事以后，青虹就不再记得她了，难道你要把一个他完全陌生的女子硬塞给他为妻？我们就这么一个儿子，如果你真忍心这么委屈他，我也就无话可说了。"

闻漠宇想着那天素云的话，不觉出了神，手无意识地松开，书落在桌上的声响惊醒了他。起身打开房门，微醺的风吹着他隐隐作痛的额头，恍惚的心思清醒过来。倚在门口看去，可以看到花苑的凉亭，和凉亭里遥遥的人影。

除了一段失去的记忆，闻青虹几乎没有什么变化，他在时间里慢慢长大，十六岁的风华少年，和同龄的孩子太不一样，没有青涩的跳脱飞扬，玩世不恭，他灵慧而安静，几乎是脱身于世外的超然，他喜欢独自在花苑的定波亭，读书，或者出神地望向远方。闻漠宇有次好奇地顺着他的视线看去，远远的天际，只是一片幽蓝的空旷，而青虹的嘴角有淡淡笑意，仿佛看到了别样的美丽。

闻漠宇远远地看着儿子，又想起那桩让他头痛、进退两难的婚事。他也曾与青虹说起过此事，他的态度淡定安然，尽管已想不起那个青梅竹马的女孩，却没有反对的意思。不知是对父母之命的尊重，还是真的愿意等待。

闻漠宇黯然叹息，他明白素云爱子心切，其实他又何忍委屈了孩子，青虹温润高华，是完美如无瑕的玉，寻常女子也是配不上他的，何况烟儿自幼遇劫，就算还活着，不知这些年来沦落在哪里，是怎样的境遇？如果还坚守这个承诺，也许将毁了儿子一生的幸福……

他折回房里，快速地铺纸研墨，似是下定决心，下笔时却又一下顿住，过了半晌，笔尖才在纸上坚涩移动，缓慢地，一字一句犹豫着。

终于写完了回信，他拿起青虹的生辰帖和那张银票装入信封，忽地哑然失笑，为自己的荒唐。这样固执坚持，真的只为了和慕容多年相交的友情吗，还是别的什么？他说不清，或许，这就叫作鬼使神差。

夏逝秋至，九九重阳，正是菊花盛开的时节，华阴郡守府中的碧月菊更是开得满园异香，郡守亦是风雅之士，遂发了请帖与治下各县的名流乡绅，请他们偕家人来府上赴宴赏菊。

闻漠宇也收到了请柬，心想此宴盛大，其间必有许多的少年才俊，便带了青虹同去，有意让他交结些朋友，为今后的仕途之路做番铺垫。

碧月菊的确是花中极品，人常说绿叶红花，此处却看到颠覆的奇妙。比霜叶还红三分的叶子火焰般铺展开，衬着碧色花朵，千百片纤纤如琉璃雕琢的菊瓣簇拥起清朗妩媚的花儿，绽于枝头，一阵风过，微颤如弱不胜衣的娇柔女子。

众人赏一回，赞一回，称兴作几句诗，到正午时分也就渐渐散了，回到大厅开宴。一时间杯觥交错，笑语喧哗。闻青虹被父亲带去见他的诸位好友同乡，含笑应答着叔叔伯伯们的问询称赞，好一阵工夫，才回到自己的席位，同桌的倒都是同龄人，却是些纨绔子弟，所津津乐道的，皆是斗鸡走马、听戏唱曲的无聊事，三杯两盏下肚，更是吵嚷不堪。回头看父亲正兴致极好地高谈阔论，看来回家还得有很漫长的等待，而耳边的鼓噪越发激烈，他放下只抿了一口的杯，离席而去。

出了大厅的门，隔断了那些浮躁的热闹，精神也是一振，他沿着过来的路走去，想回到菊园，去看那些寂寞美丽的花儿。

郡守府很大，庭院里的路曲折幽秘，走了一段，他隐约觉得自己是迷了路，可是并没有停下，不管怎样，顺着花香飘来的方向走去总不会错。

菊园还没有到，前面是一道流水，清波微漾，临水的朱红小桥上坐着一个人，一袭淡蓝衣衫，指间拈枚棋子，埋头看着棋盘，迟迟不落子。

闻青虹一向最好棋道，遂放弃了那不知何处的菊园，过去看那局棋。

下棋的人太过关注，连身边多了个看客都未觉察，蹙眉盯着棋盘，指尖的黑子还是落不下去。棋盘上黑白交错，纠缠成一个玲珑棋局。闻青虹一笑，这个玲珑也是他解过的，很古怪深奥的棋，足足用过三天才解开的。如果就在这儿看，太阳下山也不会有分晓。但毕竟是少年心性，争强好胜总免不了，既是自己解过的棋，便想看看别人能否解开。

足有一刻，这枚黑子才落下，去拿白子的手却定住了，盯着这混乱的局面许久，喃喃道："不对呀，如果这两只眼一堵，这块白棋就死定了，岂不是个死局？"

闻青虹在旁看了半天，不禁技痒，竟忘了自己只是个旁观者，伸手拈起颗白子，往盘中一落。这一子绝妙至极，立时将看似凌乱无绪的白子联起，成一条巨龙，竟有破云欲飞之势，将本来已死的白棋整片做活。

这突然的一子也是下棋者毫无预料的，他愣愣地看了会儿，才一拍座下的石桥，大赞道："真是好棋！"随即抬起头来，原来也是一个十六七岁的少年，清朗面容，爽朗笑意，深秋的平淡阳光投进他眼里，映出闪亮亮的光芒。

闻青虹没想到这个独自下棋的人居然和自己年龄相仿，对他顿生好感，同时也觉得不好意思，拱手含笑道："是在下一时兴起多事，扰了兄台的雅兴，还望恕罪。"

"哪里哦，"那人看到他，也是十分喜悦，大笑道，"若不是你帮忙，这局棋就真的死了，你这一子下得真妙，我怎么就想不到呢？"

闻青虹见他这样爽朗宽厚，也不相瞒："这玲珑棋局是我最近才解过的，下到这里时我也以为白棋必死，这一子是我琢磨了一夜才悟到的。"

"原来如此，那真是巧啊。"少年笑着把盘上的残局收回盒中，"我自己摆棋局也没意思，你若有空，陪我下一盘可好？"

棋局终了，闻青虹赢了一子，他看了眼对弈之人，有些意外。他自幼学棋，十二岁以后就再没有遇到过对手，赢棋从不曾少于三子，这一局走得很是辛苦，却只赢了一子，不觉对这少年又加了几分钦佩。

蓝衣少年输了棋，兴致丝毫不减，一边赞叹闻青虹棋艺高明，一边不由分说拉住他再弈一局。

盘上黑白子交替落下，两人的话也渐渐多了起来，相谈甚欢，竟是一见如故般亲密融洽，闻青虹一向少有朋友，不想今天在这里遇到了知己。不知不觉间，又走完了一盘，少年仍以一子之差落败。天色已不早了，闻青虹看他还有未尽之意，虽然也舍不得走，又恐父亲散席时不见自己着急，便起身告辞。少年笑道："你也是来赴菊花宴的吧，我送你过去。"

两人慢慢走着，那少年对这复杂的路径却极熟悉，一路指点着各处景致。闻青虹张望着，忍不住问道："那碧月菊园可是在这一带的？"

"那片菊园在西南角的花苑里，还远着呢。"少年抬手画了个很大的半圆，"怎么，你想去看碧月菊呀，我带你去好了。"

"不，不用了。"闻青虹低头，脸上微微发热，原来真是走错了路。不过也幸亏没找到菊园，不然就错过了一个朋友。

"哎，你看，"少年忽然抬手一指，"那棵树下设着香案呢。"闻青虹顺着他的手看去，不远处一棵老槐树下，设着一张小巧的香案，水果点心之类的供奉满满地摆着，香烟袅袅。重阳节敬老树，是这里很久远的习俗。大多都是女孩子在做，在青苍参天的古树下，燃一炷香，许一个心愿，祈求树神保佑梦想成真。

少年看到香案，却很是兴奋，竟冒出一个新奇的主意："这样正好，不如，我们就在那棵树下结拜为兄弟吧。"

闻青虹一愣，结拜兄弟在他的印象里是绿林好汉的所为，还从没想过自己会和谁结拜。但蓝衣少年意气风发，没等他想出拒绝的理由，已被拉着往那边走去，蓝衣少年自顾自兴奋地说，"我以前只在传奇小说里看过结拜兄弟的场面，不想今日遇见你这么投缘的朋友，正好尝试一番。"

这少年的言谈行动隐约透出一种霸气，似乎是向来说一不二的。闻青虹暗自苦笑，他的性格淡漠孤傲，本来很难与人相处，但不知为何，却很喜欢这少年的气度。这样的热情也让他不忍回绝，也就默认了这有些荒唐的主意。

他们来到树下，一起在香案前跪下，忽然想起了什么，两人同时转向对方，问出了同一句话："你叫什么名字？"

一语出口，两人相视大笑，相处了这么长时间，竟然此时才想起问彼此的名字。少年笑着伸出手："我叫方含。"

两只手握在了一起："我是闻青虹。"

老槐树下香烟飘摇，两个少年按小说里的台词，郑重其事地说出誓言，青涩面容有凝重的神情。

结拜后，两人报了岁数，原来是生于同年的，方含早了四个月，于是，他心满意足地接受了"大哥"的称呼。

"嗯，从今以后我们就是兄弟了。"方含笑道："家父让我来华阴郡时，本来还是不情愿的，幸亏来了，真是不虚此行。若是日后我们能相伴在一起读书，那多好啊！"

"是啊，求之不得。"闻青虹应道。心下忖度着，刚才还以为他就是郡守家里人，现在听他的口气，原来也和自己一样，是来做客的。他正想问方含家住何处，日后也好书信来往，忽听得有人唤他，回头一看，父亲的随身小厮正上气不接下气地跑来，擦着满脸的汗抱怨："少爷，原来您在这儿，倒让我好找，快过去吧，席散了，老爷等你回府呢。"

"哦。"闻青虹也不方便再说什么，和方含道了别，就匆匆走了。

以后的日子一如往常，只是闻青虹常常会想起那天与方含的相遇，他居然有了一个结拜兄弟，实在是不可思议。那个飘散着清淡菊香的秋日午后，在他平静生活里激起了特别的欢乐，只可惜，消失得太快。

一个月后的某日，有两人登门造访，其中一人就是华阴郡守，另一人衣着相貌倒也普通，气派却比郡守还大。闻漠宇见了他们，极是惊愕，慌忙将客人迎进了书房。

不长的工夫，两人出来，闻漠宇亲自送至门口，一直看着华丽的马车远去，他才回来，低着头，心事重重。素云忙吩咐丫鬟端茶过来，随口问道："那个人是谁？"

闻漠宇答非所问，高声道："来人哪，去把少爷叫来。"

素云一惊，看他的脸色阴晴不定，也不知出了什么事，忖度道："可是青虹在外面闯了什么祸，人家来告状了？"

闻漠宇端起茶喝着，不应不答。素云更是紧张，柔声劝说："老爷，不管青虹做错了什么，你好好跟他说，可别吓着了他。"

"哼，"茶盏重重地墩在桌上，闻漠宇似笑非笑，"你放心，我吓不着他，倒是他吓着我了。"

正说着，青虹进来了，闻漠宇抬眼瞟着他，问道："一个月前，在郡守家赏花那日，你是不是认识了一个少年，还和人家结拜成兄弟？"

"嗯……是的。"闻青虹不想父亲竟会突然得知此事，也不能推托，只好老老实实承认。

闻漠宇的声音陡然高起来："你好大的胆子，你知不知道他是什么人？"

"我，我只知道他叫方含……"青虹镇定着情绪，"父亲您说过的，棋品好的人，人品也不会差，方含的棋品很好，再说，他是郡守的客人，郡守总不会请江洋大盗做客吧。"

"呵，你倒是很会说话。他若真是江洋大盗反而没什么，"闻漠宇顿了一下，沉声道，"方含，是北定王方晖的长子，他家祖上战功赫赫，已世袭了两代王位，他是小王爷，将来是第三任的北定王，这些，你可知吗？"

出乎意料的，闻青虹并无惊异，淡淡道："他并未说起过他的身世，想来他也不是那种仗着祖宗声名就骄横轻狂的浅薄之徒，不然我也不会与他结交。其实这也没什么，王侯将相，贩夫走卒，就算身份有高低贵贱，都是一样要生儿育女的，他生在了王府，自然是小王爷，若是生于贫寒之家，就是农人挑夫，只看天意如何安排了。"

闻漠宇对儿子这番话竟反驳不得，又喝了一口茶，才道："你说的也不无道理，世间众生理应平等，但是我告诉你，王爷的儿子就是高人一等。比如说，方含就有权让你进京，为他伴读。"

"什么？"惊呼出声的是素云，"莫非刚才那人就是……老爷你没有答应他吧？"

闻漠宇苦笑："圣上早就下过旨意，凡三品以上官员之子女，十八岁之前，皆在皇室贵胄的伴读候选之例，就连丞相之子都被召进宫去，伴太子读书。"他叹气道："郡守是王爷的亲戚，前些日子卧病，王爷让儿子来探望，然后，青虹和他就在那天认识了。今日来的是王府的总管，口口声声说他们小王爷和青虹因棋结交，相见恨晚，遂结拜为兄弟，如今在府中日日想念，就央求王爷召青虹去与他伴读。那总管现在就住在郡守家，三日后就来接人，你让我怎么说？"

闻青虹正恍惚着，忽听父亲问道："你是怎么想的？"

"我……"他左右为难着。如果真能与方含一起读书，自然极好，但要远离父母，也十分不舍，尤其见母亲已是泪眼蒙眬，更不敢露出一丝向往之意。于是他垂首道："孩儿当然是听父亲的安排。"

闻漠宇又气又笑："你惹出的事，现在倒都推给我。也罢，你先回房去吧，我跟你母亲说话。"

闻漠宇费尽了口舌，总算说得素云含泪点头，开始夜以继日地为儿子准备行装。闻漠宇看着堆积如山的包袱箱笼发呆，小心翼翼地问："夫人，你这是给青虹打点行李，还是分家？"

素云正盘算着还有什么没带，听他这样嘲笑，狠狠一眼瞪过去："你心疼了是不？就算王府里再好，总是寄人篱下，青虹性子傲，就算缺了什么他也不会开口问人家要，你是不管他的，我可不忍心。"

"我不管他……"闻漠宇有口难辩，只有苦笑，"好了，我再不多话，哪怕你把这个家都给他搬过去，我都没意见。"

太阳只用三次起落，就把离别拉到眼前，在大门前，闻漠宇正嘱咐着儿子："你到了就给家里捎信来，免得我们牵心。"

闻青虹点头，母亲没有来送他，想必是哭成了泪人，怕他看见难过，才不出来的。他心里一酸，眼睛已湿了。闻漠宇半晌无语，再开口时，声音也嘶哑了："父亲平时对你严厉了些，其实爱你之心，与你母亲并无分别，也一样舍不得你离开身边，可若是不让你历练闯荡，如何能长大呢，你要明白为父的一片苦心。"

青虹埋着头，不让父亲看到自己落泪，颤声道："我明白的。"

"明白就好，"闻漠宇勉强笑着，为他整了整衣衫，"那边已等很久了，你去吧。"

看着儿子离去，挺拔俊秀的背影让闻漠宇心头涌起忧虑，他高声唤道："青虹，你过来，我还有话跟你说。"

"为父以前就告诉过你，你是定了亲的，你戴着的这只琉璃青鸟就是当时交换的信物。虽然烟儿现在还没有下落，你也已经不记得她了，但她仍然是你未婚的妻子。"闻漠宇停了一下，斟酌着合适的语言，"你此去，如果王府里有和你年龄相仿的女眷，切莫不可太接近，别做出什么荒唐事，让我为难。"

闻青虹沉默，然后点头道："父亲，我记住了。"

二

马车辚辚地驶离了家门，闻青虹听着车轮的转动，手指紧抓车窗的纱帘，却没有勇气拉开来，再向外看一眼。十六岁少年的心里，第一次充满了离愁，这时他才明白，以前吟诗作赋常用来营造意境的这个词，真正塞满胸口时，竟是如此难过，难过得连未来都无心去想。

晓行夜宿地走了两天，车窗外渐渐热闹起来，形形色色的声音喧嚣着，造出一种杂乱的繁华。

那位姓刘的总管笑着，殷勤介绍："闻公子，现在已经进京了，王府很快就到，这一路上十分劳顿，委屈了闻公子，今天就能好好休息了。"

闻青虹欠身微笑："好说，一路多蒙刘总管照顾，多谢了。"

马车显然是加快了速度，想必是马儿知道快到家了，兴奋得蹄下生风。约莫又行了一个时辰，车夫"吁"的一声勒紧了缰绳，车停了下来。刘总管跳下车，侧身掀起车帘："我们到了，闻公子请下车吧。"

闻青虹下了车，一抬头的瞬间就怔住了。王府的气派豪华是当然的，他也没放在眼里。可是，在大门前高高的台阶上，竟然站着两个方含，笑吟吟地望着他。

也只是一转瞬，闻青虹就省悟到方含原来是孪生子，但两人几乎是一模一样，到底谁才是邀他来此的人呢？他下意识回头去看刘总管，那人却恰好转过脸，正和车夫说着话，并不理会他的困境。看来是早就商量好的，安排这一出恶作剧来考校他，刘总管是不可能指望的，只有自己去认出谁是方含了。

他步上台阶，和他们面对，两人穿着一样的黑缎紧袖长袍，头戴墨玉冠；身材体态，脸庞眉目都是从一个模子里刻出来的，就连嘴角的痣都在同样的位置。两人都不出声，只是笑吟吟地看着他。

闻青虹定了定神，仔细观察了片刻，向左边的少年拱手施礼："方大哥，别来无恙。"两个少年对望一眼，一个得意，一个惊异，闻青虹越发坚信，含笑道："我不会认错的，就是你。"

"怎么样，你可是输得心服口服了吧！"方含大笑着问身边的少年，上前揽住闻青虹的肩，"我跟你说过，我兄弟厉害着呢，这点把戏瞒不过他的，你偏要试。"

"输就输了，我不会赖的，心服口服倒还不见得。"那少年眼珠一转，笑道："你好，我是方含的弟弟，方凝。"

"哦，你好。"闻青虹看了眼身边的方含，"你们兄弟俩长得真是像呢，我差一点就认不出了。"

一听这话，方凝眯起眼睛笑着："哥，我是输了一半，赢了一半。"

方含眼里闪过一丝异样，不理他，只顾拉着好友进门。方凝倒是不拘谨，跟上来问道："闻青虹，你到底是怎么认出我哥的，是不是他作弊，给了你什么提示？"

不等闻青虹回答，方含就笑骂道："讨厌鬼，你还没玩够呀，人家才刚到你就缠着问东问西的，烦不烦。我现在带青虹去见过父亲母亲，你该干什么就干什么去。"

挨了骂，方凝不作声了，但还是跟在他们身后，寸步不离，闻青虹不禁暗自好笑。

戎马半生的北定王倒没有想象中的威严冷峻，须发斑白，面容慈和。细问过闻青虹的功课学业，着实赞许了一番，很是满意。王妃拉着他上下打量，欢喜得舍不得放手，向方含道："你倒是很有眼力，交了这么好的朋友，以后也学些人家的斯文，别成日价脱缰野马似的，让娘不省心。"

方含拖长语调应了声"是"，偷眼瞅着好友，无声地笑。

时近正午，王爷设了家宴给闻青虹洗尘，吃着饭，王爷说道："含儿，枫芸院东边的三间正房已经收拾好了，以后你就和青虹在那里读书。"

饭后，方含带闻青虹去看书房，才走过一条回廊，方凝就赶了上来，锲而不舍地追问，"闻青虹，你还没告诉我，你是怎么认出我哥的。"

"其实你俩的相貌还是有分别的，"闻青虹看着他道："你嘴角的痣稍小一点，还有，你笑起来眼睛眯眯的，我就是这样认出方大哥的，可没人作弊哦。"

"真是厉害啊，"方凝赞叹着，"那如果是晚上呢，你看不清我的样子，总分不清了吧？"

"那就更容易分辨了呀，你们的声音并不很像。"

"那，"方凝仍不甘心，上前凑近了他，"如果是在很黑的夜里，我也不说话，就这样站在你面前，你还能知道我是谁吗？"

"我知道，你是个鬼！"方含忍俊不禁地推开弟弟，随即正色，"大晚上的不说话，挡着人家，装鬼还是僵尸？你再闹，我就恼了！"

也许是被哥哥的训斥镇住了，那顽皮的少年总算让他们脱了身。走出一段，闻青虹忍不住笑出了声："其实你们最大的区别在于性格，如果不是亲眼得见，我真的不相信他是你弟弟。"

方含哼了一声："他就是爱胡闹，以后你别搭理他，他其实……"

"哥，不许你说我的坏话！"方凝叫着追了上来，假装看不见兄长的脸色，"我不闹了，老老实实跟你们去看书房，这总行了吧？"

踏进枫芸院，迎面飘来一大片火红的云朵，耀眼生辉，细看原来是被秋色染透的枫叶在风里飘摇。偌大的庭院两边种满了枫树，每一棵都是两人合抱的粗壮，树冠几乎相连。时节已近深秋，枫叶红得如殷艳的火烧云，上面的蔚蓝天空仿佛都映上了一丝血色。

"现在是枫芸院最好的季节，我硬是央求着父亲把书房搬到了这边，喜欢吗？"

"嗯，"闻青虹微仰起脸，欣赏着大片炫目的红，赞道："好生壮观。"

两人谈笑着进了书房，方凝在后面小声嘀咕："分明是我帮你求了爹爹才成的，过河拆桥，现在就不理我了，以后等着我再帮你！"

夜已深了，闻青虹翻来覆去，没有丝毫睡意，这间卧室华丽而陌生，第一晚的失眠是难免的。索性披衣起身，挑亮灯火，铺开纸笔，给家里写信。

今后的两年他都要在这里度过，但情况要比父母预想中的要好很多。方含自是不必说的，其他的人看来也不难相处；他们的书房很大，四壁满满的书，好多都是珍稀的孤本，教书的先生都是饱学鸿儒；他和方含住在玉华园，精巧雅致的院落，青砖院墙上爬满了紫藤凌霄，这种柔软缠绵、开淡青色纤巧花朵的植物，他家花园里也有，从前父亲每天都亲自侍弄，以后，他也会去照顾这片藤蔓，以解乡愁。

一切似乎是尽善尽美的，除了刁钻古怪的方凝让他有点头痛，但也只是淘气胡闹而已，那个男孩子喜欢眯起眼睛，毫无城府地笑，善意而纯真。

想起方凝就忍不住好笑，还有点奇怪，他和哥哥的感情这么好，整天都像影子一样不离左右，却不住在玉华园，自己独居一个院落。不过也幸好他不住这儿，不然，岂不是一天到晚不得安静了。

日子是平静而规律的，每日五更时上早课，经史子集，写文作赋；之后方含还要读兵书，习战法，在沙盘上排兵布阵，方凝当然是一定要跟着学的，闻青虹则在一旁读书相伴。午后通常是习武时间，王府外有一片广阔的校场，专供演习武艺骑射之用。

北定王的封号是以赫赫战功定下的，在开国四王中地位最重，太平时期镇守京畿，如遇战事，北定军则是战无不胜的神话。弘源王朝百年的盛世，两代北定王劳苦功高。方含后年初春将入军籍，像父亲一样开始戎马生涯。

虽然从来都是兄弟两人双双听讲习武，而且方凝的成绩丝毫不逊于哥哥，但他只是旁听和陪练而已，老王爷十分宠溺于他，几乎事事依从，但真正的希望，只寄托于方含身上。闻青虹冷眼旁观，心想这也许就是长子与次子之间的差别，方凝只是晚出生了一刻而已，却注定这一生只能处在兄长的下方，只能做他的陪衬。

闻青虹开始喜欢方凝是因为他的平和无争，他整天都缠在哥哥身边，笑吟吟的明亮眼睛漾着满满的崇拜和骄傲，从没有丝毫妒忌，校场里经常回荡着他欢喜的叫喊："闻青虹，你看我哥多棒……"

闻青虹想起史书或传奇里常常讲到皇室王族中，兄弟之间为了地位之争，是怎样钩心斗角，尔虞我诈，全然不顾血浓于水的亲情。而这一对兄弟却是如此亲密无间，闻青虹看着他们，常常抱憾自己是父母的独子，如果也有一个像方凝这样可爱的弟弟该有多好。

可是，他也见过他们争吵。那天是在校场，他们练完一轮骑射，休息时说到了从军的事，方凝兴奋道："哥，我也要去，你做骠骑将军，我给你当副将！"

方含喝着茶，想也不想地说："不行。"

"你是怕爹不同意吧？你放心，我一定能缠着爹点头的。"

"爹不会同意的，"方含的口气是不留余地的决然，"就是爹同意了，我也不会带你一起去，你……多荒唐呢。"

"我怎么荒唐了？"方凝霍然起身，真的动了气，"我能陪你念书练武，为什么不能从军？不然咱们比一比，枪术箭法，布阵排兵，我哪一样也不会输给你！"

"我知道。"方含扭过头不看他，"可你就是比我强也没用，因为什么我不说，你自己也应该清楚，别再无理取闹了。"

"我清楚，我当然清楚，不就因为我是……"方凝猛地顿住口，看着闻青虹，眼里竟有泪光闪动，狠狠一跺脚，飞奔而去。

方含没有叫住他，怔怔地看他的背影消失，黯然叹息。

兄弟相争，本是家务事，即使是好朋友也没权利管的。可是方凝走时看向他的目光，却让闻青虹感觉疼痛，无法让自己置身事外。他站在方含面前："你不该这样，去跟他道歉吧。"

"我不该怎样？"方含抬头，看到好友的脸冷漠而不屑，甚至有些愤怒，还从未见过他如此的表情。惊诧的一瞬后，他跳了起来，"青虹，你不会以为我不让他从军，是怕他抢了我的地位吧？你误会了，不是这样的……"

他正急忙说着，面前的人已转身走了，他大喊道："青虹，你听我解释，其实……"

闻青虹头也不回："我不想听，如果不是最好，如果是我也无权干涉，他是你的弟弟，该怎么做你比我清楚。"

闻青虹回到房里，渐渐平静下来，正奇怪自己刚才怎么会那样义愤填膺，就听到方含的声音在门外道："你去解释清楚，别让人家以为我是在拿长子的身份压迫你，不让你出头。"

房门开了，方凝被推进来，踉跄着在书桌前站定，脸上竟是绯红的，好像在害羞，飞快地瞟了闻青虹一眼，低下头轻声道："谢谢你为我打抱不平，你真够朋友，要不是你跟我哥生气，他还会继续欺负我的。"

方含在窗外吼："你说什么呢？"

"哦，"他的头垂得更低，用力揉搓着衣角，"其实，我哥不让我从军，是为了我好，真的，他没有压迫我，你别再生他的气了。"

"还不够，再说详细些。"外面的人命令。

"没有了，就是这些。"方凝冲过去，一把拉开门夺路而逃，远远传来他威胁的笑语，"你也不许说，你要是敢乱说，我就去告诉爹你欺负我。"

方凝走了，闻青虹愣愣地，忽然把脸埋在臂弯里，哈哈大笑。笑了好一阵才抬起头来，方含正坐在旁边看他，眼神古怪："你笑够了没有？我从来没见过你这样生气，又这样笑。"

"因为，我不想你两个吵架，我希望你们是这世上最要好的兄弟，没有分别和隔阂，永远平等，亲密无间，就像现在这样。"

"只是这样啊？我还以为……"方含顿了一下，喃喃道，"闻青虹，你有时候聪明得可怕，有时候又傻得可爱……"

三

苦寒的冬过去，空气里刚有了一丝隐约的春暖，方含兄弟俩就开始摩拳擦掌地兴奋，又快到打春围的时候了。每年春天，方家都要随圣驾去箫寒山的草场围猎。这是两个少年最盼望的时候，有整整十天时间，可以完全抛掉繁重的功课，在繁茂的草原上纵马飞驰，在箫寒山顶看朝阳落日，无限的畅快。

"闻青虹，我告诉你啊，那片草原大得无边，骑着快马跑一天，还是望不见尽头。我这次一定要猎一只鹿，把鹿角送给你。"方凝望着远方，意气飞扬地许诺。

闻青虹却是一头雾水："我要鹿角做什么？"

"嗯，"方含拼命忍住笑，脸上一本正经，"当然有用。目光要放得长远嘛，想想，等你老到皓首银须的时候，可以用这副鹿角泡酒，来治风湿病。你喝着酒给孙子们讲起往事：'咳咳，这鹿角呀，是爷爷年轻的时候，好朋友送的猎物，算来已是六十年前的事了……'"

"你讨厌！"方凝气势汹汹追打过来，方含躲闪着，两人笑闹在一起。闻青虹看着他们，忽然觉得方含的玩笑其实是美好的建议，当自己老去以后，真的可以把一段少年时光讲给子孙。

萧寒草原的确如方凝所言的广阔，满眼苍苍茫茫的绿色，浓得化不开。三人在马上极目远眺，不禁胸臆大畅。许久，方含调转马头："咱们回去吧，时间不早了，回营地还得把帐篷搭起来，明天早上我们去山顶看日出。"

三人回到营地，忙忙碌碌地支起牛皮帐篷，这本是随从们的活儿，他们图新鲜，偏要自己来干。忙活了大半个时辰，帐篷总算竖了起来。方凝得意地拍拍手："好了，有我帮忙，这帐篷支得多结实呀，大风都刮不倒。现在轮到你们帮我的忙了，走吧。"

闻青虹第一次在野外宿营，兴致很高，围着这暂时的家转了两圈，对方凝笑道："这帐篷这么大，三个人住都很宽敞，你何必还要另支一顶，一个人冷冷清清的，不如就跟我们一起住吧。"

他是真心相邀，那两个人却突然变了脸色。方含一言不发，怪怪地看着弟弟，方凝脸上的红一直漫延到耳根，双手紧紧绞在一起，一动不动，好像忽然变成了木头。

"你们怎么了？"闻青虹感觉气氛的突变好像是因为自己的话引起的，但那句话似乎也没什么错处。他歪着头打量方凝越埋越低越来越红的脸，弄不清他是发烧还是害羞。

"不许偷懒！"方含忽然对他喝了一声，"他说让我们帮他支帐篷就支嘛，你别看他平日大咧咧的，其实有时候会害羞，不习惯和别人一起住。"

"我不是懒……"闻青虹恍然，连忙解释，"我不知道你有这样的习惯，对不起，你别生气了，我们帮你支帐篷就是。"

方凝似乎是松了口气，脸上的红潮渐渐褪去，抬起头时，眼睛又笑得眯了起来："你别听我哥瞎说，我才没害羞呢，我一个大男人家害羞什么，只是我睡觉时会打呼噜，怕吵到你们。"

来到围场已经几天了，三人整日在围场里纵马飞驰，闻青虹对射猎没有兴趣，他只喜欢草原的芬芳和广阔，方含的收获颇丰，高大的四角马鹿就射中两只，还有三只名贵的火狐。而方凝运气不好，大的猎物似乎都在他眼里遁形消失，连笨头笨脑的藿羊也没有遇到一只。只有几只兔子被人声马蹄惊得失了方向，竟撞到他马前，他才不至于一无所获。

眼见归期将至，答应送人的鹿角也不知长在哪只鹿的脑袋上，他恨恨地一甩马鞭："我今天要往草原深处走，那边肯定有鹿，这里的鹿都让一个贪心鬼打光了。"

闻青虹咬着嘴唇忍笑，回头去看那个"贪心鬼"，他正为坐骑刷毛洗澡，泰然自若地得意着这个称号。

这一天，方凝果然一意孤行地深入草原，两个同伴怎样劝说也是无用。太阳开始西斜了，他仍无归意。方含皱紧了眉吼道："该回去了，你别忘了，这次是随驾打围，黄昏时必须归营，要是我们违了规矩，岂不是让爹在圣上面前难堪！"

"你先回去吧，我再找一会儿，你放心，我的马比你的快，黄昏时一定能赶回去。"方凝不回头地答道，催着马继续向前。

"你……"方含真的生气了，扬起鞭子抽向弟弟的坐骑，闻青虹忙拦住，"他是任上性了，你越强迫他，他越不会听你的话。这样吧，你先回去，我慢慢地劝他。"

"那就这样吧，有你陪着他，我也不用担心。"方含叹着气，掉转方向，胯下的马忽然猛地跳起，不安地耸动着耳朵，远处，一声悠长凄厉的狼嗥撕裂了草原的宁静。

"这里有狼啊！"垂头丧气的方凝蓦地一振，安抚着乍惊的马儿，辨出狼嗥传来的方向，然后用力一夹马腹，坐骑猛地蹿出，一人一马似黑色烟尘，卷地而去。方含大喊道："你小心些，春天的狼可凶得很呢，要是遇到大狼群更危险……"

方凝早已去远了，哥哥的呼唤一个字也没听见，后面的两个人遇上这样固执的同伴，连叹息也来不及，只有追了过去。

跑了五六里路，远远的前方一个小山包上，六条强悍精瘦的狼并蹲坐着，俯视冲着它们而来的猎手，不知它们是一个独立的群落，还是大狼群派出的侦察小队。

整个冬天，大雪覆盖草场，藿羊和马鹿踪影全无，狼群的食物严重匮乏，只能吃冻死动物的尸体，或者去掏兔子窝、老鼠洞。于是春天里的狼都是疯狂的死神，根本不知恐惧，渴望撕碎一切被它们看见的动物，用新鲜温暖的血肉填满辘辘饥肠。

眼看着黑马渐渐近了，一只狼慢悠悠起身站在队伍的前面，毛色灰亮，头大肩宽，它伸出舌头舔舔嘴唇和鼻子，仰头向天嘶号了一声。

像是枕戈待旦的战士听到了冲锋号，群狼一齐起身，冲下小山的斜坡，扑向迎面而来的骑手。

方凝稳稳搭上羽箭，瞄准了奔在最前面的头狼。却听到身后破风之声，旁边一只狼已倒下，咽喉被箭矢洞穿，汩汩地冒血。

"哥，你都已经打到鹿了，这几只狼都是我的，不准你抢！"方凝回马向着箭飞来的方向，横眉立目地大叫。

"我不抢，都是你的，刚才只是手痒了一下。"方含的笑语猝然变成惊呼，"小心后面！"

原来狼群见同伴惨死，便立刻改了战术，变正面攻击为包抄突袭。五只狼散开来，呈半圆形包围了方凝的马，其中一只正从后面狠狠扑来。

不等主人做出指示，坐骑"墨风"扬起后蹄，正好踢中了狼的下颌。狼被踢得翻滚出好远，伏在地上动弹不得，猖猖呻吟。

方凝赞许地拍拍马头，回身张弓引箭，例不虚发，弓弦每响过一次，就结束一条狼的性命。眨眼间，草地上横陈着四条狼的尸体，而头狼已跃上了山包，一旦它翻过这座小山，就很难追上了。

方凝吸一口气，抽出箭囊里的最后一支，扣上了弓弦。他的动作不疾不徐，似是稳操胜券，又像是对头狼的某种敬意。

"铮"的一声轻响，利箭离弦，笔直地飞向那只失去了所有部下的光杆司令，锋利的箭头刺进皮肉，从肋间穿过。它凄厉的惨嗥，从山坡上滚下，就一动不动了。

"哈！"方凝欢呼一声，志得意满地放下弓，翻身下马，对旁边观战的人道，"闻青虹，我改送你狼牙怎么样？狼牙比鹿角好多了，戴着用狼牙做的护身符可避血光之灾，鬼见了你都得绕着走。"

"啊？"闻青虹被他夸张的话吓住，愣愣看着他走向头狼的尸体，俯身抓起它的左爪……

在被离地拎起的一瞬，头狼的眼睛猛地睁开，两只前爪顺势搭上方凝的肩。狼的力量加上猝不及防的惊恐，方凝脚一滑，倒在狼的身下，喷着血腥的刀锋般的牙齿凑上了他的咽喉。

猝然的突变让方含惊得忘记了动作，事实上做什么也来不及了，箭的速度再快，也追不过近在方寸的狼牙……

狼张开了嘴，带血的唾液滴下来，莹绿的眼里闪动的不是饥饿，而是疯狂的仇恨。它是头狼，有着足够的智慧，它忍着利箭穿胸的剧痛装死，就为等一个报仇的机会。

方凝绝望地看着狼微低下头，利齿将要在他颈间合起，他已感到了死亡的冰冷……

马鞭比狼口合下的速度快了刹那，重重地抽在狼的伤口上，狼痛得一抖，下意识回头去看是谁袭击了它，方凝没有错过机会，在狼转头的一瞬双臂一撑，将它从身上掀开；风声尖啸，方含的箭也到了，不偏不倚地射进咽喉，头狼一阵抽搐，真的死了。

方凝吓得昏花的眼里映出了闻青虹满是关切的脸，他在马背上俯看着他，向他伸出了手。少年惨白面容上忽然腾起淡淡红晕，迟疑着，还是握住了他温暖有力的手指，借着他的力量起身。

方含策马而来，脸上还是毫无血色的惊恐，一把将弟弟揽在怀里，急切地询问安慰，低哑的声音断续哽咽。直到确定他确实没有受伤，才推开他，狠狠地数落："你就是个闯祸精，叫你安生点比登天还难。要不是闻青虹那一鞭子，你这条命就让你自己玩没了！等我回去告诉娘，让娘把你锁起来，起码十天半个月不放你出门。"

方凝老老实实地接受兄长训斥，嘴角却含着笑，好像很是欢喜。

太阳就快沉下地平线了，三人急急忙忙回程，方含余怒未消，一人走在前面。方凝好长时间低头无语，忽然开口道："闻青虹，虽说大恩不言谢，但我还是要谢谢你的。"

"你想谢我，好呀。"闻青虹倒也不推辞，"只要你答应我两件事。第一，以后要听哥哥的话，别那么任性，你又不是不知道他有多疼爱你，如果今天你出了事的话，他这一辈子也不会再有快乐了。"

"嗯，我记住了，以后一定不惹哥生气。"方凝乖乖点头，像是恭听师长训示的学生，"第二件呢？"

"第二，你不许送给我狼牙，我可不想让鬼见了我都绕着走，那岂不是说我比鬼还可怕！"他笑着催马，赶上了方含。方凝一人在后面，怔怔望着那一袭青衫的俊秀背影，不觉又红了脸。

围猎结束了，他们回到王府，又开始了规律生活。不同的是，好几天都不见方凝。无论在书房还是校场，只有方含和闻青虹两人，少了那个顽皮的少年，一下子安静许多，也寂寞许多。

"你不会是真的告诉了王妃，把他锁起来了吧。"闻青虹很是担心，方凝那样的性格，要是真让锁在房里，会闷出病来的。

"没有。我那么说只是吓他，是他自己不愿意出来，他说要想清楚一些事情。"方含笑道，"你倒是很关心他，不嫌他烦呀？"

"他是你弟弟嘛，再说他的性子其实蛮可爱，我挺喜欢他的。"

"喜欢他？"方含眼睛一亮，放下书本凑近来，很感兴趣的样子，"那你说说看，是怎么样的喜欢，有多喜欢？"

"就是朋友之间的喜欢，像喜欢你一样，有什么不对吗？"闻青虹受不了他这样神经兮兮的反应，起身走开，剩下方含怔怔地自语："这个人啊，到现在还没看出来。"

这一天，他们两人在书房里看书，门开了，进来的脚步轻巧无声，是丫鬟送茶点来了。一袭绿罗裙倚在桌边，把茶盏放在两人面前，却不说话，也不走。

闻青虹看完一章，翻书时瞥见淡绿裙角还在他身边晃，就随口说了句："你可以出去了。"

那丫鬟轻声道："你喝了这盏茶，我就走。"

"我一会儿……"闻青虹正说着,忽听得这丫鬟的语声竟如此熟悉,他抬头,看到了她的脸,眼睛笑得眯起,一粒小小的黑痣在嘴角,俏皮而可爱。

"你,是……是不是……"闻青虹惊得恍惚,只觉头脑中一片空白。

"我就是——方凝。"绿衣女子点头,向他盈盈施礼。

从她进来,方含就一直强忍着,这时终于大笑出来,笑得伏在桌上呻吟。"妹子啊,你今天总算是想通了,装我弟弟的把戏总算玩烦了,不容易啊!"

闻青虹立时明白了,霍然起身,眼睛冷冷地扫着两人。"很好笑吗?我怎么一点也笑不出,你们骗了我这么久,拿我当什么?现在你们玩够了,我是不是可以走了?"

"别,你别走。"方含赶忙用力止住笑,上前拉住将要出门的他,"是我不对,我不该笑。我给你赔礼了。"他挡住门,一再躬身作揖,"这个玩笑是开过分了,不过,完全是这丫头的主意,与我无关。"

"是的。闻……闻公子,"这个陌生的称呼让方凝一顿,"这不怪我哥,都是我的主意。在你来之前,我就和哥哥打赌,如果我们俩一起出现,你一定认不出他来,就算你能认出他,也绝对分辨不出我是女子,结果,我输了一半,赢了一半。"

方含接口道:"她早就缠着父母说定,如果你认不出她是女子,就谁也不许说穿,让她和我们一起读书。我父母向来宠溺她,再说,她从懂事起,就没当过几天女儿家,一直是男子装束,家人早就习惯了,就由着她如此胡闹。"

"这么说,是怪我眼拙了。"闻青虹仍然有气,别过头去,"我哪里见过她这样的女子,换成是你,一样想不到。"

他愤愤说着,不由想起了他所见过的那些女子,他没有姐妹,但父母都有很多亲戚朋友,逢年过节走动时,也偶尔见到他们家中的女孩子。她们差不多都是一样的,温柔恬静,胆小羞怯,轻易不会多说一句话,多走一步路,偶尔见到年轻男子,就飞红着脸儿躲开。整天乖巧地守在闺阁中,绣花,读书,逗弄一只伶俐的鹦鹉,和贴身丫鬟谈笑几句,就是她们寂寞青春里最大的乐趣。

这似乎就是闺阁少女的样板生活，他从未想过有一个女子会全然打破这种束缚，穿男子衣衫，下校场习武，将长枪大戟挥舞得虎虎生风，骑烈马，挽强弓，引箭射狼都毫不含糊，连在狼口下逃生后都不哭一声……这样的男人都很少见，怎么可能是个女子？

再加上那张酷似方含的脸，所以，他根本没对方凝的性别产生过一丝怀疑，其实她也有些掩饰不住的女儿情态，比如脸红，独居，偶尔碰触到他的身体会显得不自然……可是统统都被他忽略了。他是心思细腻的人，却看不出这样明显的破绽，只因他从未怀疑过，甚至为他们的"兄弟情"而感动，原来只是场恶作剧，想来真是无聊。

他伸手推开方含，出门去了，倦怠地说了句："我累了，明天我就回家去。"

"青虹，闻青虹……"方含几次追上来，都被他推开，不管是好朋友还是小王爷都不想理会，他孤傲的脾气发作起来，是谁也不放在眼里的。

"闻……闻公子。"这次追来的是方凝，她挡住他的脚步，俯身屈膝在他面前，"一切都是我的错，对不起，求求你不要走。"

闻青虹沉默，听到泪水跌落在地的碎裂声，有了些许的不忍。这样硬气的女子，竟然能为他屈膝流泪，诚恳谦卑的认错，应该能弥合她所犯的过失。她只是孩子气的贪玩，并无恶意。

僵持片刻，他让步了："你……你起来吧，我不走就是了。"他本应去扶她的，却没有伸手。她起身，满脸泪痕，轻声道："多谢闻公子。"

"你还是叫我名字好了，这样称呼，我听着别扭。"

四

从那以后，方凝正式恢复了女子的身份，她不再着男装，还是陪他们一起读书，去校场，但很少再下场练武，而是坐在闻青虹身边，看一卷书，或是入定般静静出神。

看她在身边，闻青虹反而会感到失落。从前的方凝，是顽皮无羁的少年，是他的好朋友；现在的方凝，是王府千金，是父亲嘱咐的"切不可太接近"的女眷。这前后的对比，实是天壤之别。

他暗自叹息，起身去拿一盏茶，再坐下时，已不在原来的位置。她似乎感到了他的疏远，回头望一眼却没说话，又坐了一会儿，就起身回去了。

这样的尴尬一直持续着，再也无法恢复到从前的融洽亲密。方含亦是左右为难，他原以为妹妹恢复了女儿身，就省去了很多说不得道不出的麻烦，却不想适得其反，眼前的情形更是一团乱麻，妹妹再没有了眯起眼睛的可爱笑容，闻青虹则更多的是沉默，他们刻意地回避着对方，三人在一起的时候越来越少。他有时会后悔，其实谎言未必就比实话糟糕，如果这谎言可以让大家都快乐，又何必非要说出实话来呢？

时间不管悲喜，晃悠悠从指缝间溜走，像顽皮的鱼儿游进大海，一去不归。大半年后的一天，三人一大早就守在校场，有些兴奋地等一个人。

他们在等新聘来的剑术教师，据说老王爷在看过这人的剑术后，惊为天人，亲自带着聘礼去请来的。他们有过很多的武艺教师，但还从未听说过谁能有如此高的礼遇。他们也曾追问过这人是什么样子，可是从王爷到管家都神秘兮兮地不说，今天，这人总算要露面，正式传授剑法了，因此他们早早在校场相候等了一个多时辰，方凝不耐起来，低声嘟哝道："这人的架子也太大了吧，算了，他不来，我还不想见他呢。"

"你就是性急，"方含一把拖住要走的妹妹，"这么长时间都等了，再坐一会都不行？爹都看重的人肯定不凡，架子大些也是应该的。青虹，你说是不是。"他转头，向好友眨眨眼睛。

"就是，"闻青虹会意附和，"再等等吧，回去也是一个人发闷，多没意思。"

方凝不再坚持，又坐了下来，手指绞缠着腰带，嘴角有微微笑意。

不一会儿，远远传来刘总管的脚步声，沿着校场的围墙走来。三人精神一振，不约而同地说了句："总算来了。"

刘总管进来了，身边不出所料地跟着一人，可是，竟然是个女子。

总管躬身点头，向他们行礼："少爷，小姐，闻公子，这位就是王爷亲自礼聘的剑术教师，韩容若，韩姑娘。"

总管介绍完就出去了，方凝不屑地看着那个女子。淡净秀丽的面容，清爽得不施脂粉，着一袭杏黄的轻纱罗裙，更显得身材纤巧单薄，看似弱不禁风。她盯住女子的手，那纤细修长的手指，最适合绣花，而不是握剑……

方凝毫不掩饰自己的失望和冷淡，起身就走。韩容若忽然开口，语声明媚如春水："我在等着你们拜师，怎么方小姐反要走呢？"

"我们本来是打算拜师的，但不是拜你，你凭什么？"

"凝儿，"方含连忙呵斥，低声道，"你注意些分寸，不管怎样，她总是爹请来的。"

"我凭什么？"韩容若不惊不怒，淡淡地笑。"你可以来试试，就知道我凭什么了。"

"试就试，你以为我不敢？"方凝扬起脸，轻蔑挑衅，甩开哥哥阻止的手，走下校场，从兵器架上抽了一柄剑，冷冷道，"你拔剑罢。"

女子抚着腰间淡青的剑鞘，摇头道："现在还不必。"

"哼，"方凝莫名地动怒，一直压在胸中的无名火让这女子勾起，"你现在不拔剑，等会儿想拔也没机会了。"

她还是摇头，脸色是满不在乎的慵懒。方凝再不说话，一剑刺了过去。

方含他们也曾学过剑术，但北定王是要儿子将来统率万军，征战沙场，在战场上拼的是长枪大戟，剑是派不上什么用处的，于是只草草学过些简单的剑法，对付毛贼强盗可能有余，但若是遇见高手，便如儿戏一般。

方凝一剑快似一剑，却沾不到韩容若一片衣袂，她轻灵地躲闪着，在雪亮剑光里仿如穿花蝴蝶。淡淡道："剑不错，可惜剑法太糟！"

方凝更怒，剑势一变，双手握剑，直上直下地砍过来，虎虎生风。韩容若干脆笑出声来："方小姐，剑走轻灵，流水行云，你连这么简单的剑道都不知吗？是哪个蠢材教你把剑当砍刀使的？"

方凝脸上一红，没人这样教她，是情急之下自创的。此时她已知自己断不是对手，可如果就这样弃剑认输，又实在下不了台，没办法，也只有拼到底了，她不说话，咬紧牙猛砍，渐渐把韩容若逼向墙角，不由心中暗喜："就算你有再大的本事，无路可退还不是得认输。"她也不是有心要与这女子为难，只是淤积在胸中的郁闷需要发泄。

方含看得直摇头，又气又是心疼，他知道妹妹这么长时间来被闻青虹冷落，积压了太多委屈，但也不能拿新来的教师这样出气，要是让父亲知道了，肯定会大发雷霆的。瞟向闻青虹，他正紧紧皱眉，看来也是对方凝极不满意，以后肯定更加不理睬她了。

他正想下场去拦住方凝，忽听韩容若朗声道："我要出剑了，你看清，什么是真正的剑术。"

一柄长剑随着话音笔直腾起，在空中划过，剑竟然是蓝色的，近乎透明的蓝，光影流离，美得炫目。不知是在铸剑的铁水里加了什么，才炼成如此的光芒！

韩容若握住了剑，不是剑柄，而是剑锋。方凝看着她只用两根手指，轻拈剑锋，婷婷而立，不禁一愣，哪里有人这样握剑的，使不上力不说，稍不留神就伤了手。她这是什么意思？

"方小姐，你砍累了吗？"韩容若轻笑。

"没有，还有最后一下。"方凝说着，举剑狠狠砍落。她当然是有分寸的，绝对伤不到对手，只是想看看这种古怪的握剑法怎样抵挡进攻。

韩容若抬手，剑柄迎上了劈下的剑刃，"喀"的一声脆响，一段剑锋飞起，另一段连着剑柄，还握在方凝手里。断裂的剑飞向校场边上的一棵月桂树，削下一根绽满花朵的树枝，玉白的花朵芳香馥郁，飞旋着，正落在韩容若手中，微笑的女子收剑入鞘，把玩着花枝问道："方小姐，你现在可愿拜师了吗？"

方凝握着半截残剑，满脸通红。韩容若竟用剑柄敲断了她的剑锋，却没将她的剑震得脱手，仍然给她留了面子，这样的功夫和气度让她自惭形秽，她俯身下拜，唤了声："师父！"

方含松了口气，对韩容若也是满心佩服，拍了下好友的肩："我也去拜师了，你别恼她，她就是喜欢胡闹。"

方含过去，心悦诚服地下拜，韩容若答应着，眼睛却没看她新收的两个弟子，而是投向了远处的青衣少年。闻青虹一愣，刚才他皱眉出神，并非不满方凝的无理取闹，而是回忆在哪里见过这神秘的剑术教师，而现在她看过来的眼神，竟也像是似曾相识的。

以后的整整一月，韩容若天天都在校场教授她的弟子，闻青虹也天天让方含拉去旁观。他捧一卷书，翻几页，抬头看看场里舞剑的人。不知是巧合还有刻意，每次都能和韩容若目光交错。她注意这旁观者，远比对自己的弟子经心，只是掩饰得极好，旁人都看不出。

这个夜晚，闻青虹独自在院子里看月亮，方含早已睡了，他睡不着，只好请月亮来相伴这深重无眠的夜。深秋的月色清朗净柔，光华如练。但夜露是极冷的，点点滴滴浸湿他的衣摆。寒意瑟瑟，正想回房去，忽听身后幽静的语声轻唤他的名："闻青虹！"

他回头，诧异地低声惊呼："韩姑娘，怎么是你？"

"为什么不能是我，难道这月亮只有你一人能看吗？"她用一本正经的口气说着玩笑话。闻青虹脸上有些发热，嗫嚅道："我不是这意思，我是想问，你有什么事吗？"

"有事。"韩容若点点头，"我想知道，你为什么不和他们一起学剑呢？"

"这个……"闻青虹语声微顿，"我只是方含的伴读，不用陪他练武，再说，我也不喜欢剑术。"

"不喜欢？"韩容若似是觉得不可思议，"你怎么可能不喜欢剑术？"

闻青虹觉得好笑："那你说说看，我为什么要喜欢剑术？"

"因为，"在他身侧的女子忽然拉起他的手，摊开来，从手腕到指尖，轻划过一条直线，这样冷的深秋的夜，她的手指却是温暖的，划过掌心时有异样的酥痒。她极认真地看他，微笑，"你的手，天生就是握剑的。"

"天生……"闻青虹看着自己的手，十六年来只捧书持笔的手，居然被她说天生就是握剑的，从哪里看出来的？

"所以，如果有天你想学剑了，就来告诉我，好吗？"她放开他的手，微仰的面容笼上一层银色的月华，美得异样。

"啊，好的，"闻青虹低下头，避开她的注视，"也要拜师吗？"

她摇头："我是不够做你师父的，我只是……"她没有再说下去，转身而去。

她的背影消失在愈沉的夜色里，闻青虹继续研究自己的手，掌纹有些凌乱，似乎是锁着秘密的，只是他看不出。

他自嘲地笑，回房关门，却不知身后的角落里有一双眼睛，泪光涟涟。

"这一匹是回风，是地处西南的月车国进奉的，月车国圣主每年的祭天大典上，就用这种马做奉天礼天的祭品；这一匹是断金，是南方浩陆国独产的名马，看它的骨架，多匀称，跑起来那是没说的，毛色也漂亮，不如小姐就选了这匹吧……"

马夫滔滔不绝，口沫横飞，依着次序，指点着一匹匹高头大马，如数家珍地介绍着，一边说，一边偷眼观察着听众的脸色。

方凝又一次摇头，还是不满意。马夫已说了大半个时辰，口干舌燥，却也不敢露出丝毫的不耐，手又指了过去："那，小姐您请看这一匹，此马名叫回天，相传是……"

"凝儿，你今天怎么这样挑挑拣拣地不爽快，"方含凑在妹妹耳边催促着，"这些马都是百里挑一的良驹，你别再犹豫了，就选这一匹吧。我和青虹站得腿都酸了，你再挑剔，我们就先走了。"

"你们走罢，我还要再看看别的马。"方凝的口气反常地冷淡，和哥哥说着，眼睛却瞟向旁边的人，低声嘀咕："才站了这么一会儿，腿就酸了，装的吧？昨天晚上……"

方含没听清她的话，正想问，隔壁的马厩里突然传出一声响亮沉厚的嘶鸣，似洪钟贯透耳膜，三人没提防，都吓了一跳，栏中的马也不安的喷着响鼻，四蹄咚咚地跺着地面，似是非常害怕。

"这声音，是马嘶么？"方含迟疑地猜测，听着有几分像，可是这惊雷般的嘶鸣几乎能震人魂魄，哪里是温驯的马所能发出的。

可是马夫躬身赔笑道："少爷好耳力，这就是马嘶的声音。"

"什么样的马？我要看！"方凝拉开门冲了出去，随后就听到她的惊呼。

这间马厩和旁边那间一样宽大，却只有一匹马在里面。这是一匹白马，明显比它的邻居们高大许多，体形健美匀称，毛色如银胜雪的纯净，从小腿到马蹄却是朱红色的，额头上一团火红的印记，形状像一颗流星。

见有人进来，白马长嘶一声，猛地撞击着栏杆，很是愤怒的样子。

"这马，这马……"方凝惊异得口吃，"叫什么名字？怎么把它独养在这里？"

"这马叫踢火流星，小姐，你可不知道，它厉害着呢，要是把它和别的马混养在一起，它就又踢又咬的，昨晚就踢伤了两匹马，别的马吓得挤在一起，连草都不敢吃，只有独占一间马厩，它才能安静些。"

"此马真是有王者气派啊。"方含凑近想摸它，刚伸出手，马夫赶忙拦住，"这马最忌讳人摸它，前几天我倒草料的时候不小心碰了它一下，您看——"他挽起袖子，手臂上一大块瘀紫的伤，"算我躲得快，只是让马蹄擦了一下，这要真是踢中了，这条胳膊肯定得残。"

"好厉害。"方凝有些敬畏地退了一步，"这样烈性的马，莫非就没人骑过它吗？"

"听王爷说，这马原是西极大漠呼邪族王者的坐骑，日行千里，神勇非常，为呼邪族立下过赫赫战功。可是性情古怪，说不准什么时候就会发狂，呼邪王和他的次子就是在它发狂时被摔断了脖子死的，所以都说这马妨主，再没人敢骑。后来呼邪族没落了，这马辗转流离，最后就到了咱们这边，皇上赐予王爷这一批名马的时候，王爷看见了它，爱其神骏，就向皇上要了来。不过王爷说了，别的马少爷小姐随便挑，这一匹，只可远观，万万动不得。所以两位看看就行了，可别难为小的，要是因这马出了什么事，小的有几个脑袋也担不起。"马夫可怜兮兮地苦笑，打躬作揖。

"你放心吧，不会让你为难的，时候不早，我们也该回去了。"方含说着，拉了妹妹就往外走。"哎，我还没选好呢。"方凝挣扎着，回头看那匹漂亮如神话般的白马。

方含不松手，他知道如果不赶快把这丫头拖走，她肯定会打这匹马的主意。"我替你看好了，就要那匹回风，女孩子家骑藏青色的马挺漂亮的，就这么定了，不许再闹。"

一直走到花苑旁的回廊，方凝才得了自由，她揉着酸麻的手腕，念叨："踢火流星，好有气势的名字，哥，要是让你骑，你敢不敢？"

方含想了想，不好意思地摇头："那马太野性了，我可不想摔断脖子。青虹，你说……"

他话还没说完，方凝鄙夷地一撇嘴："问他做什么，他肯定不敢的，胆小鬼！"

方含一愣，忙呵斥道："凝儿，你怎么这样说话！"

"我就这样说话，怎么了？"方凝瞪着闻青虹，第一次如此犀利刻薄，"哼，他就是个胆小鬼，只会偷偷摸摸的，难道我说错了吗？"

闻青虹气得变了脸色，刚要开口，方含使劲拉着他的袖子，一脸的为难和恳求。他不忍让好友难堪，勉强压住怒火，冷冷道："我有些不舒服，先回去了。"

"不舒服呀？"方凝讥诮地冷笑说，"可不是，半夜三更地不睡觉，在院子里和人家说话，现在这么冷的天气，当然会冻出病来的。"

"你监视我？你凭什么监视我！"闻青虹不想她会这么说，看来昨晚的事她都知道了，他又急又气，冲她大声地吼。

"我才没有。只是，若要人不知，除非己莫为。"方凝振振有词。

"好，你说清楚，我为什么了？你又知什么了？"闻青虹真的被激怒了，向来淡定的眼睛也失了平静，咄咄逼问着她，方凝竟有些怕，不自觉地退了一步。

"青虹，"方含忙拦过来，"你别跟她一般见识，就算看在我的分上！"

闻青虹不再说话，定定地站了一会儿，转身拂袖而去。

"弄成这样，你满意了吧？"方含瞟了妹妹一眼，"你什么时候变得这么婆婆妈妈，还学会说别人的闲话了。"

"我……"方凝看着他离开的方向，那里空空的，人早就走远，看不见了，"我也不想这样，可是我昨天真的看到了他和韩……"

"韩，韩师傅？他们在一起？"

"嗯，不但在一起，她还拉他的手，他居然，就让她拉。"方凝说着又动了气，其实如果没有看到那一幕，她也不会和他吵的。那样亲密的动作，实在太过分了，她紧咬着嘴唇，狠狠地想。

"他们在一起……说了什么？"方含忽然觉得自己很无聊。

"好像也没说什么，只是说练剑的事……"

方含松了口气："这有什么嘛，韩师傅早就问过我，青虹为什么不跟我们一起学剑，想必是她觉得青虹资质好，想再多收一个弟子，正好昨晚遇上了他，就和他说起这事，这很正常，就是让你给想歪了。"

"正常才怪！她想教他学剑，大白天怎么不说，就是夸他聪明，我们也不会生气的。非得要晚上去找他，还拉拉扯扯的……深更半夜，四下无人，不知道男女授受不亲呀！"

明明是吃醋，竟说得如此义正词严，连古理都搬了出来，方含在肚里闷笑，脸色却是严肃："就是，实在太过分了，四下无人的，就应该避嫌嘛。哎，那你是怎么看到的？"

一句话，问得方凝再也无言，脸红得抬不起头来。她怎么能说出口，已经有好多个无眠的夜晚，她悄悄地去玉华园，就在那面紫藤的墙边，看着闻青虹房里的灯光，和窗纸上映出的清秀剪影，直到他熄了灯，她才回去。

她是这样眷恋着他，这一生，不会再有第二个男子可以这样占有她的心，让她"风露立中宵"，只为看一个侧影就心满意足；当看到他和别的女子在一起，她的气愤，也只有眼泪知道了。

她埋着头，眼里模糊着泪水，紧紧盯着脚尖前的一小片土地，好像一直盯下去，地就能裂开缝来，让她钻下去躲藏羞怯和痛苦。这些情愫和痴想，自己想想都羞死了，怎么能开口告诉哥哥。

方含暗叹，即使她不说，他岂能不知这个傻丫头已是情根深种，不能自拔，可是她深爱着的人好像对她并无情意，现在还只是心照不宣地回避，一旦将来这层薄薄的窗纸捅破，她将如何收回这场空抛的情怀？

"凝儿……"

"少爷，小姐，不，不好了……"他下面的话让仓皇的喊叫打断，马夫从花苑的甬路跌跌撞撞奔来，一张脸惊恐地扭曲着，好像天就要塌下来了，"少爷，小姐，闻公子他……他骑着踢火流星出府去了！"

"什么？"两人异口同声地惊问。马夫战战兢兢道："方才闻公子去马厩，脸色冷得吓人，一句话也没有，拉开栅栏就把马牵出来了，小人都不及拦。谁知道踢火流星居然安安静静地让他摆布，闻公子给它戴上鞍子，翻身就上了马，小人都看呆了，一路跟到北侧门，看着他出府去了。才想起来告诉你们，那马现在看起来安静，谁知道在路上会不会出事……"

"蠢材！"方含大怒，"你不早点来报，还跟着看，看热闹啊！还不快去给我备马！"

"哥，我也要去！"方凝一把拉住他的衣袖，紧张得几乎哭出来。

五

两人两骑旋风般出了北侧门，一路追去。方凝不停地发抖，抖得握不紧缰绳，坐不稳马鞍，幸亏坐骑是匹温驯的良驹，跑得又快又稳，完全不用主人操心。

"其实也不用太担心，你也知道青虹的骑术，比我们都好的。他要是没有把握，也不会去骑踢火流星。你刚才也听马夫说了，那匹马很听他的话，放心吧，不会有事。"方含对她大声地喊着，速度卷起的急风灌进口中，把这些安慰的话撕扯得支离破碎。

一直跑出了城，到了京郊之外的荒野，方含在绝望的边缘看到了前面的白马和马上的少年，他惊喜地催马加速，扯开喉咙大喊："闻青虹！"这一声，喊亮了妹妹的眼睛。

听到了呼唤，前面的人牵起缰绳让马转身迎了过来，脸色赧然。他是赌气才冒险来骑这匹马的，跑了这么远的路，气恼也被风吹散了。看到两人都出来找他，倒有些不好意思："这匹马其实没有马夫说得那么可怕，跑得快倒是真的，你要不要试试？"

他岔开话题，方含也乐得装糊涂："当然要试，你骑了这么半天，也威风够了，快点下来让我骑。"

方凝在一旁绷着脸装生气，等着有人过来劝她，当然最好是他。可事与愿违，他们的心思只在马的身上，连哥哥也不扫她一眼，似乎已忘记了她的存在。

她扭扭捏捏的，盘算着该不该主动过去，跟他和解。前面忽然传来一声沉闷的轰鸣，震得地面隐隐发颤。那是栖霞山的采石场在放炮炸石，谁都没在意，方含还催促着："你还舍不得呀，快点让位，我都等不及了！"明显提高了声音，让那边心痒难耐的女孩子听个清楚。

　　闻青虹应了声好，正要下马，踢火流星突然放声长嘶，猛地立起来，两条前腿在空中挥舞着，马背与地面的角度几乎是垂直的，可是闻青虹还在马背上，缰绳紧紧抓在手里。

　　也许是受了炮声的惊吓，也许是这时才醒悟过来，觉得不该随便就屈尊于人的胯下，何况这些不知好歹的孩子竟打算排队来骑它，这还了得，一定得给他们点颜色看看。于是踢火流星开始了传说中的发狂，一次又一次腾跳，立起，长嘶，仿佛不把背上的负累甩拖誓不罢休。

　　方含方凝看得目瞪口呆，也不知该怎么办，各自的坐骑被这狂怒的惊马吓得不住后退，几乎要掉头而逃，他们只好下马，但还是无法近身。闻青虹死攥着缰绳，惨白着脸向同伴大吼："你们小心，都闪开！"

　　兄妹俩束手无策，也只好向后退去，心都在喉咙悬着，只盼着它能快点释放完这可怕的力量，马的狂性通常坚持不了多久，就会大汗淋漓地安静下来。然而踢火流星的疯狂却如大海怒涛，一波比一波凶悍。黑色眼睛里布满血丝，像燃烧着地狱的业火，浑身的肌肉紧绷如一张满弦的弓，每一跳的幅度都是惊人的，似乎永不疲倦。而闻青虹的力量已快用尽了，汗湿重衣，手臂累得几乎麻木，手指紧勒在缰绳上，关节惨白。

　　"哥，怎么办，怎么办……你想想办法，你一定有办法的！"方凝急得连哭都忘了，只是紧抓着哥哥，不停地重复这几句话，语声抖得断续支离。

　　方含有苦难言，没有带箭来，他手里只有一根马鞭，能有什么办法？可是妹妹不停地催促也让他急中生智，想起了靴筒里的匕首。他伸手拔出雪亮的短刀，努力镇定自己，走向了那匹疯马。

　　"别过来，危险！"闻青虹嘶哑地喊着，方含又向前走了两步，攥紧手中的刀，他已经可以看清马颈上那根因狂躁激动而不停跳动的大血管，只要把匕首刺进去，它就能彻底安静了，他一向为自己的飞刀而得意，应该是有把握的。

马也看到了他手里的刀，那雪亮的光芒让它感到危险，它又一次立起，狠狠一甩头，"啪"的一声脆响，三股熟牛皮绞成的缰绳居然被挣断了。

　　缰绳一断，闻青虹紧攥的手骤然脱力，身子猛地向后仰去。方含丢掉匕首飞奔过去，想要接住他。可他并没有坠落，随着马的前蹄回到地上，他居然奇迹般地稳住后倾的重心，向前伏在马背上。

　　踢火流星终于挣脱了缰绳的束缚，兴奋得忘却了背上还没有甩下的人，嘶鸣着，撒开四蹄狂奔而去。

　　兄妹俩一愣，赶紧翻身上马，追了过去。

　　白马飞驰着，几乎不沾地的朱红四蹄，像极了远古神话中那个叫哪吒的孩子脚下踩着的风火轮，腾云驾雾，风驰电掣。他们这才真正领教到了踢火流星神骏的速度，座下的马虽然也是百里挑一的健硕善跑，也已被主人催打得使出极限的速度，可是前后的距离仍然越拉越远，白马渐渐变成了一个小白点，渐渐地小白点也失了踪影。

　　明知不可能追上的，他们仍然没有丝毫减速。忽然，方凝带着哭腔大喊："哥，前面是不是就到了七星崖？"

　　方含猝然一惊，是的，沿着这条路再往前几十里，就是七星崖，一片绝壁，下面万丈深渊。

　　两人更加用力地催打着坐骑，手中的鞭子暴雨般落下，可马已是强弩之末，怎样也不可能再快了。跑着跑着，方凝的马悲嘶一声，前腿猛地跪下，方凝被前冲的惯性甩下来，在地上翻滚出一段才挣扎起身，脸上擦出了斑斑血痕，冲着勒马回头的哥哥大喊："别管我，你快去拦住他，前面，是七星崖……"

　　方含狠下心催马而去，方凝看着卷起的烟尘散开，再回头去看她的马。"墨风"，从小和她一起长大的伙伴，她从来不舍得打它一鞭子，聪明的马儿也不用鞭子来训练，就是和她心意相通的。可是今天，明知它已经竭尽全力，她仍然像个一意孤行的暴君，拼命将自己心中的恐惧施加予它，全然不顾它能否承受。

　　她摇晃着，拖着刺痛的左腿挪到它身边，想抚摸却不忍触碰，它满身的鞭痕都在渗着血，漂亮的黑色皮毛被血和汗粘成一绺一绺的，张大鼻翼艰难喘息着，口鼻中流出殷红的血沫，可看着她的眼神还是清亮温柔，没有怨恨。

她跪倒，伏在马身上默默流泪，渐渐是低声的呜咽，最终变成了撕裂的痛哭。不知是哭马还是哭自己，还是哭离死亡越来越近的，她深爱着的少年……哥哥不可能追上他的，那匹疯狂的马没有缰绳的束缚，它会带着他跃下深渊，万劫不复……她知道的，一定是这样的结局，因为这结局是她一手制造的，如果她不吃醋，不刺激他去骑踢火流星，这结局就不会发生。

墨风轻轻地舔着她的手，这是它现在唯一能给主人的安慰了，却让她哭得更加伤心。

忽然，她抬起头来，有马蹄声朝这边来了。看清了又是失望，不是哥哥，只是陌生的过客而已，可脑子里忽有灵光一闪，失望在瞬间变成狂喜，她起身，用力向那人挥手。

"你有什么事？"骑马的人问。一个穿戴漂亮，看似挺有身份的女孩子拦在路上，脸上又是血，又是泪，又是土，都看不出本来的容貌如何，身边躺着匹半死不活的黑马，这景象着实让他惊异。

更让他惊讶的事立刻发生了，那女子哑着嗓子说："我要你的马。"他还没听清，只觉腕上猛地一紧，就被拉下马来，"强盗"两个字还没喊出口，一块晶莹的玉佩扔在他面前，人已远去了，只抛下一句话："你帮我把马送回北定王府，还有重谢。"

那人掂了掂手里的玉佩，他是识货的，知道这玉佩起码能值十匹那样的马，尽管受了些惊吓，但也赚了一笔。他得意地揣起玉佩。俯身摸摸黑马，满手的血汗，看来是生生累伤了，那女子必是有急事，才把坐骑累成这样，又抢了他的马。

"北定王府"，他默念着这个地方，眼睛一亮，那女子莫不是王府千金？看那气派，那出手，还有这累瘫了的名种马，八成错不了，就算不是，起码也和王府沾亲带故。他拍拍墨风安慰道："你等着啊，我很快就送你回家，看看你能值多少赏钱。"说着，他站起，喜滋滋地到附近村子里雇牛车去了。

第三章·云深山渺渺

一

　　路崎岖颠簸起来，马的速度越发慢了，方含心急如焚，也不敢再鞭马加速。他的心情是矛盾的，既希望马能快点跑，给他一个机会把闻青虹从死亡线上拉回来；又宁愿这一段路长得永远也走不到头，让他不用去面对崖下的惨状，也不用面对妹妹的绝望。

　　没到七星崖，方含就看到了他焦急追赶的人和马，以为是幻觉，揉揉眼睛再看，那匹半跪在地的白马绝对是踢火流星，一袭青衫，背向他而立的人就应该是闻青虹了。

　　他下马，飞跑到那个背影的前面。"真的是你！"他一把抱住好友，激动得几乎热泪盈眶，"我还以为你已经……谢天谢地！你真的没事吧，有没有受伤？"

　　"没有。是那位姑娘救了我。"闻青虹这样介绍，他才发现有一个女子正在旁边，白衣，腰间佩一把剑，银柄银鞘。也是和他们相仿的年纪，面容极美也极冷，淡漠疏离，似乎世间一切都不在她眼里。

　　方含正想说话，闻青虹拉他的衣袖，轻声道："我没事，可是马受伤了。"

　　"怎么？"方含惊讶，再看踢火流星，也不挣扎嘶鸣，垂头丧气的样子真像是受了伤。难道是跑得太快，踩在石缝里别断了腿？

　　他绕过去察看它的情况，半跪的两条前腿上都有伤，明显是剑锋划过的，伤在关节处，虽然不深，也足够让这疯狂的家伙老实安稳。

"莫非是这女子刺伤了它？"方含忖度着，有些悚然。她的剑竟如此快，能刺中飞奔惊马的前腿关节，分寸还把握得正好，既制服了它，也不会留下残疾。看来，她的剑术，应该和韩容若不相上下。

他抱拳向女子道谢，女子的脸色依然是没有暖意的冷漠："我已经和他说过了，我不是要救他，而是他的马正好挡了我的路，我是为了自己，谁也不必谢我。"

方含一愣，笑道："即使如此，我的朋友也是因为姑娘才平安无事的，所以谢还是要谢的……"

白衣女子似乎极讨厌他的啰唆夹缠，微一皱眉，转身就走。这时，一匹马疾驰而来，马上人喜极而泣，一声大喊，让她倏地停住脚步。

闻青虹刚回头去看，方凝已扑进了他怀里，紧紧地抓住他，放声大哭："闻青虹，都是我不好，我以后再也再也不跟你吵架了，再也再也不逼你骑马了……闻青虹，你不要生气，不要恨我！"

那女子看着这一幕，神色乍阴乍晴。闻青虹的脸当然比苹果还红，想推开方凝又有不忍，只好求救地望向方含。

方含也觉得脸上发热，心里不禁埋怨妹子，就算再怎么喜欢他，再怎么紧张害怕，也应该有些女孩子的矜持才是，何况还有陌生人在旁边看着。他很用力才把她从依恋的怀抱里拉开，连忙转移她的注意力，介绍着："就是这位姑娘救了青虹，还不快谢谢人家。"

"不必了。"那女子先开口，"她哭够了没有？如果没有可以接着哭，如果哭够了，你们就可以走了。"

方含以为她是在嘲笑妹妹，当即变了脸色，沉声道："你这是什么意思？"

"我的意思是，你们可以走了，他必须留下！"她波澜不惊地重复，慢慢走过来，上下打量着面前的人，"你真的是闻青虹？"

"是，姑娘认得我？"闻青虹被她看得浑身不自在，只好低下头回避。

"我叫冰阙！"她答非所问，"你刚才也看到了我的剑，我的剑叫作冰阙，我是以剑为名的。"

"哦。"他口中喃喃地回应。是的，他看过她的剑，方才疯马带着他疾如流星地卷过来，她恰巧路过，他来不及喊，她也来不及闪，眼看就要撞上了，好像是银色闪电在眼前一闪即逝，马倏地站住，然后"扑通"跪倒，他下来后才见马腿上血淋淋的伤口，可是白衣女子手中的银剑却没一丝血痕，闪亮冷峭地映出她苍白精致的脸。

原来她叫冰阙，与剑同名，人如其名，就是像冰一样冷的。救了他，却一再强调是为了自己，似乎如果不是他们正巧在那危机的一刹那狭路相逢，无法回避，她就可以不动声色地看着一人一马摔下万丈深渊，然后无所谓地走开。

"我这样说，只是想让你知道我是谁。"冰阙面无表情，"方才我救你是无意，你不必谢，现在杀你是无心，你也不要怨。"

"你，说什么？"闻青虹以为自己听错了，试探着问。回答他的却是剑，冷冷的，直刺咽喉……

剑在方含的左肩定住，练武磨砺出来的敏锐直觉，让他提早一步感到了杀气，在挡上来的一瞬，她手里的剑停止前进，他不是她要杀的人。

"他，跟你有仇吗？"方含看了眼抵在肩上的剑，努力让自己神色正常。

"我根本就不认识他，如果他不叫闻青虹，我就不必杀他。"

这回答让人哭笑不得，闻青虹伸手拨开抵住方含的剑，低声道："这么说，姑娘是和我家里有积怨了？"

"没有。"依然是否定的回答，干脆利落。

"总不会只因为他叫这个名字你就要杀他吧？你是个疯子啊？"方凝冲过来冲她大吼，她仍是淡漠的表情，却一字字说得郑重："是我师父要他死，师恩深重，师命难违。"

剑光又起，他们只有退。她的剑法凌厉迅疾，顷刻间就把三个人缠裹在剑光里，生死只在呼吸之间。闻青虹吐出哽住声音的一团寒意，喊道："住手！"

她果然停下："你还有什么话要说？"

他走近，和她面对："既然你要杀的是我，何必连累我的朋友，你动手吧。"

她一言不发，举剑指在他的颈中，只要再用力刺进一分，就是死亡。可是剑停在这个位置，不进不收。杀人的人和被杀的人竟用相同的眼神望着对方，一样的深而冷，像不透阳光的深海，凝固了寂静。旁观的两人被这无形的压力抑制得失去语言，不敢呼吸，紧握着沁满冷汗的手，倒数千钧一发的时间。

许久许久，冰阙收剑，眼帘垂下时，脸上有微微异样的悸动："今天我不杀你，你束手待毙，我胜之不武，十天后，你带剑来，我在此相候。"

　　她走远了，遥遥的背影映在惨淡夕阳里，在白衣上涂下一抹悲凉的红，似利箭从眼里射进，在心上刺痛。闻青虹退了一步，压下心头莫名的凄然，转向身后的两人，强笑道："没事了。"

　　等到他们找来大车，拉着惹起祸端的白马往回走，天边已亮起第一颗星。这一天过得惊心动魄，三人都折腾得没了力气，不想说话，也不知该说什么。直到已能看见王府气宇轩昂的房檐，方含才小心翼翼地问闻青虹："伯父是否和江湖中人结过仇？"

　　"我想应该没有，家父向来为人谨慎，平日里往来的都是读书人，从未结交过江湖客，没有交往，怎会结仇呢？"闻青虹一个个回忆着和父亲交往的人，想不出有江湖中人。

　　"嗯，我想也是。但冰阙说是她师父要她来杀你，她的剑法就如此了得，她师父想必是位江湖高手，也许年纪已很老了，如果不是与你家有仇，为何要和你一个少年过不去呢？"

　　"我……怎么知道。"闻青虹垂下头不再言语。他很奇怪，方才的生死之间，自己居然一点都不恐惧，心头只有一种说不出的酸涩悲凉。

　　"师父，今天我见到闻青虹了。"

　　"哦。"淡黄竹帘后面透出疏离模糊的回应，隐约可见的顾长身影动也不动，"然后呢？"

　　"我……没有杀他。"冰阙仍在帘外，对里面的人恭敬答道，"因为，我今天碰巧救了他，如果转脸就杀他，似是……不好。"

　　"杀人就是杀人，什么时候动手都是一样的结果，有什么好不好的。"说话的人好像早有预料，不曾动怒，只是口气略重了些。

　　"是，我和他约好了十日之期，到时他带剑来，死也该死得心服口服了。"

　　帘后的声音冷笑："你又怎么肯定他会来？"

　　冰阙被问得一怔，沉默许久才道："我知道他一定会来的。"

　　"是吗？我让你杀他，你却改成比武论剑了。"里面一声叹息，"罢了，什么方式随你，为师只要结果，冰阙，你应该知道是怎样的结果。"

"是……我知道，我一定，杀了闻青虹。"冰阙重重地回答，似是在给自己勇气。

"嗯，为师等着，就这样，你去吧。"一道铁门随着话音一起落下，隔在它和竹帘之间，里面再无声息，寂静似一座空屋，虽然每次和师父的对话都是这样结束，她还是觉得心里一寒。

十年的师徒关系一直如此冷淡漠然，她与师父正面相对的时候几乎屈指可数，太多次都是这样隔着竹帘，或者只见师父的侧脸或背影。十年来她从未见师父笑过，从未听他说过一句关怀的话；十年来，师父只给了她三件东西：剑术，冷漠，一条命。

"呵。"她在墙角慢慢地蜷缩下去，扶着额头低声地笑。是的，师父给了她一条命，她自己的命。若不是他在十年前那个冬夜抱起她，她就死了。也就从那天起，她的命是他的了。

其实她一直都在想，想她原来是谁？家在哪里？父母为什么不要她？可是什么也想不起，她的记忆里有大段空白，截断了她在遇见师父之前的所有往事。她只记得那一夜特别深，特别冷，她就像现在这样蜷缩在一堵废墙下，三条张牙舞爪的野狗围住她，她小小的手里抓着一块更小的石头，明知道没什么用，还是紧紧握着。眼看着一条黑色大狗狠狠扑过来，吓得连哭都忘了。

然而那条狗的尖牙刚含住她的胳膊，还来不及咬下去就定住了，向后望了一眼，猹猹地低吠着，和两个同伴灰溜溜跑掉了。这时候她看见了师父，一个身体颀长，沧桑满面的老者，他走过来，什么也没说，只是抱起了她。她知道自己安全了，伏在他肩上睡去，朦胧地听见他在耳边低声地说出两个字，仿佛很熟悉的，像一个人的名字，可惜没有听清。

从那以后，她有了一个师父，她不知道他的名字，也忘记了自己的名字。师父教她剑术，给她衣食，却没有过一点关爱，路人般陌生疏远。渐渐地，她也习惯了这样荒凉冷酷的生活，无论师父说什么，她只应："是。"她的命是他给的，他要怎样，就怎样，绝对服从。

六年前，师父给了她一把剑，银白色的，锐利寒冷，师父说这把剑叫冰阙。他把剑交给这无名的女孩，在转身离开时淡淡说道："从今后，你就以剑为名。"

从此，她有了剑，也有了名字，冰阙，倒也名副其实，她是如冰的女子，心是一片凄寒的荒漠。她不在乎自己的生死，也漠视别人的生死。所以，当惊魂甫定的少年下马向她道谢时，她冷冷地回答："是你的马挡了我的路。"可是，当她的剑抵在他咽喉的时候，竟不能刺入，那个少年的眼睛，没有恐惧，却含着刻骨的悲凉和伤怀……她第一次那样清楚地在别人眼里看到自己。他的眼神，她似乎是见过的。不，她一定见过的，一定有一个瞬间，也曾有人，用这样的眼神凝视过她……在哪里？是谁……她拼命地想，一点也想不起。

二

"哥，你说怎么办？以他的脾气，十天后是一定会去的，去了就……"方凝在房里走来走去，大步流星，脚下不停，嘴里也不停，"他根本就不会剑术，那女子为何问也不问，就让他带剑去，好像是给他一个公平的机会，其实还不是一样的结果。"

"你给我坐下。"方含拉住妹妹摁倒在一张椅子里，"要说话坐着说，看你这么走，我头晕。"

"那你说怎么办？"方凝老老实实坐着，还是执着地问。

"怎么办怎么办……你就会问我，你以为我是圣人还是智者？这事还不都是你惹出来的，你要是稍微安静一下，就天下太平了！"方含忍无可忍地冲她吼，他也实在是乱了方寸，虽然习文修武读过兵书，但毕竟年轻，又生长在深宅大院的王府，哪里见过这样的江湖仇杀，又哪里知道该怎样了结？

方凝见哥哥真的生气了，红着眼圈也不敢哭，想了半晌才怯生生道："要不然，我们把这事告诉爹……"

"哼，你该不会是想让爹命亲兵去把那女子抓起来入监吧？"方含气极反笑，"这主意真是蠢到家了，亏你想得出来。休说爹决不会跟你一起荒唐，就算真的这样，你这辈子都别指望青虹再理你了。"他转身面向妹妹，"凝儿，你怎么一点也不懂他？他是那么骄傲的人，因为你赌气骂他是胆小鬼，说他不敢骑马，他就去骑了，结果弄成这样；一点小事他尚且不肯委屈，更何况今日之约不仅关系到他的性命，还有尊严和名誉。你知道吗，真正的男人会把这两样东西看得比性命还重，青虹就是这样的人，你如果用这种手段，是救了他，也毁了他，他会恨你一辈子的。"

"其实，我也是太心急，随便说说的，"方凝羞愧得抬不起头来，脸上的红一直漫延到脖子，"我也不是那样阴险的人，不会这么做的。哥，你千万别告诉他。"

"我又不傻，告诉他这个做什么。"方含摸摸妹妹的头，安慰道，"放心吧，到那一天我们暗中跟着他，在危急时刻朋友帮忙援手，是顺理成章的，他也说不出什么来。"

这个时候，闻青虹正在校场上。深夜的校场是空荡安静的，只有他踩着自己的影子慢慢地走，墙角那棵月桂树的花朵全都谢了，叶子也日渐枯黄，将要落尽。地上一层银白的霜亮得似雪，现在已近初冬，就快要下雪了。

他在兵器架旁踌躇良久，伸手取下一把剑。剑上落了霜，握在手里寒凉彻骨。他用力一拔剑柄，"咯"的一声，是暗簧跳开，剑身出鞘的声音。在这深寂的夜里，这样轻微的响动也格外刺耳。

他一点点拔出剑来，动作很慢，像是虔诚的仪式，烦乱的心绪竟在这一刻安定下来，平静得像被水洗过。

剑很普通，平常的青钢铸就，刃口薄而锋利，他的指尖抚过去，蜻蜓点水一样的轻，可还是有刺痛传来，指上就有了一道伤口，血漫了出来，殷艳温热，他把手指放进口中吮着，不觉沮丧。韩容若说他的手天生就是握剑的，冰阙说十天后你带着剑来，好像都认定他是很会使剑的人，可事实是，他有生以来第一次拔剑，就伤到了自己。

伤口不深，血很快止住了，他想应该把剑放回去，回房睡觉，至于那十日之约，就听天由命吧。

"你终于想学剑了吗？"甜润温和的笑语响起时，他正笨手笨脚地把剑插回鞘中，闻声抬头，韩容若正看着他，浅笑盈盈。

"韩姑娘？"他看看她，再看看手中的剑，尴尬得不知如何解释。

"如果你想学剑的话，我可以陪你练习。"她望着他手中插回一半的剑，轻轻说了一句。

"啊，也好。"闻青虹不好拒绝她的殷切，答应过才猛地想到，她并没说教自己学剑，而是要陪他练习，他还什么都不会呢，怎么练习？

可韩容若不像说错了话的样子，她拔出腰间的宝蓝色长剑，幻彩流光闪过，剑锋指地，她微低着头，静默而立。

闻青虹愣住，他见过方含方凝对招，就是这样的起手式，这是对实力相当的对手的尊重，她以这样的动作和他相对，竟把他当作平等的对手。他哭笑不得，也不好说什么，只得把插回一半的剑拔出，学着她的样子握剑以待。

韩容若表情沉凝，手缓缓抬起，在胸前方寸划过半圆。寒冷的气流扑面而来。闻青虹只觉呼吸被这寒气逼住，下意识后退。韩容若身后的月桂树上本有只寒鸦栖着，这一剑划出，眯着眼睛打盹的鸟儿一声嘶叫，扑啦啦拍着翅膀飞起。刚飞过她的头顶，第二个半圆划出，比第一个略大一圈，仓皇逃离的鸟哀鸣着，轻灵的身体像被大石坠住，跌落下来，在满是秋霜的地上挣扎着，极力拍动翅膀，却是徒劳，身子只在地上打旋，再也飞不起来。

闻青虹的眼睛不自主地瞟向这可怜的鸟儿，忽听一声轻叱："对决之时，除了对手的剑，天塌地陷也不在眼里，连这也忘记了吗？"

他一惊，连忙凝神，幽蓝剑锋已在眼前，疾指他的左胸，他慌张地又想后退，韩容若冷笑道："你若只是退，不如扔掉剑更方便些。"

几乎在这时，他才想起手里有一把剑，应该去挡对方的剑，他回忆着从前旁观时看到过的剑招，努力集中那些残缺模糊的印象，抬手模仿，"铮"的一声金铁相交，居然还真的让他挡住了这一剑。韩容若微一皱眉，手腕向上翻起，直挑他的眉心。他急忙后仰，剑锋也跟着上移格挡……

如此光影交错的过了几十招，闻青虹只觉手中的剑渐渐轻了，挥洒时不似开始那样坚涩吃力，十招里，竟能挡得住七八招。这样神速的进步韩容若却似没看到，眉间越发拧得紧了，忽然变了剑法，不再是一招一招清晰凌厉的攻势，轻轻一抖，蓝色长剑在她手里竟像是活了一般，剑身战栗着，划出如水的縠纹，轻盈流转，层层扩散开来。闻青虹根本不知她的剑要指向何处，也就无从抵挡。而这剑式骤然加快，怒海惊涛般纷繁狂乱，深蓝风暴包裹着他，像是一个不会水的人掉进了大海，没顶的恐慌卷来，完全无能为力。他勉强退了几步，却退不出这剑光织成的大幕，没有直接刺来的锋芒，可是凛凛的痛漫延着，像是身体正在被撕裂。

"韩姑娘，我挡不住了。"他用力喊出一句，可是剑没有停。她笑，"用别人的剑法来挡，自然挡不住，用你自己的剑法，来破我的剑。"

这话听来荒唐，甚至更像讥讽，却重重撞在心头，"我的剑法……"他默想着一恍惚，脚下骤然坚定，不再后移，像是有无形的支柱撑住了他，失神的眼睛凝定，看进了纷繁的剑幕，团团绽开的水蓝光晕中，只有一点微白宁静不动，那里，是这光幕的中心……

他忽然举起剑刺向那个白点，这个动作让他吃惊，是根本不受思维控制的，仿佛身体忽然间变成了一只木偶，被悬浮在虚空的引线牵起，以自己根本不可能想到的速度，破开那森寒严密的剑幕，直刺过去。

光影破灭时，响起轻微的惊呼，一把剑呛然落地，是韩容若的剑。她像一只断线的纸鸢向后飘去，身体撞到了校场边的围墙上，喘息着，左手紧紧地握着右腕，却掩不住指间渗出丝丝缕缕的嫣红，慢慢凝结，滴落在青石板上，碎裂成一朵奇异的血色花朵。

"韩姑娘……"少年冷定如电的眼眸瞬间寂灭，看着剑上斑斑的血痕，惊得松手。他竟然伤到了韩容若？刚才那不听使唤的一剑，就是她所说的，他的剑法吗？

女子脸色苍白，却不显痛苦，她笑着，欢喜赞许："怎么样，我说过你的手天生就是握剑的，现在可信了？"她上前来捡回自己的剑，俯身时，一滴晶莹的水珠快速从脸上滑下，无声落地。"韩姑娘……我不是有意的，你的伤……"闻青虹怔怔看着她还在流血的手腕，是他造成的伤口，他只能看着，不知如何是好。

"没关系，"韩容若收剑入鞘，脸上还笑着，眼角却有隐约泪痕，"你回去休息吧，忘了这件事，我根本没有受伤。"

她走了，只剩下闻青虹，和地上的一只鸟，一把剑，一片血迹。他低头看着，恍惚得像陷入梦境。

第二天一早，一夜无眠的闻青虹刚开了房门，就看见了方凝，好像已等了很久。"什么事？"他向她身后看，却不见方含。

"我哥他在校场，我来是想跟你说……"她犹豫着没了下文，又怕他不耐烦，连忙接下去,"你和我们一起跟师父学剑吧,虽说只有十天,但你这么聪明……"方凝艰涩地说着,她也是练武之人,很清楚功夫是天赋和苦功累积的结果,没有哪个聪明人可以一蹴而就,用极短的时间练成高深武功,她只是自欺欺人而已。

"不用了。"闻青虹截断她的尴尬,转身要走,却被她拉住,"闻青虹,你听我说……"

"我都说不用了,你还要说什么?"他挣开她,口气是毫不掩饰的不耐和冷漠。方凝听到他的脚步远去,眼睛只看着自己的手,刚才还拉着他衣角的手,现在空空的。

他的脚步又折了回来,停在她身边,低声道:"是我不好,不该对你那样说话。走吧,一起去校场。"

"闻青虹,我知道你恨我……"

"没有,我要是因为一点小事就记恨你,心胸也太狭窄了。"他不好意思地笑,"我只是有点心烦,就拿你出气了,对不起。"

这倒是实话,昨晚失手伤了韩容若,一夜忐忑难安,方凝是撞上了枪口的出气筒,把压在心头的大石砸给了一番好心的她,自己也觉得过分,才回头道歉的。

"你不恨我就好。"方凝笑了,一点都不在乎被当作出气筒,只因为是他。"闻青虹,那你……"

"好了好了,别再说这事了。"一想起剑,心里的阴影又翻了上来,他压住烦乱,尽量平稳着口气,"你也知道没有用,我心里有数的。快走吧,你哥肯定等急了。"

方凝乖乖地住口,默默紧跟在他身后,曾经的意气飞扬已被"情"字消磨殆尽,她不再是那个烈马般不羁的少年,她为他换下男装,收敛性格,做低眉顺眼的温驯女子,唯一的愿望,就是可以永远这样跟随着他,不离不弃。

他们来时,方含正在场里一招一式地练着,韩容若靠在墙边监督她的学生,不时指点一二。"这一剑的位置低了,再抬高一点,对,就是这样。"她说着,过来纠正方含的动作,右手抬起,袖子向上滑去,露出光滑白皙的手腕。闻青虹的眼神僵硬在那里,一动不动,额上沁出了冷汗。

"闻青虹，你怎么了？"方凝紧张地晃他的肩，他从惊愕中猛醒，再看韩容若，她的手已垂下，但透过单薄的纱袖，还是可以隐约看出她的手腕是完好的，没有包扎和伤痕。难道昨晚的校场练剑，那一剑刺去后在她腕上绽开的血光，只是一场梦境？虽然有那么真实的感觉和记忆，但也只是梦境，醒来就一切如常了。

那以后，韩容若再没有找过他，甚至再没有过一个眼神，好像从来就不认识他，传剑授徒，过着自己的平静日子。任闻青虹百般地寻思回想也不做一句解释，竟似真的什么都没发生过，也就无须解释。

日子就在这古怪的气氛里过去了九天，明日，闻青虹就该去赴那场生死之约了，他平静如常，别人也只字不提。

"他居然能破了你的剑，莫非剑法已完全恢复了？"深夜，没有灯火的屋子里，一个声音在黑暗里蓦然响起。

"遗忘了那么久，哪能轻易就恢复，只有那一剑还像样而已。你要求的我已经做到了，你到底有什么办法解决这件事？"

"就算只有一剑，只要他能在关键时刻使出，结果就不一样了……呵，也没什么不一样的。"那人低笑了一声，"其实我什么办法也没有。"

"你，那你当时……"

"诳语有时也是必要的，当时我如果不那样说，你怎肯来帮我？"

"骗子！亏你还好意思装出这副道貌岸然的样子来，简直是……"说话的女子气得声音发抖，伴着吱吱呀呀的声音，好像是拉开了一道铁门。

"如果你想骂我无耻，就直接骂出来好了，我也不是没被这样骂过。"那个语声仍然平静，"不过我劝你还是留下来把这场戏看完，没有谢幕之前，就算定下了结局，也可能会有转机。"

没有人接口，但窸窣的脚步停住了，似是站在门口考虑。

"你不信我，也不信他们吗？不管怎么说，他们有了一个机会，只要有机会，就可能发生奇迹的。"

"哼，奇迹……"女子冷笑，但还是被说服了。沉默许久，她淡淡道："明天，会是怎样的结果？"

"我也不知，"说话的人笑了起来，"如果不是我想要的结果。那样就还有时间，还有希望。那样的话，以后还需要你帮忙的。"

"如果不是呢？"女子咄咄逼人，"如果明天就是结局，你怎么样？"

"我能怎样……"语声像将灭的烛火般猛地一窒，"你怎样我就怎样，我们是从一条路来的，自然也一起回去。"

"别拿我和你相提并论，要不是信了你的话，我才不来蹚这混水。"她狠狠反驳，顿了一下，叹息道，"算了，来已来了，再说什么也没意思。你知道吗，如果可以重来一次，我会选择你现在的身份。"

"是吗？我知你天性疏懒，没什么耐性，才把省心的事留给你，你倒还抱怨。"那人笑了，"不过只是被刺了一剑而已，以他现在的力量，伤不到你，也不会痛。"

女子的声音骤然低下去，几乎听不清地幽叹："你又不是我，怎么知道不痛……"

还是在那片靠近七星崖的山坡上，在初冬清晨飒飒的风里，两人对面而立。冰阙的面容仍然淡漠，扫过面前男子的眼睛却有了一丝伤感，其实她不想他来，却又知道他必然会来，还真是没看错这个人，可她宁可是看错了他。

没有办法了，师父还在等着结果。想到师父，她心里一寒，握鞘的手猛然用力……

坡下的草丛里探出两双眼睛，紧张地看着上面的对决。"哥，他怎么，也是会使剑的呀？"方凝稍稍松了口气，放下了紧攥在手里的弓。方含却皱紧了眉头："好像是会使，可他的剑法……"

闻青虹的剑法也许根本不算是剑法，全然没有剑式的连绵流畅，东一下，西一下，只求能挡住对方的剑而已。冰阙也不禁惊异，本以为他是艺高人胆大才敢来赴约的，看他的冷静淡定，处变不惊也像是个高手，谁想到一出手竟如此笨拙可笑。

他完全被压在下风，抵挡都已很吃力，更不可能进攻。方凝咬了咬嘴唇，从背后的箭壶里抽出了一支箭，却被哥哥按住，他轻轻摇头："再等等看，他现在还没有危险。"

方含看得很准，闻青虹虽然全无还手之力，冰阙却也奈何他不得，他拙劣无方的抵挡居然很有效，连她最精妙得意，从未失过手的几招也全部挡回，她苍白的脸色微红，又是一剑逼来，冷冷问道："你是不是故意拿我开心？你这算是哪路剑法？"

　　闻青虹一愣，赶忙用力格开压下来的剑，苦笑道："哪路的也不是，我压根就不会什么剑法。"

　　冰阙也是一怔，随即冷笑："什么都不会，你难道是白来送死的？你若真是一窍不通，怎么挡得开我的剑？"

　　"我，我是真的没学过剑，不过常看别人练，记得一些招式，临时拼凑的，信不信由你。我知道不是你的对手，但我必须得来，不然岂不是被你看不起，连闻家的姓氏也因我蒙羞。"

　　"真是个书呆子，命都没有了，谁管你姓什么？姓氏很重要吗？我没有姓，不照样活得好好的。"

　　"啊！"看到她桀骜的表情里竟有掩不住的伤怀，闻青虹忽然地失了方寸，讷讷道，"那你的父母……"

　　他同情的眼神触痛了她，她冷笑道："我不是来和你拉家常的，我是来杀你的！"

　　他刚反应过来，她的剑已到了眼前。挡是来不及了，退也避不开，就这样死了亦是不甘，电光石光的一瞬，他举剑刺向冰阙，希望能逼她回剑自保。

　　这是他第一次出剑，以不可思议的力量和速度。冰阙的剑离他的咽喉还有一寸，而他的剑尖已刺进了她胸前的衣裳，再前进几分，就能刺穿心脏。

　　他大惊，但手上没有收剑的力量，他只能松手，让自己的剑落地，任她的剑抵住喉咙。

　　冰阙面容惨淡，即使是这样冷定的女子，由死到生的转换间，也不免惊愕失色。她稳住手腕，定定地看着闻青虹。在杀他之前，她要看清这个古怪的少年，他说自己不会剑，却几乎一剑杀死她，却又在胜利的瞬间放手弃剑，白白把性命送给了她，这个太聪明又太傻的人，他到底是谁？

　　坡下的草丛里，方凝狠狠咬住了差点出口的惊呼，张弓搭箭。"你不要冲动！"方含低喊着阻止她，他看清了那转瞬的胜败交错，他相信冰阙不会杀死刚放过她性命的人。

方凝只看见现在的危机，她愤怒地推开哥哥，吼道："你究竟是来帮他的，还是来给他收尸的？"

三

她看不透他，也或者是不敢再看，低头说道："你不杀我，我也放过你，但下一次……"

话没说完，她霍然转头，回剑去拨那支飞来的箭，但迟了半拍，箭矢扎进了她的右肩。弓强箭快，未尽的冲力让她跟跄了一步，闻青虹忙伸手去扶，她推开那只手，瞟一眼刺进肩上的箭，又看看他，然后一剑削断箭杆，转身而去。

闻青虹呆呆地看着她离去，忽然委屈地想哭，他声嘶力竭地喊："不是我。"白衣的背影微震，头也不回地远去。

坡下的两个人上来了，闻青虹拾起那半截箭杆，递在方凝面前，她埋着头不敢看他的脸色，但他的手固执地举在面前，她无可逃避，只有伸手接过。他冷笑抱拳，说了声"多谢"。

整整一天，闻青虹的房门紧锁着，房里寂静无声。方含也只有望门兴叹，方凝拉着他的手，颤声叫道："哥……"

"你叫也没有，哭也没用，谁让你不听我的话。"方含无奈叹息，挣开妹妹的手，"你若想还能有些挽回，就快去找瓶箭伤药来。"

闻青虹沿着冰阙走过的路线下了山坡，前面的路竟是像蛛丝一样延伸向各处的小径，他犹豫着，最后选定了一条看上去很顺眼的路。

路很长，不断地出现转弯、岔道，他毫无头绪，只能听凭感觉一路走去，月上中天时他走到了小径的尽头，前面是一座破败的山神庙，庙门虚掩，风一吹，就吱吱地晃动着，有灯光从门缝里透出。

闻青虹站在门口，紧张得局促不安，敲了敲门，里面寂静无声，他深吸一口气稳定心神，推门而入。

供桌上的山神像只剩了一半，没有头的半截身子上缠满了灰白的蛛网，一盏油灯在神像脚下明明灭灭，映得这荒凉的庙宇透出森森鬼气。冰阙蜷缩在桌旁的角落里，她微闭着眼，灯光在脸上投下阴影。

"你来做什么？"她并不睁眼，就已知道是谁来了，"我相信不是你，你何必再来解释。"

"我来给你送药。"闻青虹在她身边坐下，掏出一个紫砂的小瓶。她肩上的箭头已经拔去了，但血还没有完全止住，慢慢地渗出，白衣染了一大片触目惊心的红。他看在眼里，心隐隐地痛着，"这药很有效，我来帮你敷上好不好？"

她睁开眼睛看他，许久，她默默点头，解开衣绊，褪下左肩的衣衫，转身背向他。

他的手指蘸了灰色药粉涂上伤口，她的肩膀猛地瑟缩，强忍的呻吟还是没压住，发出低低的一声。

"这个药药性猛烈得很，开始蛰得伤口很痛，一会儿就好了。"他尽量轻缓手下的动作，解释着。方含把药瓶从窗户抛进去时，就是这样说的。

剧烈的痛楚渐渐平息了，她松开紧咬的唇问道："你怎么知道我在这儿？"

"我不知道，就是从你下山的那条路上一直走过来，还真没走错。"闻青虹有点好笑，想起在郡守家的花苑，其实远没有这段路复杂，他却走错了。现在想来，也许是注定要与方含相遇；而今天准确无误的直觉带他来这里，或者也是宿命。

她不作声，他的话是有点离奇的，可是她信，她相信他所有的话，莫名其妙地信任。他的手指温暖，把药粉一点点涂在伤口，抚去疼痛。她有些贪恋这样的温暖，自从十年前师父给过她一个怀抱以后，她就再没有接触过人体的温度。而这个少年给她的暖意，和十年前的记忆是不一样的，真的不一样。

女孩儿的肌肤是精致的玉色，宛如象牙雕琢出的完美，因为失血和夜的寒气而泛起一颗颗微小的寒栗。闻青虹觉得脸上发热，他快速把最后一层药粉敷上，包扎好，为她拉起衣衫遮住肩膀，也遮住自己的羞涩，轻笑道："好了。"

她系好衣裳转过身来，手里被塞进了一个瓶子，"这药早晚各敷一次，很快就能痊愈的，你要记得上药，我先回去了。"

"闻青虹，"她叫住他，眼睛却只盯着手里的紫砂瓶，"你是不是傻？我是要杀你的人，你别以为这样就能感动我，我从来不会违背师父的命令，就算现在用了你的药，等我好了还是要杀你！你何必这样，你为什么不恨我！"

"我为什么要恨你呢？"他反问，"你是要杀我，而不是想杀我，你只是剑，而不是握剑的手。"

她抬头，人已不在了，只有那扇旧门板晃啊晃的，证明他刚刚离开。

半个月后，闻青虹在老地方遇见了她，那片发生过太多惊险的山坡他最近常去，似乎有什么是值得期待的。那天，他在下坡时看到正往上走的她，脑子里忽然跳出一个充满肃杀意味的词：狭路相逢。

"你的伤可好了？"对视许久后，他先开口打破尴尬。

她点头，又连忙补上一句："也没有完全好，如果动剑的话，会很痛。"

他笑道："那正好，我也没有带剑，我们今天可以和平相处了。"

"闻青虹，"她几次欲言又止，终于开口道，"今天晚上，我要去向师父问清楚，也许是我搞错了，你并不是他想杀的闻青虹，世界这么大，同名同姓的人太多了。你说是不是？"

"也许。可如果我就是呢？"

"那，那我也要问清楚原因……"

"如果不管什么原因他都让你杀我呢，你不是说过你从来不会违背师父的命令吗？"

他的追问像剑一样，逼得她后退，半晌，她嘶哑着嗓子道："我的命是师父给的，若不是他，我早就死了。"

"我明白了。明天我还在这里等你，不管怎样，总要有个了断。"他抬头望着铅灰色的天空，暗沉沉的云朵厚厚地堆积，猎猎的风也撕不碎它们，"明天就要下雪了，这是今冬的第一场雪，山顶上有几棵墨松，大雪盖上去，纯白下压着翠绿，很漂亮的。明天我们可以一起去看，好不好？"

"好。"她快速简短地答了一个字，不让他听出声音的哽咽，她不能哭，一哭心就软了。小时候学不好剑要挨打，哭得越惨板子下得越重，于是她的眼泪越来越少，到后来师父打断了板子，她仍然木头般站得笔直，眼眶里干干的。师父才满意了，他说没有眼泪就没有弱点，没有眼泪才能杀人。

"师父！"冰阙低唤着，这是第几次隔着竹帘和师父说话她已记不得了，可是这次不一样，这次，她要向师父要一个解释、一个答案。

"这么长时间不见你，闻青虹呢？你已经杀了他吗？"

"还，没有。"她艰涩地回答。"师父，我想也许他不是您想杀的人，只不过恰巧和那个人重了姓名。"

"他当然是，难道为师还能搞错不成！"里间传出的声音悠悠然的，粉碎了她紧抱着的一丝希望。

"可是，为什么呢？他只是个少年而已，怎么可能和您结下这么深的怨仇？"

"冰阙，"苍老的男声怫然不悦，"我让你去杀他，没让你在这儿啰唆，惹我心烦。"

"师父，我一定要知道原因，"她攥紧满是冷汗的手掌，声音低哑却坚定，"否则我决不会杀他。"

"放肆！"怒喝声响起时，她只觉双膝一麻，身不由己地重重跪倒，竹帘掀起，满面怒容的师父站在她面前，"你方才说什么？"

她仰起脸看着愤怒的老者，一字不改地重复着她的坚定。

也许是被她的决然镇住，老者竟向后退了一步，他愣了片刻，沉吟道："你若真想知道，我就告诉你。我和那个孩子的确没有怨仇，我要杀他，是因为他家欠我一件东西。"

冰阙一震，口中像是被塞进了一只黄连，苦得想吐，却又只得咽下去。他家欠师父的肯定是人命，不管是王法还是江湖，以命偿命都是铁的规则。

"我曾经有件心爱的珍宝，是一块血玉，后来落于他父亲手里，我还来不及索回，就被他丢失了。"

"只是，一块玉啊？"冰阙惊异。不等她再说下去，老者就怒喝道："什么叫只是！你怎会知道那块玉对我的意义？闻家欠了我至爱的珍宝，我就要闻青虹的命！"

冰阙壮起胆子，怯生生地建议："您可以去找他父亲，让他赔给您一块玉……"

"胡说。"老者沉声斥道："你小小年纪，懂得什么？我的玉，世上只有那一块，他如何赔得起！人心里最珍贵的东西，是独一无二的，永远没有同样的可以取代！你可知道？"老者微微一顿，喝道："你快去杀了他，莫再多言。"

冰阙怔住了，师父的训斥更像是启发，揭开了她心底压抑的秘密。她一再错过机会，甚至不惜触怒师父也不肯杀的闻青虹，也是她心中的独一无二，要是杀了他，这个世上就再也不会有人给她笑容，给她温暖，给她被宽容，被关怀着的幸福……

"师父，我不能杀他，不能……我，决不会杀他的……"她沉默了许久，忽然喊了出来。老者脸色惊愕，这个向来温顺的徒儿莫非是疯了，她不管不顾地继续喊："我不会杀他的，师父您要是再逼我，我就杀了我自己！"

她真的伸手拔剑，老者一步赶过来，重重甩出一记耳光，她扑倒，脸上一片红肿，慢慢浮出五条清晰的指印。他抛下一只木瓶拂袖而去。铁门落下，她听到师父的最后警告，"冰阙，你知道为师的脾气，不要玩寻死觅活的把戏，没有用的。你若真的不肯杀他，就杀了你自己，但别让你的血污了我的剑，就用那'清梦饮'吧，死其实就是永远地睡，没有痛苦。"

她在欲雪的寒夜里跪着，师父点了她的穴道，她站不起来。她的眼眶还是干的，她想自己一定是已经干涸了，再也流不出泪来。像一具几百年前就已死去的行尸，无泪无笑，只带着冰冷的呼吸苟活在世间，有什么意思呢？

天快亮时真的下起了雪，她站起，拖着酸麻的腿艰难离开，月檀木的小瓶握在手里。

"你早就来了吗？"闻青虹一来就看到已在这里的她，一袭白衣裹在漫天纷扬的雪雾里，美丽的虚无缥缈，仿佛伸手一触碰就会破灭。

"嗯，今天真的下雪了啊，好漂亮。"冰阙抬起手，让一朵朵晶莹剔透的雪花落在掌心，她还是没有笑容，但声音里却透出异样的欢喜。

"你师父是怎么说的？"

她像是没有听到他的话，抬头看着山顶，几棵挺拔的墨松在白茫茫的天地间固执地苍绿着。"你不是说要和我一起去看雪压青松的吗？走吧，我看就从这里上去比较好，北边的坡太陡了。"

她说着拉住了他的手，似是很自然的，她的手冰冷，抖得厉害。"你冷吗？还是你师父说了什么？"闻青虹继续追问。

"他说找错人了，他要找的闻青虹在……一个很远很远的地方，我明天就去，可能，要好久才能回来，今天你只陪着我赏雪，好不好。"

"你骗不了我的，你根本就不会说谎。"他叹口气，"到底是怎样的，老实告诉我吧。"

"呵，知道了又有什么用呢……"知道是瞒不过的，她低声转述师父的话，然后不出所料地听到他愤怒的反驳："他胡说！我父亲怎么会偷他的玉？他要杀我就杀好了，为什么污辱我父亲！"

冰阙一把拉住转身就走的他："你要去找我师父的话，只是送死。他也没说是你父亲……拿了他的玉，他只是说'落在'了你父亲的手里。"

闻青虹不作声了，他也曾听父亲说过那块作为定亲之礼的血玉的来历，也许是那个神秘的算命老头偷了冰阙师父的玉，又把这祸端转嫁给父亲。这样想来，"落在"两字倒是确实的。

"其实，我家真有过一块血玉的，后来……就送人了，再后来就丢了。"他含糊其词地说着，他不想告诉身边的女子，自己是定过亲的，虽然父亲反复提醒过，他以前也默认，现在才觉得是一副枷锁。"但绝对不是从你父那里偷来的，那是……"

"我知道的。"冰阙打断他的解释，玉是谁的她不管，她只要眼前这个人好好的，这就够了。"我劝了师父好久，他已经不再计较了，他也不再逼我杀你了……我这次可没说谎，你别这样看着我。你不知道，我师父这一辈子无妻无子，只收了我这一个弟子，他可疼我了。我跟他说你的剑法其实比我高，我杀不了你，还差点被你杀了，而且我还受了伤，他当然骂我没用，不过也没办法，只好就这样算了。"

她毫不回避地与他对视，镇定平静，他当然想不到她师父是那样狠决，当然也就信了。

"这样就好，我们以后就不用再刀光剑影的了。"他如释重负，"那我先走了，还有事呢。"

"你，你这就走啊？"她叫住他，嗫嚅道，"我们先去山顶看松树吧。"

"急什么。"闻青虹笑了，"来日方长啊，明天雪会下得更大，把树枝都冻成冰挂，那才好看呢。我真的有事，你也快回去吧，天这么冷，小心会伤风的。"

他走了，只有她一个人呆呆地望着山顶的松树，雪越发大了，渐渐压住了那份绿色。就算明天的雪景会更漂亮，和她有什么关系？她只想今天和他在一起，可是也不能够了。

飞雪在朔风里狂舞，像断翅的蝴蝶，坠落在她的肩头，越来越多的白色蝴蝶，就要把白色的她掩埋了。她被融进衣裳里的雪水冻醒，抱着肩走了几步，四面八方都是雪的世界，她走不出这片寒冷，索性就地坐下，慢慢从怀里掏出那只瓶子。

师父说过，月檀木能增加清梦饮的效力，让永远不醒的梦做得更美，这小巧玲珑的月檀木瓶，散发清甜的幽香，镂出的美丽花纹缠绕着一行细小的字：清饮一梦醉千年。

这药，师父配了二十年才成，想来是为他自己最后的时刻准备的，说起来，师父真的很疼她，才把这来之不易的灵药给了她，让她永远睡去，不会再有痛苦。

"闻青虹……"她最后一次念这个名字，用她自己才能听见的声音。她微微颤抖着，拔开了瓶口的软木塞。

一只手伸过来，冰阙猝不及防，手里就空了。她回头，想念着的人就在身后，正专注地研究着刚抢到的瓶子。

"还给我！"她起身来夺，口中胡乱喊着，"你不是有事吗，怎么又回来了？也不出声就抢我东西，快还给我！"

"这个是什么？毒药？"他怔怔地望着她。

"你胡说什么，不用你管，拿来！"女孩子固执地伸出手，可是他不理，他低声道，"我就知道你师父决不会善罢甘休。也是你太不会说谎，说什么师父有多疼你，笑话，他若真的疼你，你就不会是这个样子；他若真的疼你，就不会让你用自己的命换我的命！"

"不是这样的。"冰阙强辩着，觉得胸口堵得发慌，可她还是哭不出来，"你，就不可以装着糊涂吗？"

"不可以！如果我是那样的人，你又何必如此呢！"他握住她的手，很用力的，像是要把自己的生命注入她的身体，"冰阙，你是很好的女孩子，真的，我第一次见你，就觉得你很好很好……"

他笑着这样说，仰头饮尽了瓶里醇厚如酒的液体，一扬手，木瓶在雪影里划出半圆的弧线，隐没不见。

"闻青虹！"她惊叫着，天地忽然在她眼前飞速旋转，她扑过去，用力摇晃着他，"你吐出来，快点吐出来啊！这是清梦饮，世上没有药可以解的！"

"是吗？"他推开她，转身而去，"我不想死在你面前，你转过头去，不许看。"

他说不许她看，可她的视线没有一瞬离开，看着他远去，脚步渐渐踉跄，然后摇晃着倒下，就像是烂醉的人不胜酒力而睡去。在她抱起他时，已经触不到他的呼吸，只有一丝淡淡笑容，永远凝固在他嘴角。

她轻抚着他的脸，想唤醒他，可喉咙仿佛是一个空洞，张开嘴，只灌进了冰冷的空气，安静得一点声音也没有，她用力地吸气，她一定要发出些声音，否则堵塞在胸口的痛会把她撕裂的。努力了很久，她终于挤出了小小的声音："闻青虹……"

他不应，仍然沉沉地睡着，不知做着什么梦，梦里有没有她？她的声音大了一些，颤得像根将要断裂的琴弦："闻青虹……"

她握住他的手，手指冰冷的，再也没有安慰过她的温暖，他就这样死了，可是，他还没有和她去看过山顶的松树呢，这是第一次她有了一个美丽的约定，却来不及实现。

仿佛她的剑在胸膛里绞动，心碎成千千万万的碎片，看不见的鲜血淋漓，痛到窒息。她忽然仰起头嘶喊他的名字，她以为高高的天上有他还未走远的灵魂，他听到了，就会回来。可是天不语，只是漫无边际地撒下风雪，冷冷吞没她濒死般的绝望呼唤。

时间是飞逝着还是凝固了，她一点也感觉不到，只是一次又一次伸手拂去他脸上的雪，她要看着他，直到越来越狂暴的风雪将他们一起掩埋。初冬的第一场雪，从未这样大，这样冷过，纷纷扬扬，似是要用这白色遮住天上的眼睛，掩盖世上的悲伤，冻结心里的绝望。

大雪覆盖了身体，睫毛上落着雪花，沉重地压迫眼帘，可她并不感到冷，相反胸口竟有异样的温暖，在身体缓缓蔓延开。"也许是快要死了吧，师父说过的，将要冻死的人反而会觉得暖和。"她默想着，更加抱紧怀里的少年，等待死亡降临。

四

"你真的杀了他？"忽然，有女子的声音幽幽叹息，冰阙勉强抬起头。站在身边的人是从未见过的陌生女子，披着件雪白的貂裘，微低着头，披在肩上的发丝散开，遮住了半边面容。

"你好大的胆子，他可是北定王长子最好的朋友，你竟敢杀了他……"女子说着俯下身，手指将要触到闻青虹的脸，就被拨开了。"是我杀了他，"冰阙麻木得没有表情，不理会她是谁，也不想分辩，"你去告诉他们，让他们来给他报仇，我就在这儿等着。"

"那也得看看他是不是已经死了。"她轻笑着绕过那只苍白无力的手，抚上男子结了冰的脸庞，纤巧的指尖顺着面颊滑下，唇齿间慢慢吐出一句话，"算你运气，他还活着呢。"

冰阙猛地战栗，急急地伸手探他的鼻息，触到的只是冰冷，她瞪着这个莫名其妙出现、拿她的绝望消遣取笑的女人，连愤怒都没有力气，怔怔地流下泪来。

那女子脸上却没有恶意的嘲笑，认真而温柔地看她一眼，快速收回目光，急促得似是刻意地回避，仍是重复方才的话："他还活着呢。"

一颗淡绿芬芳的药丸放进闻青虹口中，女子不再说话，静静等待药丸在他口中化去，然后转向脸色惊异的冰阙，微笑着："不要这样看着我，我不是神仙，没有起死回生的本事。"

"他真的……没有死吗？"冰阙讷讷地开口，这神秘女子郑重其事的举动是一丝微弱的希望，她紧紧地抓住，感觉却是虚空。师父何曾慈悲过，给她的清梦饮不会是假的，何况，他的呼吸已停止了很久，连雪落在他脸上都不再融化，怎么可能没死？

"嗯，"女子点头，一点不像玩笑，"不过，他在这天气里冻了这么久，必须得渡一口气给他，才能醒得过来。"

"啊？"冰阙一时不解，"怎么给他，渡一口气？"

"这个，"女子眉间微紧，很难解释的样子，"你自己想就明白了。"

这也不是太神秘的问题，冰阙一愣神，也就省悟到了，极寒的风雪和未退的悲伤笼着她的脸，看不出赧色，只是低垂着头，避开对面的注视，吞吞吐吐："你是说，让我……"

"当然是你，不是你还能有谁？"白衣女子轻笑，却没有回避的意思，眼神反迫得更紧了。

冰阙窘得不知如何是好，她可以为他而死，义无反顾，可是却无法打破矜持，更何况旁边还有双注视的眼睛。她恨不得抛下他落荒而逃，却又不忍，也不舍。

"你还要思量多久才能决定？"女子不耐地催促，仿佛产生了幻觉，冰阙听到的声音遥远而缥缈，似是穿云破雾传入她耳中，异样的熟悉。"你还要经历多少，才能把握住你想要的幸福？"

冰阙一惊抬头："你方才说什么，我的，幸福？"

"我说了吗？"她反问，"我是要你快一点，难道你不想让他醒过来吗？"

"我，我想的。"冰阙低声嗫嚅，看着怀里她深爱着的少年，还是没有勇气当着旁人的面，俯身去触碰他的唇。

"我不能……要不然，还是你来……"一句话出口，冰阙愣住了，怎么会说出这样的话，完全可以让她离开的，为什么竟莫名其妙把自己和她调换了位置？

女子也是微怔，却没有犹豫，好像她一直不肯离开，就是在等这句话。面向闻青虹的时候，长发掩映下的面容泛起淡淡红潮，不知是羞涩，还是欢喜。

冰阙变成了旁观者，看着女子娇艳如蓓蕾的唇微微张开，盖上了他苍白冰冷的唇，虽是为了救他，也是亲昵暧昧的一幕。她看着，一时恍惚，却并非愤怒和心痛，而是平静，好像理所应当。

女子抬起头来，脸色苍白，眼神竟是蒙着雾气的迷离，恍如隔世。她凝视着，伸手揽住了冰阙，青丝散在冰阙肩上，熟悉的淡淡幽香，仿佛她们一直是这样耳鬓厮磨般亲密，她在冰阙耳边低声呢喃："谢谢，你的成全。"

冰阙回过神时她已走了，白色的背影踏着漫漫积雪渐行渐远，不知她是从何处来的，又向何处去，以后还能不能再见……

风雪渐渐停息了，她在一片寂静中听到他的心跳，以为会永远沉睡的人真的又有了呼吸，她的惊喜无以名状，也不知该怎样，只能静静地等待。

他终于睁开了眼睛，就像刚从梦中苏醒还不能马上适应光亮，抬手挡在眼前，遮住雪光。冰阙张开嘴，想说的话有很多很多，可出口的只是淡淡一句："你醒了？"

看到她，他孩子气地笑了，手指缠绕上她鬓边几丝凌乱的发，轻声道："我从来没见你笑过，你笑一下给我看好不好？"

笑，对她而言是和哭一样久远的记忆，除了拔剑时的冷笑，她不记得自己有过笑容。可是，自己应该是会笑的。

她努力地牵起嘴角，融化了冰壳的女子，终于露出如春水的温暖笑容，他痴痴凝视："原来你笑起来，就是世上最美的女子。"

雪停了，山顶的墨松完全被覆盖成银白色，像树形的冰塑，晶莹玲珑，精美得让人忘记赞叹。他们仰望着，可是天已暗下来，雪后的黄昏，短得好像只有一刹那，就是黑夜了。

下山的路上，两人似是有一种默契，绝口不提这一场离奇如梦魇的生死交错，就像什么都没发生过一样平静。只是一开口就无法回避这个话题，于是只能长长地沉默着。

"你，还是住在山神庙吗？这么冷的天……"黑暗中影影绰绰又看见了那座破败的庙宇，闻青虹忍不住说了句。

"嗯。"冰阙点头，她也只有在那里容身，否则就得回去见师父，她不怕冷，只怕师父。她看看身边的人，他活得好好的，自己也没死，师父对这样的忤逆，不知该有怎样的震怒。她忽然一把拉住闻青虹，颤声道："你以后再也别来找我了，最好，是不要出门！"

"你师父会去找我吗？你不杀我，他就要亲自动手了？"闻青虹不以为然，"那就让他来好了，我为什么要躲。"

"你以为我是在开玩笑吗？"冰阙急得跺脚，"你根本就不知道我师父是怎样的人，等你见到他，后悔都来不及。"

"我做事从来不后悔，要是我想躲的话，从一开始就躲开你了，又怎会有今天。"他们说着话已经到了，闻青虹推开吱呀作响的门板，"倒是你，要是见到你师父，该怎么办？"

"我也不……"踏进高高的门槛，冰阙的话音陡然中断，里面漆黑寂静，但敏锐的直觉告诉她有人在，而且，是熟悉的气息。

灯火倏地亮起，幽暗的光映着清癯颀长的身影，她蓦然变色，下意识地后退一步，把闻青虹挡在身后，这实在是掩耳盗铃的掩饰，这人显然已等了很久，方才在门外的话，听得一字不落，岂能不知她后面是谁。

看到冰阙簌簌地颤抖，几乎将站不住了，闻青虹立刻省悟到这陌生老者的身份，他轻轻推开身前的女子，径直走过去，直截了当地问："你就是她师父？"

冰阙暗暗叫苦，想上前拉住他却又不敢。一直背向他们的灰袍老人转过身来，似是有些异样地扫了闻青虹一眼，不理他的问题，话是说给徒弟听的："你从我学剑十年，至今也没在我手下过满百招，何况你现在心神不定，胆虚气弱，再打一半的折扣，若向我拔剑，连五十招也抵挡不了，五十招内，他也跑不了多远，所以，你还是死了心吧。"

冰阙被师父一语说中盘算着的念头，又羞又怕，低头无语。闻青虹却冷笑，"你怎知我要跑，你不是官，我不是贼，我为何要跑？我告诉你，我父亲没有拿你的玉，我家那颗血玉，是别人送的，至于是怎么的来历，他根本就不知情。"

"不知情他就敢要。"老人不屑地轻撇嘴角，"那玉就是我的，你父亲虽不是偷玉的人，但总是从他手里失落的，'父债子还'，这笔账当然得落在你身上。而且，"他顿了一下，诡异地压低了声调，"那玉是如何失落的，令尊大人想必也对你说过。"

闻青虹一惊，那双眼睛似乎能洞察一切，他顿时心虚，只好讷讷答道："好像，听家父提起过。"

老者点到为止，没有说出更让他尴尬的话来，轻轻叹道："此事其实与你无关，我逼得冰阙也有些狠了，我一生寂寞，只有这一个徒弟，好歹在我身边十年，我如此做法，也实在不近人情。"

冰阙用力咬着嘴唇，很痛，不是做梦，可昨天还如花岗岩一般残酷冷漠的师父，怎么会说出这样温柔伤感的话来？但是还不等在眼眶里打转的泪水落下，师父的话锋一转，陡然凛冽。

"但那块血玉是我此生唯一的至宝，我一定要收回，现在给你一个机会，我已知道那玉落在何处，你去找回来，这事就算过了，若是找不回来，我还是会命冰阙杀了你。"

"你口口声声说血玉是你的，那为什么要她来杀我？她只是你的徒弟，不是你的手，你的剑，你根本没有权利这样逼她。"

空气一下子僵冷，老者的手垂着，并没有去碰腰间的剑，一字一顿间却有掩不住的杀机："你说得对，是不该由她来杀你，若是你找不回玉来，我就亲手给你了断。"

闻青虹丝毫没有惧意，他微仰着头，眼神轻蔑："你是我什么人，凭什么给我了断？找不回玉，我自刎在你面前就是，轮不到你来处置。"

沉默许久，老者忽然低声笑了，抬起的手却是放在了闻青虹的肩上，微笑着道："原来还没染上俗气，风骨还在，好，好！"

这莫名的称赞两人皆是意外，冰阙松了口气，趁着师父没朝她这边看，赶快地收起了已经出鞘的剑。

闻青虹怔怔的，有些不好意思，沉吟道："你要我去哪里找玉？"

老者一指供桌上的一个卷轴，"就是那幅画里所在的地方，你们两个一起去。"

"师父，您……是让我和他，一起去？"冰阙惊诧得舌头打结，以为自己听错了。

"当然。要不他跑了怎么办？"老者脸色严肃，语气却是调侃，微顿了一下，正色道，"你们此去，还要替我找两把剑回来。"他瞥着冰阙诧异的脸色，"我想要的，是两把不能出鞘的剑，你们只要见到就会认出的。"

已经踏出了门槛，他又回身，看向闻青虹，意味深长："莫忘记你说的话，莫要让我失望。"

脚步声远去，破败的庙堂里静静的，直到结长了的灯花"啪"地爆开，才打破了沉寂。

　　闻青虹过去拿起桌上的卷轴，入手沉甸甸的，有尘土的气息。他打开来，瞟了几眼，"咦"的一声轻呼，抬头招呼道，"你快来看。"

　　"怎么了？"冰阙凑过来，就着跳动明暗的灯光看画，薄脆泛黄的纸质，是经历过许多岁月的痕迹。画的是一片远山，朦朦胧胧的，大半笼在雾里，纯白的雾是半透明的，半掩着五色缤纷的奇丽花朵，更添了几分明媚娇艳。没有雾气遮蔽的峰峦孤绝高耸，垂直地悬下一条水晶帘般的瀑布，晶莹明亮的水花飞溅，像断了线的珠链，一只披着金色羽毛的奇异鸟儿，在峰顶展翅起舞。

　　"这里，是什么地方？我好像是见过的。"冰阙喃喃着，伸出手指小心地触碰画面，神色迷惘，仿佛身在梦中。

　　"我也觉得熟悉，但是这幅画很奇怪啊。"闻青虹微皱着眉，"你看，这画的笔法太稚嫩了，像是小孩子的涂鸦；可旁边的题字和小图，犀利苍劲，清峻挺拔，明显是行家的手笔。而且，这画的颜色陈旧，题字的墨迹却是新的，像是最近才加上去的。"

　　"这是我师父的字迹，不会错的，这两句诗肯定是我师父写的。"冰阙轻声念出画幅上的题字："空山箫音袅，玉碎凤凰叫。"最后一字出口，心里莫名地忽然悸动，像是有什么正被这几个字牵起，却又想不起。

　　闻青虹也是一愣，伸指沿着字迹旁边的小图勾勒，"你师父说让我们去这画中的所在寻玉，这个大概就是路线图，那这两句诗是什么意思？"

　　"我以前从没见过这幅画，也没听师父说起过。"冰阙怔怔地摇头，"师父他今天就像变了一个人似的，他那样逼着我杀你，好像和你不共戴天似的；今天见到你，却又步步容忍，你知道吗，若是换了别人那样对他顶撞轻侮，早就没命了。"她说着低下了头，声音细如蚊蚋，"而且，他居然会让我和你一起去，真是想不通呢。"

　　闻青虹这才想起是要与她同行的，脸上不禁有些发热，"你师父可能没有想到，这……不太方便的，要不然，你再去跟他解释……"

　　"还解释什么，我师父又怎么会没想到。你以为他的脾气总是这么好呀？他一向言出不改，最讨厌听人啰唆了。"她说着，低垂的脸上泛起微红，这是

102

第一次，她觉得师父冷酷的性格原来也很好，至少，这是个不错的借口。

　　画卷还搁在桌上，那一小幅路线图，几条简洁的线，曲折延伸，旁边清隽的蝇头小楷注明地名，从弘源向东，一直过了墟俞才到，长路漫漫，怕是得有几千里。

　　"那，那，就这样吧。我们，什么时候动身？"闻青虹嗫嚅问道，虽是窘迫，却掩不住隐约的欢喜，能和自己心仪的女子一起踏上未知的漫长旅途，这样的探险也许是每个少年都心生向往的。

　　"我没什么好准备的，你需要多长时间？"

　　"我？"闻青虹盘算着要解决的问题，微笑着，"你等我三天，可以吗？"

　　他走了，她默默看着在他身后关上的门，然后在供桌前跪下，这是她第一次向神灵祈求，桌上的泥像连脑袋都没有，这样可怜卑微的神又能保佑谁呢？可她仍然俯下身去，虔诚祷告，眼里逝去了冷漠，代之为闪亮亮的欢喜。

五

　　闻青虹回到王府时，已近半夜了，他放轻了脚步走过方含的房间，紧闭的房门忽然开了。"你，你还没睡啊。"他有点心虚地看着倚门而立的方含，尴尬地笑。

　　"笑什么笑，进来说话。"方含不理他，没好气地答道。

　　闻青虹自知理亏，老老实实跟了进去，他一早出门，深夜方归，不管怎么说，总是违了规矩的。

　　"韩容若今天下午走了。"冷场半晌，方含的第一句话，不是问他去了哪里，而是这样一个突兀的消息。

　　"啊？"闻青虹微微一惊，"怎么会这样，莫不是你和方凝得罪了她？"

　　"我们得罪她做什么，今天她也没给我们上课，一早就出去了，中午回来，径自去向父王辞行，连我们的面都没见就走了。父王也以为是我们的缘故，把我和凝儿叫到书房好一通训斥，我们还莫名其妙呢。"

　　"哦。"闻青虹蹙着眉，韩容若在他心里一直是个猜不透的谜，他现在也无心去猜，本来计划今晚想好说词，明天再跟方含说自己的事，不如现在挑明也好，免得明天当着方凝，反而不好开口。他深吸一口气，"方大哥，我有事，过几天要出远门。"

"怎么你也要走？要去哪里？"

"要去……一个很远的地方。"闻青虹语塞，也只能答得这样笼统隐讳，他只知那是一座很远的山，至于那里是什么地方，叫什么名字却一无所知。"是和冰阙一起去吧？"方含的眼神很是古怪，一半鄙夷，一半赞赏，"她喜欢你，你也喜欢她是吧？她不忍心杀你，但不杀你她就被师父责罚，于是你就决定要带着她逃走。是这样吧？"

闻青虹愣住，方含竟然以为他要和冰阙一起私奔。他哭笑不得，连忙摆手分辩："不是的，我是喜欢她，但我不是要带她……"他红着脸住口，思量着怎么才能解释清楚，终于决定把这件事从始至终整个讲出来。

他一五一十，就连父亲用血玉给他定了亲的秘密也和盘托出，方含认真听着，一次也没有插口，完全被这离奇甚至有些诡异的故事吸引了。

总算把这桩长达十多年的离奇纠葛说了出来，闻青虹又赶忙加上一句："家父可不是喜欢占便宜的人，他收下那玉，是……"

"我知道，伯父是出于好奇，也是被那算命老者迷惑了，想看看到底会发生什么事。若是换了我，也不会把那神秘的宝物弃之不顾。"方含起身在房里踱了几步，沉吟道："可是，冰阙的师父说去那座山里就能寻回血玉是真的吗？你想想，在一座山里找一块玉，不啻大海捞针呀。"

"是啊。但也只能这样了，要是我不去，他就会杀了我，也许还可能去找我父亲。冰阙说，她师父可是杀人不眨眼的。"

"吉人天相，你们一定能够能找回那玉的。"方含安慰着他，忽然笑了，一拳打在他肩上，"只是找到玉就好，如果连戴玉的人一起找到了，我看你小子怎么应付。"

闻青虹揉着痛处，抬手打回去，叫道："你看笑话是不是？我正为这事犯愁，你还挖苦我，还是我大哥呢。"

"是你大哥也帮不了你呀。"方含摘下挂在墙上的一把剑递给他，"喏，送给你在路上防身吧，这把'碧水'是我十五岁时父王送的礼物，也是不错的宝剑，但恐怕不能和冰阙的剑相比。"

闻青虹道谢接过，笑道："不能比也无妨，反正在这一段我们是能和平相处的。"

方含忽然沉默，定定地看着好友，几次张口，终于道："你就这样和她走了，那凝儿呢？"

"我对你说过的，我喜欢方凝，是朋友之间的喜欢，"闻青虹正色道："和对你的感觉并无二致，即使知道她是女儿身之后，依然如此。她是我的朋友，而我喜欢的女子，今生今世，只有冰阙一人。"

闻青虹的声调陡然低下去，埋头叹息，"我很怀念她是你弟弟的那段时光，怀念她的自由洒脱和眯起眼睛笑的样子，她自己也一定在怀念，你看看现在的她，你不心痛吗？不觉得她可怜吗？"

方含颤了一下，嘶哑着声音道："是的……现在的凝儿，是很可怜！"

"我也见过一些和方凝身份相仿的女孩子，她们就像是金丝雀，乖乖地待在家庭的笼子里，婚姻对她们而言，就是从一个笼子换到另一个笼子的转移。而方凝不是金丝雀，她是鹰，是可以在高天展翅的鹰。但她为了我，甘愿束起翅膀，小心翼翼地想让自己成为一只金丝雀，可是她怎么也装不像的，她越努力，就越卑微越可怜，越让我难过，甚至恨自己，因为是我把她变得这样不伦不类。"闻青虹抬起头看向方含，"我走了，就能重新给她自由。方大哥，如果可以，就带着她飞吧，她可以和你飞得一样高，不要因为她是女子就把她硬塞进一个笼子里，她会受不了的。"

方含仿佛如梦初醒，他自以为是最了解妹妹的人，原来不及这个才相处了两年的少年，他恍惚地问了一句："你喜欢金丝雀吗？冰阙也不像是这样的女子啊。"

"对，她不是，"闻青虹微笑着，语声坚定，"她是我的宿命！"

以后的两天里，方凝都没有出现，也许她已知道了闻青虹将要离开，因此刻意回避。这样也好，既然已是无缘，那么，相见争如不见。

这天晚上，闻青虹独自在书房里待到很晚，才回玉华园去，方含房里已熄了灯，他轻轻敲了敲门，里面也没有应声，想来是睡熟了。他无奈地叹口气，进了自己的卧房。

房里一片漆黑，他来到桌边，刚摸索到灯盏和火石，就被一只手轻轻按住了。

"方……"他下意识以为是方含的恶作剧。可刚叫出一个字，就猛地住口。盖在他手上的手，虽然也有着挽弓握枪磨出的硬茧，却不是方含手掌的坚强宽厚，掌心里，有淡淡的温情。

他黯然许久，终于念出她的名字："方凝！"

"呵，"黑暗中低低的一声笑，似是欢喜的，"你刚来第一天我就问过你，要是在很黑的夜里，我不出声地在你面前，你还能不能知道我是谁？原来，你还是猜不错的，够厉害。"

这句被哥哥训斥过的玩笑话她居然仍记得，还要实践一下，真是孩子气。闻青虹笑道："其实差点就弄错了，现在可以让我点灯了吧？"

她的手放开，灯光亮起时他不禁一怔，面前的人身着黑缎紧袖长袍，头戴墨玉冠，这样的装束，竟是他第一次见到时的翩翩少年。

她笑着，眼睛弯弯地眯起来，清亮得没有一丝阴霾，看得他恍惚，仿佛时光在指尖倒流。"闻青虹，我来给你饯行。"她拉着怔忡的他坐下，持壶斟满他面前的杯，"来，我们喝酒。"

他一笑，端起了杯，既然如此，就当一切还如从前，就当什么都没发生过。

灯影在墙上跳动，映着两个人的脸，快乐的，没有感伤的容颜。你一句我一句，絮絮地说着从前的事，绝口不提现在，记忆似乎从没有这样清晰，他们记得每一个小细节，仿如昨天。

闻青虹已有了几分醉意，他去挡她持壶的手，她拂开，继续斟满他的杯，笑靥在盈盈的杯里晃啊晃的，让他喝下，让他记住。"醉笑陪君三万场，不诉离伤"，她多想这样啊，可三万场太多了，那是一辈子，不可能的，只要在今晚对他笑，陪他醉，而明天，就是离别。

她喝下一杯酒，趁机咽下涌进眼里的温热液体，掏出一件东西，塞在他手里，"闻青虹，我送你这个。"

"这是什么？"他转动着这颗奇异的珠子，青碧色的，半透明，有淡淡的香气，对着灯光，可以看见里面盛开着鹅黄的美丽花朵。

"这是月殇木的种子。你知道吗？华庭最南方的明徽国，奉月殇木为护国神树，它三百年才开一次花，开三次花才能结一次种。几年前父王出使明徽国，正巧遇上月殇木开花结种，国主就赠送给父王一颗，父王回来就给了我哥。"方凝得意地笑，"有次他拿出来摆弄，正好让我发现了，就缠着他要，他虽然好舍不得的，但也不敢不给我。"

"这么珍贵的宝贝，我……"推辞的话还没说完，就让她挡了回去，"你必须收下，月殇木的种子是通灵的，戴着可保一生平安，甚至能为主人抵挡灾难，你带在身边，也免得我们为你担心。"她说着，又拿起酒壶，"来，我们继续喝。"

闻青虹苦笑："方凝，你是不是想灌醉我？"

她端起杯一饮而尽："喝酒嘛，不醉岂能尽兴。"

闻青虹真的醉了，伏在桌上沉沉睡去，醉了的人拥有甜美梦境，方凝也想醉，可那么深的疼痛压在心里，酒只能让她越发清醒。

"闻青虹……"她轻轻唤他，伸出手想触摸他沉睡的侧脸，可指尖颤得厉害，会不会惊扰了他的梦？她终于没有勇气再看着他，起身逃出门去，没有醉，脚步却是踉跄。

她在院里，靠着一棵树默默地流泪，直到背后的脚步停下，伸来的手揽住了她的肩，她才在温暖的怀抱里哭喊出声："哥，我舍不得他走！"

方含抱紧妹妹，小时候她受了委屈，都要赖在他怀里哭一场，然后眼泪还没干，就又笑嘻嘻的了。但他知道这次不会了，这次，她是真的伤了心的。

"凝儿，不哭了，哥陪你看月亮好不？"他压下胸中翻涌的酸涩，柔声哄劝着她，指着墙边一口浇花的水缸道，"你看，水里的月亮比天上的月亮更美。"

方凝也不忍让哥哥太难过，止住了哭泣，顺着他的手看去，咕哝道："月亮映在水里，看得清楚，当然比天上的漂亮。"

"是呀，如果能捞起来玩赏一番岂不是更好？"方凝真的伸手到缸里去捞月亮，水花四溅，银盘似的月光支离破碎，他紧紧地拧着眉："怎么捞不起来啊？"

方凝嗔怪地瞪他一眼，推开他："哥，你不用玩这么傻的把戏来逗我开心！"

"你也觉得这样很傻吗？那你还哭什么？"方含拭去妹妹脸上的泪滴，"闻青虹对你而言，就像这水里的月亮，你以为他离你很近，你以为只要伸手，这一轮幸福的月亮就属于你了。可惜不是的，你越努力，就越什么都留不下。"

方凝无言，愣愣地看着那方破碎的水面，波纹摇晃着，再映不出刚才那样完美的月影了。

"凝儿，只要你喜欢过他，他就在你心里，你随时随地都能想着他，就像他一直在你身边一样。这水里的月亮，我们看到了，记得有多美，以后回想起来，依然还是当时的喜悦，又何必要伸手去捞，傻傻的，徒然搅碎一弘清波，一方月影，结果是一无所获。"

她黯然道："哥，你说得是，我会记得他，永远永远都不忘记！可是他明天就要走了，然后不久你也要走，就只剩下我一个人。爹会把我嫁出去的，可我心里已经有闻青虹了，再也不可能容得下别人了。"她紧紧抓着哥哥的衣襟，仰起脸慌张地问："那怎么办呢？"

"你放心，我不会丢下你的。我去跟爹说，我要你做我的副将。你入了军籍，就不用嫁人了。"他笑着掰开她的手指，"可是你要想好，那是不能后悔的。"

"我不后悔！"她眼里闪过一丝悲凉，"我愿意做军人，我不怕苦也不怕死，我想像爹一样，征战一生，到举不动枪，射不准箭的时候卸甲归田，这一辈子就算过去了。"

方含蓦然心酸，连忙转过身去，不敢面对她悲壮的决然。毕竟是女孩子啊，难道真的这样心灰意冷，一辈子也不褪男装了吗？

闻青虹是独自离开王府的，没有惊动任何人，他带走了碧水剑，月殇木的种子还留在桌上。

积雪的山坡上，伫立着白衣的女子，他笑着向她招手，虽然没有约定，但他知道她会等在这里。他们在这里相识，现在，要从这里离开，去走一段遥远的路，会有很多艰难，但愿，终点是幸福。

下卷·试炼篇

所谓不离不弃，是在死亡降临时还有勇气微笑，

因为有人在身边，于是再沉重的黑暗里也有光亮，

那是他的眼神，永不磨灭……

第四章 · 雪魔焱消融

一

　　瞳越关，是弘源最东边的关隘，这是一方困苦之地，春从来都是迟来
的，短暂得像划过天际的闪电，连顽强冒出坚硬冻土的草芽尚不及染绿，
就已换了铄金流火的酷暑，而秋天似是被忽略的季节，八九月间的飞雪亦
是寻常景色，仿佛只在一夜之间，冬已铺天盖地，凛冽如铁，几乎日日大
雪纷扬，朔风怒吼，直到次年的四五月。

　　这样的土地是不适合居住和耕种的，方圆几十里内看不见人烟，只有
一座守着边界的孤城，和一队守城的人。时间在漫漫无际的荒寒和寂寞里
缓慢得几乎凝滞，连鸟儿都不愿飞过这里的天空，那些铅灰色的沉重云朵
会压抑它们的呼吸，坠住它们的翅膀，于是不会有传信的鸿雁衔来家书，
满目的阴霾风雪又遮蔽了故乡的方向，叹息也只能压在心底。

　　也有极偶然的晴朗夜晚，无云的天是深邃的蓝，盈盈挂着一弯月亮，
玲珑剔透，投下朦胧轻寒的光。这时会有幽幽咽咽的乐音响起，极美，也
极凄凉，像绵软的丝线，在关隘上飘舞缠绕，却不见人影，不知在月下吹
埙的，是城里思乡的兵，还是旷野间游荡的魂。

　　闻青虹站在瞳越关下，仰望着高阔雄伟的城门，怔怔地，不移步，也
不说话。他曾听方含说起过这荒寒的边关，现在身临其境，竟然惶惶的，

不知所措。越过这道城门，前面就是异国的土地，两年前离家时的惆怅也不能和此时相比，那时起码有明确的终点，而此番去国离乡的远行，前途茫茫，吉凶祸福都是未知数。

"怎么，不舍得离开吗？"冰阙的语气淡淡，她是一无所有的人，从哪里离开，到哪里去，本来都是无谓的，但此时，心里竟也有些莫名的凄恻，这里毕竟是她的故乡，那些空白了很久的记忆都留在这里，不知还有没有想起的时候。

"有一点，其实也没什么，总是能回来的嘛。"闻青虹是想安慰她的，却只觉这话说得自己都很心虚，便勉强一笑，道，"我们走吧。"

从两扇森严的铁门走出，瞳越关已在身后，不远处矗立着一块白石界碑，用火艳的朱砂深深镌出商阳的国号。走过界碑时，闻青虹脚步微顿，却没有回头。

异乡和故乡似乎没有什么不同，一样凛冽的冬迎面扑来，大片的雪雾遮蔽了天日，路上寥寥而过的行人都看不清面目，像舞台上隔着幕布看去的模糊剪影，瑟瑟地紧裹着厚重的棉袍，手缩在袖筒里，匆匆地赶路，像是急于逃离这刺骨的寒冷，到一个温暖的所在。

这样恶劣的天气里，白昼是短促的，午时过了不久，暮色就漫上来，遥远的天际映出渐渐沉落的太阳，一轮黯淡的红，昏惨寂寥，带着隐隐的仓皇，染得风雪愈加凄冷。

天黑了，雪下得更大，风怒号着搅起奇怪的旋涡，逼得人喘不过气来。他们深一脚浅一脚地艰难跋涉，直到前方亮起星星点点的橘色灯火，才安下心来。

裕祥镇，是商阳州境内的第一块人烟稠密的所在，七霞客栈是裕祥镇上唯一的客栈，黑底金字的招牌很有气势，门前两盏红灯笼挂得高高的，在这样的风雪夜里格外醒目。楼上的客房里炉火烧得正旺，温暖而惬意，店小二满面堆笑，收拾好桌子，一样样摆上饭菜热茶，正准备退下，就被闻青虹叫住："出了这镇子，前面是什么地方？"

"公子，您是不是急着赶路呀？您不知道，我们这里一下大雪，就得四五天才能停，和最近的镇子还隔着二百多里地呢，我劝您这几天就在这儿住下，这么大的雪，又前不着村后不挨店的，哪能赶路呢，要是再遇上强盗，那可就……"小二顿住口，笑着在自己脸上拍了一掌，"瞧我这张臭嘴，就是不会说吉祥话，可我真的是为您和那位姑娘着想的……"

"我知道，谢谢你的好意，那就等雪停了再走也不迟。"闻青虹在一张黄柏木椅里坐下，旁边是呼呼作响的小火炉，温暖让他倦意沉沉，他半合着眼睛，挥手道："你下去吧，别忘了给那位姑娘送茶饭过去。"

雪果然不停不休地下了整整五天，第六天，雪后初霁，阳光出奇的明媚轻柔，酥暖得像春天一样。沿着店小二指点的路径一直向东，出了裕祥镇，将近中午，他们看到了静日河。这条有着美丽名字的大河是商阳州境内的第一条河流，几天几夜的暴风雪后，宽阔的河面一半冻结一半水流，湍急的暗涌不时冲击着冰层的棱角，发出咔啦的碎裂声，撞碎的浮冰顺流而下。

太阳不知不觉偏西了，他们站住，极目远眺，不见房屋人烟，只是一片皑皑的荒寂。冰阙搓了个大雪球，用力抛进河里："看来今晚是找不到投宿的地方了，得走夜路呢，哎，你怕不怕？"

"有什么好怕的，总不见得真的就遇到强盗了，要是……"闻青虹忽然哑了声音，只盯着冰阙身后的河面，河水里冒出大片的气泡，咕嘟嘟泛起，然后破灭，接着又有更多的气泡浮出，静日河像是一锅架在火上的水，正烧得将开未开。

"快退！"虽然不知道将要发生什么，但气泡泛起的诡异却让他不安，他冲过去，一把拉住冰阙向后退去。清冽的河水噼啪作响，不断涌出更密集的气泡。逐渐向岸边蔓延过来。

退出了丈余之地，他们站定，冰阙有些慌乱："传说大江大河里都有水龙守护，平时沉睡着，一醒来就要吃人的。一定……是我刚才扔雪球惊动了它。"

闻青虹从不信鬼神之类的无稽之谈，可那些汩汩的气泡就像是河底真的潜伏着噬人的怪物，从沉睡中渐渐苏醒，正在呼吸吐纳，也许下一个瞬间就会冒出头来。感觉手心里慢慢渗出冷汗，好奇心却比恐惧更盛，支持他没有转身逃离。看着气泡忽然消失，刹那间的平静后，轰然一声巨响，一面巨浪猛然掀起，仿佛静日河一下子倒竖，眼看就要以铺天盖地之势压下来。

这是做梦也想不到的一幕，高耸的水墙像是被无形的支柱撑着，平展地矗立，不回落，也不涌出。两人目瞪口呆，这时候就是想逃也来不及了。

"那个，那是什么？"冰阙忽然惊呼，闻青虹虽没叫出声，也是无比的惊愕。那水墙犹如一面巨大镜子，竟是奇异的六角形，明晃晃的粼光闪耀，在浪涛的中心点上，赫然出现了一个淡紫色的空洞，起初没有固定的形状，从各个角度随意地扩大伸展，画出圆润美丽的弧度曲线，仿佛有一支笔隐在水墙后作画。大概有半刻钟的工夫，空洞停止蔓延，在水墙上定了形。那——竟然是一朵花的形状。淡紫的花儿以银白的大浪作衬，妖娆诡谲，却又娉婷清幽，如何也不像真实的。

忽然，平展耸立的水墙一层层倒卷下去，慢慢地垂落回河堤内，那样气势磅礴的大浪，落下时竟连水滴都未溅出一点，就像在舞台上，打杂的人们缓缓拉开大幕，等待主角登场。

呆呆的两人这才喘过一口气，带着劫后余生的庆幸对望一眼，准备离开这不祥之地。就在这时，幕布后的主角终于出现了。大浪平复前最后翻涌起一个潮头，浪涛中什么东西浮起，似是非常沉重，有异样的闪光，迅速借着水力涌了过来，哐的一声巨响，重重地撞在岸上，搁浅了。

冲上岸来的东西，银白色的，厚重而庞大的长方体，里面像包裹着什么。"那是……"两人犹疑着，看得仔细，然后异口同声："一口棺材。"

一连串诡异惊骇后，最后出现的居然是棺材，这样的情景即使在盛夏也让人恐慌如冰雪灌顶，何况是如此的境地。冰阙向来视一切都无谓，此时也不由发憷："我们快走吧。"她转过脸不再看河边，只想快点离开。

"你先走，我去看看。"闻青虹竟对那奇怪的棺材极有兴趣，刚要过去，却被冰阙死死拉住了，"你疯了，那口棺材莫名其妙从河底冒出来，里面的肯定是水鬼，你还敢过去，想被吃掉呀？"

"什么水龙水鬼，这些稀奇古怪的传说都是编出来吓人的，根本信不得。"闻青虹挣脱她，笑道，"放心吧，我不会被吃掉的。"

"这个人，天不怕地不怕的，其实就是傻大胆。"冰阙恨恨咬着牙，却放心不下，只能壮着胆子跟上去。

二

　　走近了，看清了横亘在岸边的棺材，幽秘阴森的寒意骤然凝重，用多好的木头做棺材都不足为奇，深棕浅褐的颜色也都是寻常，可一口银白冰棺却不能不让人惊诧，剔透的结晶中冻结着一具男子的尸体，胸部之上和一条左臂居然是暴露在外面的，他的右手紧握成拳，很自然地覆在胸口，形成了一条界线，左臂之下的身体完全封在冰层里。这样的尸体使棺材看来有些怪异，倒更像是一条用雪白新棉做的被子，覆盖这男子温暖入睡。

　　闻青虹按下惴惴不安，正要仔细看看，衣襟却被拉住，冰阙不由分说把他扯开，抢上一步，出鞘的剑指在了尸体左颈的动脉。

　　剑锋是稳定的，没有感应到危机的震颤，她的担心似乎是多余的。足足半刻钟的工夫，剑下的男子仍然安静沉寂，没有变化成狰狞的嘴脸，也没有暴起伤人的动向。

　　"他不是水鬼吧？"闻青虹又凑上来。冰阙收剑入鞘，悻悻地哼了一声，"不是又怎么样，这尸体出现得这么奇怪，肯定有蹊跷的，你还要看，有什么好看的！"

　　"就是因为蹊跷才要看嘛。"闻青虹俯下身，正好与他面对，那张脸还很年轻的样子，若是在生前，一定是非常英俊的。浓黑的头发和眉毛，面颊的轮廓很深，嘴唇完全没有血色，却噙着一丝淡淡的微笑，安详而满足，不知已凝固多久了。他穿着一件黑色的皮袍，领口镶着褐色的沙棘狐皮毛，看来是商阳州的瑞佤族人。他的右手正放在心脏的位置，五指苍白僵硬地紧攥着，手心里似乎握着什么。

　　"看来不像是被人杀死的，也不像死于意外，也不像突发急病……"冰阙锁着眉，想不通一个死人脸上怎么会有这样幸福的笑？死亡是无法回避的最终宿命，也是人心底最深的恐惧，无论在什么时候，以什么方式降临，无论是谁，也很难微笑面对。

　　"更奇怪的是这冰棺，如果他是落水而死，怎么会被冰封，却又没把他完全封住。"说着，闻青虹伸出手去碰他的脸，肌肤冷硬如石，寒气顺着指尖渗入，有针刺的疼痛。闻青虹打了个寒战，却不收手，顺着脸颊向上抚去，忽然，他的动作蓦地定住了，脱口惊呼，"你快来看，这个，是伤口？"

"什么？"离他几步远的冰阙立刻冲过来，闻青虹的手指正停在男子的额头，拂开遮在额上的头发，苍白如纸的眉心上赫然印着一个黑色的洞，细小的仿佛针孔，却是极深的。

"我看不出。"怔怔地盯了一会儿，冰阙摇头，"到底是什么能弄出这样的伤口？"

"会不会是暗器？"

"不可能。"冰阙不假思索地否定，伸手在伤口周围摁了摁，"这像是一下子打穿了头骨，贯进脑髓里了。细小的暗器都很轻，就算有再强的腕力也绝对打不了这么深。"

"如果没人能做到，那是谁杀了他？"闻青虹沉吟着继续搜索，解开皮袍的领口，又一个黑洞，和眉心的伤完全相同，细而深地穿过咽喉。

"怎么会这样！"冰阙惊得跳了起来，"这两处都是致命伤，杀他的人一定对他恨之入骨，好像杀他一次都不解恨似的。"

闻青虹没接话，他发现了那皮袍的右肩上有一处破损，细微得不易觉察。慢慢地把破损的皮子挑开揭去，露出了第三个伤口。

冰阙倒吸了口凉气，她也曾听师父讲些江湖中的仇杀纷争，但恐怕连师父也没见过如此高深而又残忍的手段。到底是什么样的人，到底有着怎样刻骨的恨？

"既然右肩有这样的伤，肯定左肩也有，可能身上还有很多。"她瞟一眼从他胸口冻结的冰层，不敢想在他死前经受过如何的折磨，可是，为什么还有安详的微笑留在脸上？

"我们快走吧，跟他素不相识，又不是差役捕快，更不可能给他报仇，还待在这儿干什么。"这话说得无奈，却是实话。闻青虹没奈何地点头，转身而去的时刻，两个人同时且分明地听到，身后一声幽幽的叹息。

刚要离去的脚步定住了，迟疑着，慢慢地转头。没有人在他们身后，冰棺和里面的人也还在原处，可是，又一声叹息清晰入耳，分明是男子的声音。

两人没有落荒而逃，脚步像是定住了，怔怔伫立着，终于还是壮起胆子走了回去。闻青虹扶着冰棺，触碰下面的那张脸，没有感到丝毫的气息和暖意，这的确是一具死去已久的尸体，可在这荒郊野地，方才听到的叹息，除了他，没有别的可能。

"这位兄台，我们素昧平生，但今日在此相遇，就是上天冥冥注定。你死得凄惨，一定有心愿未了，只要我们力所能及，愿意相助，你在天有灵，亦可安息了。"

闻青虹弯腰拱手，这番话说得郑重。尸体依然躺在冰下，没有语言，没有动作，却有两滴泪渐渐渗出了紧闭的眼帘。

尸体居然流泪，而且，与生者的泪一样晶莹明亮，缓缓地，顺着眼角流进了鬓发间。他们看着，不知为何，竟不觉恐惧。"他一定有事想托付与我们，是什么呢？"冰阙蹙眉凝思，却不得其解。

"手！他的手，是手里的东西！"闻青虹忽然明白了，一步冲过来，定了定神，小心翼翼握住了那条僵硬的手臂，男子的手攥得很紧，闭拢的五指间却掩不住闪烁的光芒。

死者的肌肉坚硬如铁，好不容易才把弯在胸前的手臂拉直，放在雪地上。闻青虹擦去额上的汗，继续用力分开他的手指。不经意回头，正碰上对面惊异而又无奈的眼神，他苦笑："你是不是觉得我像个盗墓者？"

"不像盗墓者，倒真是个多管闲事的人。"冰阙不跟他说笑，忧心忡忡，"江湖险恶，不该管的事别管，不该说的话别说，你居然还跟死人允诺……像你这样，迟早会惹大麻烦的。"

"只此一回，下不为例……"闻青虹也觉得自己莽撞了，可是话既出口，即使是对死人，也不能食言的，只能暗自祈祷，别遇到太棘手太麻烦的事情。

手指掰开了三根，已能看到手心里的东西，好像是件首饰，放出明亮柔和的光，大概是琉璃或水晶的质地。可剩下的两根手指仍然紧扣着，把它固定在掌心，没有丝毫松动。

又费了一番力气，苍白强健的手终于平展地伸开，小小的一团光晕伏在掌心里，闻青虹拿过来，只觉入手轻轻的，又冷又滑，他把玩着翻来覆去看了几眼，脸色突地一变。

"怎么了？"冰阙凑上来问，他脸上是古怪的表情，不说话，直接把东西递了过去。那是一块六角形的结晶，纯净透明，里面夹着一朵盛开着的花儿，清淡柔和的紫色，魅艳明丽，花瓣娇嫩繁密，层叠团簇，托起一轮半月形的淡黄蕊芯，惊人的美丽，惊人的熟悉。

冰阙像是被烫到似的猛地一震，扔下那东西跳起身来，眼里是满满的惊恐：竖立起来的滔天巨浪，扭曲成怪异的六角形，白浪中间淡紫光束缠绕出婷婷盛开的娇媚花朵……方才那仿佛幻景般的一幕又重现眼前，只是像被时间凝固，缩小了许多倍，可以捧在掌中赏玩。

那不祥之物半陷在积雪中，将要落山的夕阳散开一抹金艳光芒，正映在上面，阳光宛然流转，似是一点点渗入其中，把透明的结晶染得烈红，里面柔紫的花朵越发娇媚娉婷。越是美丽，就越是诡谲。

闻青虹走过去，从雪窝里拾起那东西，仰头对着阳光细细端详，结晶里渐渐泛起纯蓝色涟漪，盘旋出一个个光环，缠绕成一朵明蓝的花儿，竟与那紫色的花连枝并蒂，两朵花儿含着同样明丽的半月形鹅黄蕊芯，亦真亦幻地彼此辉映，让人目眩神迷。"这个就是他至死也放心不下，要托付给我们的东西了，或许，这也就是他的死因。"

猛地联想起那人身上奇怪的伤痕，冰阙脱口道："莫非是他偷了这东西，被失主杀死的？"

闻青虹沉吟着："我母亲有很多首饰，无非是金银玉器，就连方凝身为王府郡主，有的也是这些，虽说贵重了许多，到底还是有价之物。而这个，我实在看不出是什么，既不是玉，也不像水晶，更不是宝石琥珀，精致得不像世间之物。"结晶在他指间把玩，对着阳光看去，里面的花儿活色生香，像是正开得鲜嫩时就被铸进去了；蓝光缠绕的花儿，清清爽爽地和紫色花朵并蒂而开，逆光再看时就不见了，就像是它的影子。

"此物应该是无价之宝，不是一般的富有或者官宦人家就能有的，如果真是这人偷的，除非，是到皇宫里去偷。"

"皇宫……"冰阙低声念了一句，下意识回望，尸体的手臂摊在雪地上，被掰开的五指虚张向天空，好像还想抓住什么，她拿不准这人是不是真的这样胆大包天，却禁不住激灵灵打了个寒战，喃喃道："刚才我们看到的大浪……"

"那也许只是巧合罢了。"闻青虹这样说着，想起方才的一幕，其实心里也有些疑惑不安，可他素来不信鬼神之说，总得找出个合理的解释来。

最后一线阳光也隐没不见了，暝色渐渐浓上来，再看手里的结晶，那莹紫的花儿竟合拢了花瓣，亭亭净净的，仿佛是睡着的精灵，等待着明天阳光的召唤，就会醒来。闻青虹微微一怔，心思一时恍惚，听得冰阙在身后问："拿了这个又做什么呢？"

"那就只有他知道了。"闻青虹攥紧拳头，转头向她笑着，"不如我们去问问他吧。"

"啊？"冰阙一愣神的时候，他已走了过去，俯身看冰棺里的尸体，一眼就瞥见那只苍白的手，掌心里竟然布满了密密麻麻的伤痕，刚才只顾着看那结晶，现在方注意到。

"这些伤痕！"闻青虹一向镇定，此时也不禁悚然变色，眼神直直地盯在死者的手上，口中轻轻地惊叹一声。每一道伤痕都短小细窄，密密地从掌心蔓延到手腕，多不胜数。但明显不是被人划伤的，竟像是他自己用小刀一下一下刻在手上的。因为伤口无数却不凌乱，很有序地排列着，尽管有些歪斜，仍然可以清晰地分辨，那些伤口，竟然排出了一个个细小的字迹。

"发现我尸体的好心人哪，请把这朵影月莲交给小幽，请替我告诉她，她永远是世上最美丽的姑娘。"

冰阙凑在闻青虹身边，轻声读出手掌上的字句。然后，两人相视一眼，沉默许久，冰阙哑着嗓子说了句："原来那东西叫作'影月莲'……他已经提出要求了，现在你打算怎么办？"

灰蒙蒙的暮色一层层浓重，如泼开的墨，渐次笼罩四野，让人心生无端的凄凉。闻青虹深吸了口冷冽的空气："我对他许了承诺，就一定得完成。我们是同行的，你也愿意和我一起去找小幽吗？"

"既然是一路的，当然得一起去了。"冰阙侧过脸打量着他，微笑，"再说，如果我不愿和你一起去，我就不算是好心人了。"

"那就走吧。"闻青虹如释重负地起身，叹息道，"我想我们应该再回裕祥镇去。也许他就是那里的人，还没来得及回去，就死在静日河里了。"

三

七霞客栈门前的红灯笼灼灼地映着雪光，分外地亮，门口的店小二却愣愣地傻了眼。虽说送客时最常用的客套话就是"回头您再来"，却没想到这两位竟回得这么快，早上才走，半夜时分竟又站在门外了。

毕竟不是新手，微微怔忡后，店小二立刻恢复常态，满面堆着笑领他们上楼，早晨退掉的房间正巧还没有新客入住，便重新安排他们住下。

"哎，你先别走，我们有事问你。你对这个镇子熟悉吗？"店小二殷勤地把二人引进房间，躬身正要退出，听见闻青虹说话，立刻站住了，点头赔笑，"公子，这您算问着了，我就是在裕祥镇土生土长的，这镇上，就没有我不知道的事，也没有我不认识的人，您想问什么，尽管开口。"

"那就好。"闻青虹在桌前坐下，"我们是回来找人的，这镇上可有一个叫小幽的女子吗？"

"小幽？"刚刚夸下海口的年轻人却没有回答，抓耳挠腮地思量着，半天才挤出一句话，"好像……没有。"

"什么叫好像，到底有没有？"冰阙微拧着眉，瞪了他一眼，"你刚才不是还说没有你不认识的人吗，难道是吹牛？"

"小人从来不吹牛的！"小二强辩道，又不好意思地笑，"只是这个人，还真是第一次听到。我想问问二位，这个小幽有多大年纪？是不是长得很漂亮？"

两人面面相觑，他们根本没见过此人，闻青虹只能回想那具尸体的相貌和大概的年纪，揣测思量着能让他至死不忘的女子是什么样子，慢慢沉吟道："她是长得很漂亮，年纪嘛，应该和我们相仿。"

"哦。"小二应了一声，埋着的头过了半刻才抬起来，语气坚定地说："要是照您的说法，镇上就没有这个人。"

桌前的两人又对视一眼，冰阙不甘心地追问一句："你再好好想想，能确定吗？"

"姑娘您不知道，我们镇上的年轻女孩子不少，但长相漂亮的，也只有四五个人，这里面没有叫小幽的，所以我敢肯定。"

"原来如此。"闻青虹点了点头，掩住脸上的失望，伸手拿过行囊，取出一个小包递了过去，"明天一早，你雇一辆大车跟我们走，我还有件事要请你帮忙的，这五十两银子给你，作为酬谢。"

"啊？！"店小二又惊又喜，忙不迭双手接过，顿时眉开眼笑，"公子您真是客气，有什么吩咐，尽管说就是了。我记住了，明天早上，雇辆大车跟着您走，您放心，一定不会误了您的事。"

第二天果然晴朗，阳光温暖而炫目，他们又一次退了客房，踏着绵绵的雪走向静日河，店小二拉一辆宽大的板车，吃力地跟在后面。

绕过漫长的堤岸，远远看到那口冰棺，还像昨天一样冷寂地在岸边搁浅，位置丝毫没变。

"喏，你过来，"闻青虹招呼着店小二，指点道，"这具冰棺是昨天被河水冲上岸来的，我让你帮的忙就是把它运回镇上去，找间房子放起来。"

小二拖着大车刚站稳，听了这话，再仔细看看闻青虹手指的方向，脚下一个踉跄差点跌倒，一张脸拧成了苦瓜，牙齿咯咯地打着战："公子……您保存这棺材做什么……这事我可不敢做，死人啊棺材啊是不吉利的东西，人人都忌讳的，您让我到哪里找房子放这个……您行行好，饶了我吧！"

"哦，好吧，我从来不愿强人所难。"早就预料到会是这样，闻青虹不动声色，语声淡淡，"那就把银子还给我。"

"银子……"店小二撇着嘴，急得快要哭出来了，"您已经把银子给我了，怎么还能要回去……"

"我给你银子是要你帮我的忙，既然你不肯帮忙，银子自然要还我。这是天理公道，难道不对吗？"

"对，对……"店小二不敢反驳，可五十两银子能抵他好几年的工钱，若要奉还，着实舍不得；但面前这两位身上都佩着剑呢，看来不是好惹的。他不作声，心里反复打着算盘，终于拿定了主意，用力一跺脚，"罢了，我就帮您这个忙，我把棺材拉回去，也不找房子，就放在我家后院里，神不知鬼不觉的，也免得人议论。您看这样可好？"

"嗯，这样就好。"闻青虹点头微笑，"商阳州气候苦寒，要五六月间冰雪才能消融，你回家后弄些雪将冰棺盖起来，要是天气热了，这冰棺将要融化的时候，我们还没有回来，也没有人来看他，你就把尸体埋了，让他入土为安吧。"

"好的，好的。就照您说的办。"小二连连点头，按住恐惧，硬着头皮把棺材搬上了车，觑着眼不敢看那张惨白的脸，扶了车把正要走，却被闻青虹拦住，"你等等，我还有话想跟他说。"

"跟……他……说话？"店小二指着车子舌头打结，浑身筛糠似的抖，腿虽沉得像灌了铅，逃得却不慢，远远地躲在一边，模糊看到闻青虹对着冰棺，嘴唇翕动，却听不见在说什么，嘴角还有隐约的微笑。他更是惊惶，又不敢逃走，偷瞟着离他不远的冰阙，一步步慢慢蹭过去，赔着笑试探，"姑娘，那位公子……是不是，有病啊？"

冰阙也听不到闻青虹的声音，又不方便过去，正在纳闷，店小二是自己凑上来的出气筒，她眉间骤紧，冷冷叱道："你才有病，走开！"

小二正尴尬着，所幸闻青虹已过来了，吩咐道："我的话你可记住，如果你言而无信，可别怪我找你麻烦。"

"小的记住了，公子您尽管放心。"他口中应着，脚步退到车前，拉起车子落荒而逃，深深的两条车辙在他身后，似是无尽的延伸。

"方才你和'他'说了些什么？"转身上路，冰阙还是按捺不住好奇，得到的却是隐匿的回避，"到某一个时候我会告诉你的，但现在还不能说。"

"不说算了，我还不想听呢。"她其实真的很想知道，于是欲擒故纵。可闻青虹并不上当，或者他根本没有听到这赌气的话，一言不发，神游天外的默然，不知在想什么。

时间飞逝，渐渐的，冰消雪融，冬去换了春来，不知不觉间，他们已在路上走了几个月。每一天闻青虹都拿出结晶来看看，那花儿真的是朝开暮谢，日复一日，绽放永不枯萎的清艳妩媚，每每看去，闻青虹都不禁恍惚，仿佛神思被吸进了这似有魔力的晶体，不知为何，盯着片刻，眼前就是漫漫的大雪，天地不分。

一路走来，记不清经过了多少地方，问起小幽，所有的人都是一脸茫然地摇头，除了"不知道，没见过"再无话可说。现在已经快出了商阳州境内，依然毫无小幽的消息，这个神秘的女子，似乎根本就没有出现过。

梅朗村很小，人口也不多，唯一的酒店里倒很热闹，每天的傍晚时分，几乎全村子的男人都会聚在这里喝酒聊天。有几个人酒到半酣，正谈笑着，一个清朗的声音忽然插了进来："打扰了，我想请问一件事。"

一桌人的笑语戛然而止，面向这个陌生的年轻人发愣，坐在主位上的人轻咳了一声，"你想问什么？"

"请问，村里有没有一个叫小幽的女子，她……很年轻，很漂亮。"这个重复了无数次的问题，得到的回答同样是诧异的眼神和否定。虽然早有预料，失望却是掩不住的。闻青虹一声叹息，向门口伫立等待的冰阙摇了摇头，转身正要出去，旁边的一张桌上忽然有人开口："公子，可否过来同饮一杯？"

闻青虹下意识回头，一个老人举着满斟的杯向他示意，毫不相识的陌生面孔，老人的笑容和善而期待："公子这边坐，请你的朋友也进来吧，一起喝杯酒，聊聊天，老夫讲个故事给你们听，或许你们会感兴趣。"

老人说完这话就不再言语，垂下眼帘，慢慢啜着杯里的酒，一杯酒饮尽，两个人已坐在了他的对面。闻青虹端壶替他斟酒，试探着问："老人家，您要讲什么故事？"

"是小幽的故事。"老人似是漫不经心地答了一句，举杯一饮而尽，眯着眼看对面猝然变色的听众，笑容有些莫名的悲凉，"你们怎么会知道小幽？"

"我们……是受人所托，来找她的。"闻青虹端壶的手微微战栗着，一边给他斟酒，一边思忖出一个比较合理的解释。老人低低地"哦"了一声，埋头喝酒，直到酒壶见底，老人放下了杯子，闻青虹才小心翼翼地问道："您知道小幽在哪里吗？"

"你们应该是经过裕祥镇而来的吧，她就在那里。"老人显然已有了几分酒意，口舌间有些含糊。闻青虹一怔，和冰阙交换眼色，"可是，我们在裕祥镇打听过的，没有这个人……"

老者打断他的反驳，神情诡异，却又认真："我说的不是现在，而是六十年前。六十年前，她是在那里的！"

"六……十年前……"两人的惊愕无以复加，苦寻了多少天的疑问总算有人能解了，却是这么荒诞不经。闻青虹也不禁动怒，平静的脸色蓦地沉了下来，"老先生，你是醉了，还是开玩笑？"

"六十年前，那个女子到村里去……"老人毫不理会他冷嘲的口气，像是真的醉了，转脸看着门外，梦呓般喃喃自语，"那么大的雪，一夜就把村子埋了，都死了……除了我，都死了……"

这些莫名的话里压着哽咽，泪滴顺着老人的侧脸滑下，想不到会是这样，两人顿时手足无措，尴尬片刻，冰阙打破了僵局："老人家，我们不是有心提起你的伤心事，只是想知道小幽的下落，我们找了她好久，什么线索也没有，如果您知道，请您……"

青筋暴起的大手"砰"地拍在桌上，重重一声，震得杯盏嗡嗡地响，老人猛地回头，面孔扭曲着，眼里泛起鲜红的血丝，大吼道："我知道，我当然知道，那个女人是妖怪，是害死整整一村人的妖怪！"

小小的酒馆一下子陷入死寂，所有的目光都移向这边，这样森密惊愕的注视，老者空茫的眼里全然不见，与他对面的两人却窘得满脸通红，正犹疑着是走是留，发泄了怒气的老人渐渐恢复平静，又开口时，语声低沉暗哑，像是讲述，又像是自语。

"六十年前，裕祥镇不是裕祥镇，那里是华越村，是我的家。那时候，我十二岁。村里人以狩猎耕种为生，百余户人家彼此都相识相熟，不是朋友，就是亲属，像个大家庭一般。如果来了生人，一定会遭到村民的排斥敌视，无法立足。只有一个人，一个来历不明的女人，来到村里，安稳地住下了，她就是小幽。"

听到这个名字，冰阙垂在桌下的左手骤然用力，牵紧了闻青虹的衣袖，闻青虹的脸色紧张而迷惑，嘴唇微微翕动着，却不敢出声相问，生怕不小心触怒了讲故事的人。

"小幽没有受到村人的非难，是因为她的美丽，这世上不会再有像她那样美丽的女子，仿佛是从绝品的图画中走出来的，她的身上总是带着幽幽的冷和淡淡的香，让人不敢仰视，不敢靠近。她突兀地闯进村子，来历不明，无人陪伴，只告诉我们她的名字，其余的事再无一字奉告。就是这名字，也不知是真是假。可是没有人怀疑她，讨厌她，村里人一致都以为她是位落难的公主，因为家国的变故而流落到这里来，已经够不幸的，不能再委屈了她。于是由村长出面，在村东头找了间最好的房子，每一家都凑了东西送来，留她住下，村人们看到她都是笑脸相迎，她也以微笑回应，那笑容，清丽似莲花盛开。"

老人说到这里，深深吸了口气，闻青虹借这个空当，鼓起勇气问道："既然是这样，一定有很多男孩子喜欢她吧？"

老人一愣，脸色捉摸不定地变幻着阴晴，冰阙不由捏了把汗，生怕他又大吼起来，或者拂袖而去。可是他没有，只沉默了一会儿，他点头："村里的少年都喜欢她，为她发痴发狂的也不少，但只有魏清明，得到了她的心。这也难怪，他是村里最英俊的少年，也是最出色的猎手，只有他，才能配得上那绝世的女子。"

"魏清明！"两人不约而同地相视一眼，低声重复着。毫无疑问就是那个冻在冰棺里的人，受他之托，走过了这么远的路，在这即将绝望的终点，才知道了那人的名字。老人狐疑地盯着他们泛起喜色的面容，略一犹豫，也没有追问，嘶哑着嗓子，继续他的追忆。

"从暮春到初冬，小幽来村里已快一年了，日子一直是平静的。可是在第一场雪下过之后，她忽然失踪了，就像她来时一样神秘而又悄无声息。连魏清明也不知道她去了哪里。小幽住过的那间屋子从外面上了锁，屋内是死寂的，可魏清明不让任何人走进屋子里去，他整天坐在村口的老树下，守望着那间小屋发呆，沉默得像块石头，像是入了魔障。村民们无奈同情却又无能为力，也只好任那间空屋闲置着，给他留下个寄托思念的地方。

"这样过去了近一个月，小幽没有回来，那个神秘的美丽女子来了去了，似乎没有留下任何痕迹，除了魏清明，所有人都渐渐淡忘了她。"老人说着，嘴角浮起一丝涩涩的苦笑，"一天，我去村外的荒郊套野兔，回村的时候，夜已经很深了，正急着往家跑，就看见了魏清明，他埋着头，脚步匆忙，去的方向竟是那间小幽曾住过的空屋。我一愣，鬼使神差地跟了上去，蹑手蹑脚，连呼吸都压得很低。猎人都有很强的警觉，更何况是魏清明这样出色的猎手，可他像是怀了很重的心事，一路上头也没抬，根本没发现我。在那屋子前他停住，掏出钥匙开锁推门，进门后的第一句话吓得我险些叫出声来，他说，'小幽，你还好吧？'"

这句话一出口，闻青虹和冰阙也是一惊，想问什么，又忍住了。

"魏清明进去后，顺手反锁上门，屋里立刻响起一个女人的声音，低喊：'不要点灯！'虽然短促，但的确像是小幽的声音。"

"屋里还是亮起了灯光，隐隐地透出窗纸，我虽然很害怕，却又按不住好奇，就小心地把窗纸抠了个孔，凑在上面往里看，却只看到魏清明的背影，他站在一张木桌旁，俯身安慰着面前的人，他说：'你不要怕，我明天就去那里，我一定能拿回那东西……'

"他刚说到这里，忽然踉跄着退开了，小洞里出现了一个白色的纤秀身影，用力地推搡魏清明，带着哽咽尖叫：'我们已经没有任何关系了，你去了我也不领情，你死了我也不会难过。我说过再也不见你，你为什么还要来！你走，回到你自己的世界去，再敢来我就杀了你，我一定会杀了你的！'

"门开了，魏清明被推了出来，我立刻缩在墙角藏起来，其实就是不躲他也不会发现我，他失魂落魄地，抬手想拍那紧紧锁上的门，又颓然放下，默默地站了一会儿，他开口，声音居然那么平静而坚决：'小幽，不管怎么样，你都是这世上最美的女子，你等着我，我一定要去，一定能回来！'他这样说完，转身头也不回地走了……那是我最后一次看见他。"

"他是不是……"冰阙一惊失口，差点叫出了影月莲的秘密，幸而及时看到了闻青虹制止的眼色。老者并不在意，接着说下去："我还在墙角藏着，想不通小幽为什么要假装失踪，她怎么会变得这么凶，难道是魏清明做错了什么事让她如此赌气吗？这时，房门'吱呀'一声，又开了，我下意识地抬头一看，看清了倚在门口的人，看清了……她……"

老人的语声卡住了，浑身痉挛般颤抖着，双手紧攥成拳，眼里满是恐惧，仿佛那时过境迁的一幕又重现眼前。好一会儿，他总算平静下来，话锋却转开了。

"我不记得是怎么回到家的，我没有告诉任何人我去过那个地方，看见过那个人，村里人纷纷议论着魏清明的失踪，我也不说话，可是我天天都要绕到村口的老树下，朝那房子张望一眼，门还是从外面锁着的，仿佛是座空屋。就这样又过了些日子，那天我犯了个错，怕父亲打我，就从家里跑出去了，跑到村外的树林里。虽然生了火，半夜时还是冷得受不了，想偷偷地回去，走出树林，遥遥望过去，我就呆住了，在那里本来是能够看见村子的，可我那时只看见一片茫茫的白，冬天下雪是很正常的，奇怪的是只有村子的方向下雪，离村子不到一里的树林里却一片雪花也没有。

"我立刻往回跑，一路上都不下雪，天空晴朗得布满星斗，可是村子，我的家……我从来没见过那么大的雪，那简直不是雪，就像是一大块白色的布从天而降，整个地把村子包裹住了，密密地一点缝隙也没有。我不顾一切地冲过去，可是一阵狂风卷来，把我甩出了很远……

"我醒来时，已经雪停天亮，可村子不见了，一个巨大的雪包堆在那里，像一座坟，雪砌的坟。我吓得连哭都忘了，立刻跑到邻村去找人帮忙。几十个精壮的青年挖了整整一天，才挖出了几间屋子的房顶……"

讲到这里，老人的泪水滚滚而落，喑哑地长叹："死了，整整一村的人都死了，只剩我一个……邻村的人都说这是天灾突降，可我知道这灾难是小幽带来的，她是个妖怪，就是她，害死了那么多人，那么多曾经对她好的人……"

四

客房里的空气沉闷得几乎凝结，相对而坐的两人塑像一般静默着，桌上的灯结了很长的灯花，噼噼啪啪响着，单调细碎，是这房间里唯一的声响，却没人动手剪去，任灯火昏沉沉地跳动，映着粉墙上的人影微微摇晃。

夜已经深了，颇有寒意的风推开半掩的窗户，瑟瑟地灌进来，灯火骤地一暗，几乎熄灭。桌旁怔怔的女子忽而惊觉，伸手护住恹恹欲熄的残灯，闻青虹起身去关窗户，窗外月色莹润，清冷如霜，夜风打着旋儿拂过庭院的花树，沙沙轻响像催眠的歌谣，远处黛蓝的天际下隐约现出一脉冷寂的白，可那不是散落的月光，那是梅朗山顶终年不化的雪。

梅朗雪山是商阳州最高，最险，也最寒冷的山，坐落在山脚下的小村子因此春寒凛冽。闻青虹在窗前深深吸了口气，遥望那一抹银白的山脉，喃喃道："翻过梅朗雪山，就出了商阳州，明天我们就走吧。"

冰阙像是没听清他说什么，漫不经心地剪着灯花，房间里渐渐明亮，她看着立在窗口的背影，不禁叹息："出了商阳州，这件事就算了吗？"

"不算了又怎样？"闻青虹苦笑着反问，带了些许的歉意，这没头没脑的事是他应下的，却又这样没头没脑地结束，徒劳地一路寻觅，虽不能说没有结果，只是这结果，还不如没有……

"总之我们尽了力，事已至此，也只能这样了。"冰阙讷讷地说了几句安慰的话，起身开门出去，在门口又站住了，"你相信小幽是妖怪吗？"

一语中的，这个问题正是两人大半夜间冥思苦想的根源，闻青虹无奈地摇头，"我不知道，你呢？"

"我也不知道。"冰阙笑了，"你早点休息吧，也许在梦里会看到真相呢。"

"哦？"闻青虹一怔，她已顺手带上了房门，轻捷的脚步声穿过回廊，她的房间就在回廊的那一边，这房里顿时空落落的，只有他和一盏孤灯，他索性熄了灯，并不黑暗，有月光投进来，像朦胧的水晕笼着房间。

"影月莲"仍是冰冷的，一直贴身带着，却丝毫染不上他的体温。花儿在深夜里闭合蓓蕾，安详沉睡，清澈玲珑的仿佛虚空中浮出的明丽幻影。这就是魏清明不惜性命，也要去"那里"拿回的东西，他当时说是"拿回"，竟似这个原是属于小幽的。小幽，如果只是个平凡女子，恐怕早已在六十年前长眠于雪下了；如果她不是，那么……闻青虹努力止住思绪，他素来不信鬼神之说，更不愿相信魏清明倾生所爱的，居然是个异类。

夜更深了，风也越添了几分寒意，闻青虹不经意抬头，眼前竟是大雪漫漫，就像是那老人说的，那雪不是雪花雪片，而仿佛一幅巨大的白布从天上悬挂下来，密密匝匝，一点缝隙也没有，磅礴狂暴得让人心悸，好像刹那就会被吞噬；但也只是刹那，窗外又是月光明净，树摇影动，宁静夜色里一片雪花也不曾落下过。

这幻觉不是第一次出现，似乎在他决意应下这桩棘手之事以后就一直如影相随，只是今晚，听过那老者惨痛的回忆，再见这幻景，分外触目惊心。

朗梅雪山的路崎岖坚滑，蜿蜒盘上的小径积满了冰雪，两人一步一滑，艰难前行，眼看峰顶还遥不可及，太阳已渐渐向西坠下，隐入灰白的云层。隐约透出一团惨淡的红。

"看来我们得在这山上过夜了，找处背风的地方搭帐篷吧。"闻青虹停下来，四下张望着，说得轻松，心里却惴惴的，虽是晴天，没有风雪来袭，但难保晚上不会变天，山上又没有生火之物，这一夜想必是不好过的。他裹紧身上的皮袍，下意识看了看冰阙，她的衣服显然并不很厚重，脸色也没有被寒意染成苍白，不由惊奇地笑问："你好像不冷啊？"

"嗯。"冰阙胡乱应了一声，这是她自己也很奇怪的事，好像自从被师父收养之后就是如此，冬不知冷，夏不觉热，她也曾问过师父，得到的解释却是含混模糊的，然后师父就寒着脸色转身而去，留下她独自恐慌自己寒暑不侵的怪异。

"就是那里了。"闻青虹并未觉察到她的尴尬，他已找到了宿营的所在，很是兴奋地抬手一指左前方一块巨大的岩石，"在那后面支帐篷就好，但愿今晚不要变天，我们快走吧。"

忽然地，朔风里送来一声轻笑，就在他们身后，虽然山风呼啸，却仍听得清清楚楚，确是人的笑声。他们倏地一惊，急忙转身，身后不见人，却有一阵白雾慢慢升起，打着奇异的旋儿飘了过来，轻薄的雾气里隐约透出人影。冰阙喝问："什么人？"轻雾里无声回应，悠荡到离他们咫尺之处，盈盈地停住了。虽然看不清，也能感觉到雾气后的眼神，那眼神刺骨的寒冷犀利，居高临下地审视他们。

冰阙顿生不祥之感，脑中闪过唯一的念头就是先发制人，思维比不过动作的迅捷，再不及多想什么，剑已出鞘，一道银白剑光刺穿呼啸凛冽的山风，直逼向雾团的某一点，如果隐在雾气里的是人，那么这一剑的目标，就是心脏。

她的剑够快，雾气没有躲闪退避，笼在雾后的眼神一丝变化也没有，电光石火的瞬间，剑刺进雾里，没有血溅出来，雾气碎了，碎裂成细小飞扬的雪花，风骤地猛烈起来，像一头刚从铁笼冲出的狂怒野兽，牙尖爪利地扑来，咆哮着，卷起山路上的积雪，一声短促模糊的惊叫，白茫茫的风里，一个模糊的身影从陡峭的小径摔下。"冰……"狂风阻断了呼喊，闻青虹忘记了自己的力量根本救不了她，他扑过去，身体失去平衡的一瞬，他知道自己死定了，可是他并不怕，也不后悔，只希望在看到山脚的岩石地面之前，能握住她的手……

急速下坠着，强劲的气流凛冽如刀，疼痛和寒冷让闻青虹清醒，可是离他一箭之地的冰阙却似已失去了知觉，他抓不住她，只能眼看她任风席卷，像一只断了线的纸鸢，毫不挣扎，笔直向地面坠去。他无力地闭起眼睛，不敢看她，也不看近在咫尺的死亡。

一只手，仿佛是从虚空里伸出来的，轻轻抚上他的脸，冰冷傲岸的声音在他耳边低语："我不会让你死的。"

山洞很大很深，他们一直向里面走，一直走不到尽头，空荡荡的山洞是一望无际的白色，两壁，地面，穹顶，纤尘不染的白让他们目眩。冰阙不知道为什么要到这纯白的山洞里来，为什么要一直一直向里走？唯一让她安心的是闻青虹就在身边。他们只是走，谁也不说话，沉默得像是两块会移动的石头。

冰阙终于停住脚步，一段墙壁紧紧地吸引了她的目光，洁白的岩石上嵌着一方水晶，巨大的一整块水晶，透出幽冷的淡蓝色，这蓝色在满目纯白中突兀而高贵，明亮着，像亘古不化的玄冰。而更让她诧异的是水晶里的景象。一个人凝固在正中的位置，双臂伸展，头低垂着；水晶的两端长出白色的藤蔓，结出白色的枝叶蓓蕾，开出一朵朵白色的花儿，剔透玲珑仿如冰雕，却又是异样的妩媚妖娆，摄人魂魄，像白色的海潮向中心漫延。而那人毫无知觉，像是已经死了。

她莫名地心慌，不敢再看，回头，身边却是空的，这里竟只有她一个人，空中飘起了雪花，绵绵细细地坠落在她身上，白茫茫的，一层层覆盖了她……

冰阙冷汗淋漓地醒来，眼前一片黑暗，什么也看不见，但也可以安心了，方才只是个噩梦而已。可喘息未定，又仿佛仍然陷在魔境里，身体不能动弹，像是固定住的，不断有细小冰冷的东西滑进领口，随即融化，有几片落在脸颊上，化成水流进嘴里，真的是雪花。冰阙剧烈地战栗着，她并不觉如何寒冷，恐惧却如泰山压顶般袭来。

"闻青虹，你在吗？"她轻声问，以为身边就有人回答，可惜没有……远处却有奇怪的声音响着"沙沙沙，沙沙沙"，像是脚步，又像是有什么东西在地下拖动。

"谁？"她又问了声，没有人回应，那奇怪的声音没有停止，有几声从她面前过去，迤逦着渐渐远了，却感觉不到一丝温热的呼吸，她不再出声，恐惧到了极限，反而只是沉默。

不知过了多久，一片白光灼灼亮起，突兀地席卷去所有的黑暗。好一会儿，冰阙才适应了这骤然而至的光明，慢慢睁开眼，看清了身处的所在。

这正是梦里的山洞，穹顶高耸，却下着雪的山洞；和梦境不同的是，这里有很多穿白衣的男子，他们忙碌地来来往往，手里都拿着扫帚，在忙着扫雪。那"沙沙沙"的声音，就是大扫帚在雪地上划过发出的。

这诡异的景象并没让冰阙太吃惊，因为她已经有了更不可思议的发现，她看到了身上的锁链，白色的，泛着寒光的冰锁，一道道交错着，将她绑在白色的岩壁上，用力挣扎，却连一根手指也动不了。

怔了许久，她吃力地抬起头，有清冷朦胧的光笼在脸上，只见对面的岩壁上嵌着巨大的水晶，幽蓝光芒笼着一幅奇异画面，沉寂如死的人，妖媚张扬的花……和梦里一模一样。

她看着，梦里没看清的人，现在已看清了……时间在刹那凝滞，全身的血液失去了流动的力量，仿佛陷在一片死寂的空白里，用尽了力气，才挤出三个战栗微弱的字："闻，青，虹……"

冰阙大睁着眼睛，梦魇却在继续。她恍惚地想起曾经见过一件东西，明黄的琥珀里夹着一只蓝蝴蝶，蝴蝶凝固在透明的坟墓里，永远以展翅的姿态，却永远不能飞了，那是件供人把玩欣赏的饰品，精巧玲珑，正好捧在掌心上的。而现在与她对面的水晶壁也是一件饰品，巨大的，精美绝伦，伸展双臂的少年像极了那只凄伤的蝴蝶，雪白的花朵盛开着，为他殉葬。

"是谁？"她喃喃地问，没有回答。漫天的雪促急飞旋，穿白衣的人们忙碌着，趁雪片还没融化以前，就把那些惨白的小小尸体收拢成一堆，除了扫帚的沙沙轻响，连脚步和呼吸也没有。他们在她面前来来往往，却没人抬头看她一眼，好像她隐了形，或者根本不存在。

"是谁？"冰阙突然喊了出来，声音大得在狭长深邃的山洞里激起回声，男子们仍在沙沙地扫雪，什么也没听见般平静。可是竟有个声音答了她的话："是我！"

声音不在这里，很远的地方好像有扇门打开了，冰阙看不见那里，她只听到脚步从深长的甬路上方走下来，轻缓，却带着不容置疑的力量，每一步都能踩在人心上的力量。

女人踩着这样的脚步来到冰阙面前，扫地的众人微一停顿，等她挥手示意，就继续着他们单调无味的工作。

那是个雪白的女人，她的皮肤是雪白的，长发是雪白的，曼拖在地上的裙袂也是雪白的，只有一双眼睛是冰蓝色，就是那水晶的颜色，也像是冻结千年的玄冰，没有一丝暖意地打量着紧缚在岩壁上的女子，分明是平视的角度，神态却是居高临下。

"你是谁？"冰阙强作镇静，选择了这样的开场白。

"我是梅朗雪山的女王，是商阳州冬季的主宰。这里，是我的宫殿。"她这样回答，仿如君临天下。她其实有着绝世的美丽，可是傲岸冷漠沉沉压住了精致如画的面容，缺失了温暖和生气，再美丽的容颜，也像是一副面具。

"我们怎么会在这里？他……已经死了吗……"

女王笑了，雪一样寒冷的笑，她回转身，和冰阙一起看着晶蓝的水晶壁，"我怎么会让他死呢？我已经很久没见过能让雪荷绽放的少年了。这块蓝水晶是梅朗雪山的心脏，当我把这少年镶进去的时候，我感觉到了它的兴奋，我看到雪荷又复活了。这很好，这里已经寂寞太久了，我要他留下，永远地留下。"

"不可能！"愤怒压抑了恐惧，冰阙狠狠瞪着不可一世的女人，"你立刻放了他，否则……否则我就杀了你，我一定会杀了你的。"

"杀我？"女人毫无血色的唇边笑意更冷，"你已经杀过了，但是，我还活着。"

冰阙登时哑然，一些模糊的画面在脑中闪过：雪山的小径，神秘的轻雾，她拔剑刺进雾气时骤起的狂风，她被卷在风里，昏迷前，她恍惚看到了闻青虹向她伸出手，她却抓不住……

"想起来了？他很喜欢你呀，不顾一切想要救你，其实就算他抓住你，也不过是与你一起死罢了，我不想让他死，所以你才能活着。"女王苍白的手指把她垂落的几缕发丝拢起，看着她乌黑的头发，眼里有些异样，似是羡慕，又像厌恶。"他叫闻青虹是不是，你昏迷时不停叫他的名字，梦见他了吗？"

"啊？"漫天飞雪，冰阙只感到有火烧在脸上，她埋下头说不出话。女王的脚步已走向对面，她双手平放在晶壁上，慢慢向两边推，看似绝无缝隙的水晶在她手下就像是两扇门，无声地滑开。她欣赏着昏睡中的少年，一颗雪荷的蓓蕾正轻轻地伸展花瓣，这些死去已久的花儿，因为他而活过来，一定等得很焦灼了。

"最好还是不要。"女王惋惜地叹了一声，轻唤，"闻青虹，你想好了吗？"

雪花停止了旋舞，呆立不动的人们手里拿着扫帚，像持着奇怪道具的白色人偶。良久的沉寂后，终于，喑哑平静的声音响起："想好了。你的奴隶已经够多，不缺我一个。"

女王的背影静如冰雕，显然这样的回答并不在意料之外；"看来这里还不够冷，还不能让你清醒，也许明天你就会有不同的回答了。"她伸手合上墙壁，手指缓缓滑落时又加上一句，"不要等雪荷完全苏醒才想通，那就来不及了。"

雪又开始下，她的身影消失在甬路尽头，冷冷的吩咐送了回来："那个小丫头想知道什么你们就告诉她，不要让她大喊大叫，惹我心烦。"

冰阙战栗着抬起头，她看到他了，他还能对她微笑，苍白的脸模糊而虚弱。冰阙不忍再面对他，压住泪转向旁边的人："她刚才吩咐了让你们回答我的话，看来你们不是哑巴。"

离她最近的一个人抬起头来，像是没听出她的讥讽，谦恭地微笑："女王吩咐我们说话，我们就说话，姑娘想问什么都可以。"

这人一抬头，冰阙倒怔住了，她原以为这些人夜以继日、不停不休地扫着扫不清的雪，一定是被施了法术，变成了身不由己的机器。师父曾说起过，被法术控制的人都已失去心神，完全没有独立思考的能力。可是眼前这个人，眼神明亮，笑容自然，口齿清晰，竟是心智正常的样子

她思忖片刻，忽然道："你们能不能都抬起头来，让我看看。"

几十张年轻男子的脸纷纷扬起，都看不出丝毫的呆滞痴傻。冰阙一转念，不禁狂喜，他们一定是迫不得已，才委曲求全地听从那女人使唤，等待有逃走的机会，她自顾自寻思，那些人埋头扫雪，好像这世上再不会有比扫雪更重要的事了。

"这雪一直下，你们岂不是在做无用功，等雪停了再扫不好吗？"

"千寒殿的雪永远不会停的，"说话的人手下的扫帚簌簌移动，"女王喜欢雪花在空中飘舞，却讨厌地上有积雪，更不能容忍落雪沾上她的裙衩。雪不停，我们也不能停。"

冰阙"哦"了一声："你们是从哪里来的，到这里有多久了？"

"不记得了，也不需要记得。"在她左手边的男子微笑道，"我们是属于女王的，时间对女王没有意义，对我们也是多余。"

冰阙一怔，不想他竟然说出如此谄媚无耻的话，口口声声尽是我们我们的，而旁边那些人也不反驳，脸上笑得心满意足，好像那人真的说出了他们的心里话。她轻蔑地向周围扫了一眼，冷笑道："我倒没看出那女王对你们有什么好，只是让你们没日没夜地扫地，你们倒还忠心得很，扫帚不停，不眠不休，时间对你们没有意义，难道吃饭睡觉也可以省略的吗？"

那人一点羞愧之意也没有，仍是笑容满面："姑娘当然不知，我们扫地就是休息，至于吃饭嘛，有时候也是吃一些的，姑娘如果想看，我现在就吃。"他说着，弯腰从身边的一个小雪包上抓了把雪，在掌心捏成一团，送进了嘴里，微笑着，咯吱咯吱地嚼。

冰阙惊愕，简直不敢相信自己的眼睛，拿不准这人是无耻到极点，还是神志不清，居然这样津津有味地吃着自己扫帚下的垃圾。胃里一阵抽缩，她连忙转头，正与对面晶壁里的人四目相接，怔怔地无言。闻青虹苦笑："你不用这样看着我，我对扫雪不感兴趣，更不喜欢吃雪。"

咫尺之间，只隔了一壁透明若无的水晶，他的声音却天遥地远，仿佛穿越了一个世界，微弱而模糊。冰阙应了句"我知道"，眼眶再也锁不住泪水。

黑暗的幕布倏地落下，像光亮来临时一样猝不及防。雪仍在下着，不疾不徐，冰阙打了个寒战，好像从记事起，这是第一次觉得冷。那女王说晶壁是梅朗雪山的心脏，一定更加寒冷。她的心猛地一紧，"闻青虹"三字刚叫出声，有人悠悠地接口："姑娘不用担心，他活得好好的，只要女王不让他死，他就死不了。"

冰阙沉默，不接他的话，免得耳中再灌进女王如何如何的恭维之词，黑暗唯一的好处是遮住了视线，看不见他配合说话的谄媚笑容。

哭声不知从哪里传来，幽幽咽咽在黑暗中飘荡，忽近忽远。冰阙竟隐约觉得耳熟，好像昨天在昏沉的梦里也听到过这个哭声，是伤心至极却又用力压抑的女子声音，时断时续的哽咽啜泣，约莫哭了半夜才渐渐停止。

黑暗退去，冰阙还来不及适应突袭而来的灼眼光芒，甬道上方就有人走下来，扫地的人立刻列在两旁，单膝跪下，等候那不可一世的脚步走近。

雪白衣袂从身边掠过，一只雪白寒彻的手捏住冰阙下颌，托起她的脸。蓦地，两人面对，女王湛蓝的眼睛荒寒如亘古不化的冰原，蔓延着覆盖一切，也冻结一切。冰阙挣不开她的注视，身体里空荡荡的，一点力气也没有。

"小丫头，我以为你已经冻死了呢，好像你并不怕冷，能告诉我是为什么吗？"她轻缓的语声没有温柔，仍是不容抗拒的命令，纤长手指在冰阙脸上轻抚，点点冷汗结成了薄霜。

冰阙只觉得心被掏成了一个空壳，挂在悬崖边任烈风呼啸穿过，即使面对师父也没有这样不可抵挡的恐惧，她一面切齿痛恨自己的胆怯，一面喘息着语无伦次："我……我练过一种功夫，所以……寒暑不侵。"

"哦，是这样啊，很好，很好。"她点头松开了手，无所谓的表情，好像只是随口一问，回答是实话还是谎言她根本不在意。

"闻青虹，想好了吗，今天你怎么说？"雪山女王推开莹蓝的墙壁，打量着已经虚弱不堪的少年。他的脸惨白得像张纸，一根手指就可以撕裂，嘴角努力牵起的一丝笑意仍然倔强："今天……我不想重复昨天说过的话。"

"你！"她惊怒地低喝，原以为那样顽强固执的人不会再有第二个，她受过的奇耻大辱也不会重复第二次，可是，那个影子好像又回来了……

"我的奴隶的确够多了，我不要你做我的奴隶。"她退一步，继续劝降，"我只是想让你陪着我。我给你自由，也给那个小姑娘自由，你服下这个，我就放了你们。"她抬起左手，掌心托着的像是一枚药丸，晶莹圆润，弥散开袅袅清香。

"这是我身体的一部分，吃下去，世人没有的，你都能拥有。可以忘记世间的一切痛苦，得到长久的生命，在这个纯净无瑕的世界里，再也不会感到冷。"她抬手，送到他嘴边，疏落的飞雪骤然细密，织成一幅迷离的帷幕，海蓝的眸子在幕后凛冽如电，肃杀得让人窒息。

闻青虹静静和她对峙，眼神明净坚定，嘴角的笑意却是冷冷的讥诮："他们都吃了这个是不是？吃下这个，我还是我吗？你是想要我，还是想要另一个你自己？"

女王脸上的倨傲寂灭了，换上异样的神色，半是愤怒，半是悲哀，声音隐约有一丝颤抖："你是什么意思？"

"我的意思是，你在自欺欺人。"从她肩上望过去，一群白色人偶兢兢业业忙碌着，周遭的一切与他们无关，整个世界也不及手中的扫帚重要。"他们所以对你如此忠诚，是因为你用这个把他们都变成了你的分身。你自己又做主子又做奴才，看起来够神气够排场，其实只是一场很可笑的独角戏。"

"住口！"声色俱厉的呵斥掩不住内心的虚弱，女人后退了一步，像是准备落荒而逃。

"实话让你不舒服了，女王陛下？"两人的处境不可思议地逆转，闻青虹居高临下，睥睨着面前的女人。

"你目空一切，自以为至高无上，你制造出这些分身，却又让他们沦为你的奴隶，到底你是太骄傲，还是太自卑？也许你自己也不知道，你每天都活在这样的矛盾里，一边仰视自己，一边鄙视自己，就像你喜欢下雪，却又厌恶雪落在身上……"

"你放肆！"女人声嘶力竭地怒吼，摔下那颗晶莹的珠子，任它碎裂飞溅。她空了的手扬起，然后重重落下，"啪"的一声脆响后，晶壁从两边合拢。她跑过甬道，踉跄着，像受了重伤。一个白衣人不小心挡住了这狭窄的路，不及闪避就被她一掌打倒。仓皇的脚步很快消失在甬路尽头，倒地的人没有喊叫呻吟，挣扎了几下，身体渐渐融化成一摊清水，又被寒冷冻结，竟不是冰，而是一片片雪花。立刻有扫帚拢起它们，卷进旁边的雪包。那些人面无表情，继续工作，竟似毫不知觉刚才打扫掉的是同伴的尸体。

五

"所谓长久的生命，不过是在她股掌间残喘，脆弱得不堪一击。"

冰阙转过头，看着闻青虹脸上清晰的指印，慢慢溢出嘴角的血迹，她用力压住胸口翻涌的疼痛，却掩盖不了绝望："如果她真的想杀我们，我们也是如此不堪一击。"

"那不一样。她可以轻易地杀死我们，但我们仍然有完整的灵魂和身体。而这些人被她掠去了灵魂，连身体也被她同化。他们漫长地活着，其实早就死了。"

冰阙怔怔地看他，他绝不会向那个变态的女人妥协。那，就一起死了吧，她这样想，胸口仍然疼痛，却泛起一丝淡淡的甜，如果和他一起死在这里，就不用再跋涉千里，然后绝望地面对师父……

她想着死的好处，脸上竟有了恍惚的笑容。闻青虹抿去嘴角的血迹，有一滴快速地流下，落在水晶壁里，没有留下任何痕迹，立刻就湮灭不见了，一个雪荷的花蕾突然战栗，轻轻打开一片花瓣，又迅速闭合，仿佛女孩子害羞的眼眸。可是在那一开一合间，隐约可见一团殷红，印在玉白的花瓣上，那形状，像一只眼睛。

天又黑了，雪比昨夜更大，似是宣泄着女王的愤怒。黑暗里，那蚕食桑叶般的沙沙声也显得格外刺耳。冰阙忽然有些恐惧，她轻声叫着："闻青虹，你怎么样？你不要睡，睡着会冻死的。"

对面的晶壁里没有动静，却有人在身边说话："寒夜漫长，你让他醒着做什么，女王还不让他死，他怎么会死。姑娘不妨也睡一会，也许能做个好梦，也免得胡思乱想。"

冰阙激灵灵打了个寒战，她真不知道这些人是可怜还是可怕，目睹了同伴的死亡，竟仍然口口声声地献媚于那个女人……她不敢再开口，默数着缓慢流转的时间。约莫过了一个时辰，昨夜响起过的哭声又开始抽泣呜咽，声声哀痛，像是刚刚经历了极伤心的事。

"也许是那个女王在哭？"冰阙突发奇想，又立刻否定了。那冷酷傲岸的女人被闻青虹触到了痛处，一定不会躲起来哭泣，而是要用残酷的手段报复他。

事实证明她是对的，不一会儿，她就听到一个尖厉的声音呵斥咒骂着，说了什么听不清，但那才是女王的声音，哭声蓦地停止了，这一夜再未出现过。

第二天女王没有来，像是遗忘了他们，一整天都未曾出现。闻青虹不时地抬头看她，微笑着，虚弱惨白，脸上的指痕依稀可见。冰阙也忍着眼泪对他笑，惶惶地猜测女王为什么不来？她要怎样报复？那个在夜里哭泣的人是谁？想得心乱如麻，毫无头绪。

又是一个漆黑寒冷的夜，哭声又在夜深时响起，这次没有被女王喝止，似乎她是默许这哭声的，只是昨晚心情恶劣才拿它出气。

光亮再一次逼退黑暗时，甬路上有了脚步声。雪山女王恢复了高不可攀的倨傲，冷电的眼神扫过冰阙，就径直走向了对面。

"闻青虹，你知道这是什么？"她拿着一个小小的白色锦囊，在掌心倒出里面的东西，很细很长，两端极尖利的东西，竟是暗红色的，像凝固干涸已久的血，这种颜色，在这个纯白的世界里显得如此怪异而邪气。

闻青虹瞟了一眼，摇头。女王早有预料的得意，一字一顿地说："这是雪荷的种子。"

她环顾着两人惊愕的表情，慢慢地把种子装入锦囊："可惜这些种子都已陈旧了，新鲜的雪荷种子是鲜红的，就像刚流出来的血。"她牵动嘴角，凛冽怨毒地笑："闻青虹，我给过你一个很好的机会，可是你不知好歹，我不会原谅你对我的羞辱，我要让你知道，什么是真正的恐惧和痛苦。我要用你的血让雪荷苏醒，开花结种，然后，把新鲜的雪荷种子种进你的身体里。"

她伸出手，摸上他的头顶，顺着额头慢慢滑下："眉心，咽喉，再到胸口，四肢……上次我把种子种进一个人身体时，放过了他的眼睛，他的眼瞳是深黑的，有闪亮的光芒。你的眼睛和他一样漂亮，但我不会再犯相同的错误。年轻人，如果你听到过他的惨叫，你就不会那么固执了。"

"是你！"蓦然降临的真相让两人同时惊呼，"是你杀了魏清明！"

"你们怎么知道？！"女王一震，如被雷击般愣了一瞬，一把攥紧了闻青虹的肩头，惊问道，"你在哪里看到他的？他是什么样子？"

咯吱吱的轻响是骨骼不堪重压的呻吟，闻青虹闭着眼睛，沉默着，任她不断用力。

"我和他一起看到的，我来告诉你也是一样，你放开他。"冰阙大喊。只叫了一声，女王竟真的松开了手，向她转过身来，狞笑道："小姑娘，如果你敢说一句谎话，我立刻杀了他。"

虽然决心和他一起死，这威胁仍是强有力的。从静日河里冲起的冰棺说起，一五一十。女王忽然打断她："小姑娘，难怪你不怕冷，影月莲就在你身上吧？"

还没说到影月莲，她就已知道了，难道那就是她的？冰阙一怔，下意识说了句："不在我身上。"

"哦，那一定是你在保管了。"她走向闻青虹，手伸进了他的怀里，拿出来时，影月莲已攥在掌心。狂喜的大笑顿时在两壁和穹顶激起层层回声。

"还给我！"闻青虹的怒吼让她镇定下来，她把玩着美丽的结晶，笑着问："这原本就是我的，为什么要还给你？"

静静躺在她掌心里的结晶突然一震，像是从沉睡中被惊醒，散发出强烈的光芒，雪亮的银光在空中映出巨大的投影，光影被无形的线勾勒出许多六角的小格，淡紫的花儿婷婷绽放，与它如影附生的浅蓝花儿一起旋舞，每只格子里都有一对花儿起舞，鹅黄的月形花蕊随着舞蹈颤动，千百对花儿的蕊心，恰好组成了一弯美丽的新月，高高挂在穹顶，投下温柔如水的光环。

这样的美丽让人目眩，好一会儿，她才收敛了光影："相信了吗？这影月莲就是我的，被魏清明偷走了，现在才物归原主。"

"你根本不配拥有它，"闻青虹丝毫不为所动，"它是属于小幽的。"

"小幽……"女王的脸色变了，却很镇定，"魏清明已经死了，你们怎么知道她。"

"是他临死时用刀刻在手心里的，他说让看到他尸体的人把影月莲带给小幽，他说她是世上最美的女人。"

这样的回答让女王的脸色越加阴冷，她看着闻青虹："他有一点与你很像，就是固执。我讨厌固执的人，不过为了感谢你给我带来了影月莲，我告诉你他是怎么死的。"

"那个胆大包天的人，到这里来偷影月莲，被我抓住了。他非常英俊，我想要留下他，可是，他太固执了。这很让我生气，于是我在他身体里种下雪荷，那些可爱的种子要生长一百天才能从他体内开出花来，他不可以再留在这冰晶墙里，于是我把他锁进一间屋子。他居然趁我疏忽时逃走了，还偷去了影月莲。到现在我还想不通他怎么能够，是什么支持着他垂死的身体？你们说他死在静日河里，呵，他竟然走了那么远，只要过了河，他就能把影月莲交给那个女人了。可是雪荷的花期不会变，他注定回不去了。而他宁可死在河里，也不让雪荷从他身体里开出花来。冰冻结了他，可他的怀里揣着影月莲，冰只能封到他的胸口。于是，他就是你们看到的那幅样子了。"

女王说着，低声地笑了："我猜的应该不会错，这就是固执的下场。而你的下场比他还要惨，我刚才说过，我要刺瞎你的眼睛！不过，你也可以试着逃走，这个小姑娘还有一双眼睛嘛。影月莲在我这里，有本事你就来偷。就是这样，六十年前的游戏，竟然有机会再玩一次，真是不可思议。"

她走了，从脚步都能听出欢喜，留下面面相觑的两个人。时间无声溜走，黑夜无声降临。

这里的天第五次亮起，雪山女王又推开了墙壁，打量着被禁锢的人："闻青虹，这是最后的时间，给你改变主意。"

"你难道不知，固执的人从不改变主意。"他无谓地笑笑，眼里有一闪而过的悲哀。

"好。"她只说了一个字，手骤然抬起，向他颈间划去。不等冰阙惊叫，她已转过身来，抛下手里晶莹透明的匕首，刀刃上，有一丝殷艳的血。

"我有事要出去，你好好地欣赏，雪荷开出真正的花儿是很美的。等我回来，花儿就结出种子了。"她抚过冰阙的脸，头也不回地穿过幽长的甬道。

血从闻青虹的颈上流出，那伤口并不深，血流得很慢，一滴滴落下，就像雨水落进大海，瞬间湮没。

"眼睛……"冰阙惊愕地口吃，是的，一个雪荷的蓓蕾张开来，六片柔嫩的玉白花瓣上都有殷红的一团，像血染的眼睛。

第二个花苞也一片片打开，也有如此的血晕。紧接着是第三个，第四个……花儿以疯狂的速度开放，枝蔓也在迅速生长，从两边一起向闻青虹蔓延，无数只血眼直直地望着他。

"不！"冰阙嘶喊着，拼命挣扎，而锁链并不因她的悲伤而松动分毫，她无能为力，眼睁睁看着那些怪物一般的花儿向他扑去。

"冰阙，你不是想知道，那天离开时，我对魏清明说了些什么吗？"

"是什么？"她喃喃地道，全无意识。

"我对他说，如果我替他找到小幽，请他保佑我，让我能和你永远在一起。"他笑着，淡淡的羞涩，似乎全不见那些疯狂逼近的雪荷。"冰阙，我想和你在一起，可是我没能帮他实现愿望，看来他也不会保佑我的。"

"不是的，不是的。"不管如何用力，她也挣不开身上的枷锁，泪水模糊中，一根雪荷的枝蔓已经缠住了他，鬼魅般的花儿一层层包裹上来……

"救命啊！来人啊，不管是谁，请来救救他！"绝望中，她忽然想起了那个每夜哭泣的声音，她嘶声大喊，可是无人回应。雪依然在下，扫地的人们依然忙碌，没人理会她的悲伤，没人在意层层叠叠的花朵正在从白色变成淡红，粉红，深红……

手腕忽然一阵灼痛，她转头，立刻怔住，一个透明的，半浮在空中的"人"就在她身边，面向着她，脸上是一片没有五官的空白，却从眼睛的位置上不断地流下泪水，灼热的泪水，滴在锢锁她的冰铸上，冰铸已融化了一半。

尽管这个"人"的样子怪异恐怖，冰阙仍是一阵狂喜，热泪不断滴落，很快的，她自由了。

她用力推着水晶壁，没有用，这是一整块完整坚固的水晶，而不是两扇可以随意打开的门。有些雪荷已是深色的殷红，花瓣收拢萎缩，结出鲜艳的种子。

"你帮帮我，这些花就要把他吃掉了，求你帮帮我！"她双膝一软，跪在那人前面，向着没有五官的脸苦苦诉求。

那人猛地战栗，尽管没有表情，仍然能看出是在害怕，但还是点了点头。"他"将双手放在晶壁的两边，像雪山女王一样向旁分开，只是做得极慢，极艰难，身体剧烈颤抖着。

142

水晶墙终于分开了，冰阙扑过去，大把大把扯下那些花，那深艳的颜色像是能攥出血来，尖利的种子刺破她的掌心。

雪荷满地狼藉，发出咝咝的轻响，像毒蛇吐信，一会儿就枯萎僵死了。最后一层被扯掉，露出闻青虹惨白的脸，颈中的伤口已干涸了，他还有呼吸，只是非常微弱，好像随时都可能停止。

一只手伸过来，托着一枚药丸，清香袭人。只有短暂的犹豫，冰阙接过，放入闻青虹口中，不知为何，她莫名地信任那个人。片刻之后，闻青虹慢慢睁开了眼睛，斜倚在她怀里的身体有了支撑的力量。他们望着彼此，又惊又喜，一回生死轮转，竟然还能重逢。可是身后有人冷笑："是你放了他们？"

冰阙在转身的一瞬拔剑，森寒的剑光密密如织，雪山女王似是没想到她会有这么快的速度，竟失了先机，只能在层层剑网中游走闪避。几天里压抑的愤怒激荡着，冰阙的剑愈快，被卷住的人影就被越圈越紧，几乎无法移动，终于，剑光里的人发出一声惊叫，奋力挣出包围。

冰阙喘息着停剑，雪山女王的脸上和肩头都留下了长长的伤口，流下的却不是血，而是清澈的水。

"剑法不错呀，可惜对我没有用。"女王笑起来，脸上的伤口扭曲着，可说完这两句话，伤口已完全愈合了。冰阙一惊，又挥剑迎上，她却轻轻闪开，"小姑娘，这次轮到我进攻了。"

大雪弥漫了视线，就像那老者记忆中的恐怖情景，磅礴得像一匹无边无际的白布从天而降，笼在下面的人失去了所有的方向，满眼只有茫茫的白，惊心动魄。冰阙第一次感到雪的重量，那老人所说的能深埋一个村庄的雪，此时都压在她的身上，明知是死路，她还是被压得向深深的雪里俯下身去，最后一点模糊的意志让她喃喃地自语："闻青虹，你在哪里？"

手忽然被另一只手握住，一道闪电在大雪里亮起，似闪电自长空劈下，划破层层雪幕，席天卷地。

雪骤然失了威势，冰阙直起身，看到闻青虹手中的碧水剑，和雪山女王惊愕的眼神。"精彩！真是精彩，这一剑，绝不是凡人能使出的！"许久，雪山女王轻轻拍手赞叹，嘴角却含着胜者的冷笑，"可还是没有用，年轻人，这里是我的天下，是冰封雪覆的世界，只有炽热的光和火才能战胜我。我们再试一次，看你还有没有力气挥出那精彩绝伦的一剑。"

她衣袖轻挥，大雪又翻卷过来，却没有方才暴烈凶猛，还能看清对面的人。女王正拉住了那个透明的人，向他们笑道："在死之前看看她，她就是小幽，就是在魏清明心里，世上最美丽的女人！"

"啊！"这惊骇不啻面对将被活埋于雪下的命运，他们愣愣看着那张没有五官的脸，只有两道泪水在空白的面孔上纵横。回想起魏清明刻在掌心的遗言，不禁相顾悚然。

那人默默地流泪，不说"是"，也不说"不是"，雪下得更大了。闻青虹忽然拉着冰阙退了几步，凑在她耳边低声地问："你为什么不怕冷？"

"什么？"她愕然回头，他的脸也是模糊一片，但那严峻的神情是认真的，又重复了一遍："你为什么不怕冷？"

她努力集中思维，为什么呢？即使在这样酷寒的雪下，胸口仍然有一团温暖，缓缓向全身散开。是什么护在胸口？她下意识伸手去摸，触到一个坚硬滚圆的东西，急忙地扯下，才想起是从小就戴着的一块石头。

石头比鸽卵稍大，灰蒙蒙的，滚圆光滑，没什么起眼之处，闻青虹攥在手里，石头是温暖的，也许是带着冰阙的体温，也许……

他手上用力，捏在两指间的石头毫无反应，再次加劲，石头仍是坚硬的，第三次，他像个孤注一掷的赌徒，压上了全部的力气，"咯"的一声轻响，圆石裂开了一条细缝，射出了夺目的光华。

裂缝很快布满了石头，闻青虹像剥蛋壳一样剥下这层灰暗的表皮，剥出一块艳艳的美玉，温暖灿烂，就像手里托着一轮小小的太阳。

雪停了，一片雪花也没有，女王再没有了趾高气扬，抬手用衣袖挡住了眼睛，惊恐地尖叫。

"把这个嵌在她额头上！"是那个人在说话，是女子的声音。女王更凄厉地惨叫，却无路可逃，两道剑锋将她逼向死角，冰阙抢上一步，将红玉按上了她的额头。

女王倒在地上痉挛地挣扎，红玉在她额上闪光，她艰难喘息，居然在笑，挣扎着取出影月莲，递与那个在她身边飘浮的人："小幽，这个还给你……我骗了你，他来过，他说一定要为你取回影月莲……他真的做到了，不管生死，他都为你做到了。"

她的身体在融化，举起的手慢慢垂落，湛蓝的眼睛黯淡下来："小幽……恨我吗？"

那人木然，空白的脸上没有表情。她苦笑，"你当然是恨的，换了是我一样无法原谅。可是，你一直……都比我幸福啊……"

骄傲的女人完全融在一摊清水里，那些扫雪的人也都融成清亮的水渍。这里已无雪可扫，他们漫长无聊的生命也失去了唯一的意义。

那人紧握着影月莲，透明的身体战栗着，渐渐有了实质，纤秀曼妙，脸上浮出的五官精致美丽，竟和雪山女王一模一样，只是湛蓝的眼睛里没有傲慢和冷酷，温柔忧伤得像流星划过的夜空。她微笑着："我是小幽，谢谢你们的帮助。"

"我们没帮你什么……是你帮了我们。"冰阙手足无措起来，俯身从水渍里拾起那颗玉，心里慌慌的。

"她，是我的姐姐。"小幽也在看着水渍，犹豫着，许久才这样说。

"姐姐！亲……姐姐吗？"闻青虹斟酌着措辞，却想不起什么言语可以问得巧妙。

小幽点头，"也算是吧。雪山之神没有永恒的生命，五百岁就是寿命的极限，于是每一代雪山神都要在年老之前创造出下一任的继承者。就用这影月莲，将它埋在峰顶的圣土里，十年后，就会孕育成一个女婴。"

"难道上一代的雪山王，用一块影月莲孕育出了双胞胎？"

"是的。我和姐姐，同在影月莲里诞生了。雪山神很惊讶，也很高兴，她说我们是'影月双子'，我们继承了影月莲最完整的精华。她把影月莲分成两半交给我们，嘱咐我们要在孕育下一任继承人时将它合二为一。"

"雪山神死后，我和姐姐共同执掌梅朗雪山和商阳州的冬天，可是我们常常发生争执，从前的亲密默契全没有了，我们是同时拥有生命的孪生子，性格却有着巨大的反差，姐姐太强悍，而我太软弱。我说服不了她，但也不想屈从，于是我选择了逃避。我把全部的神力给了姐姐，带着半块影月莲去了人间。当时我们约定，我去尘世里做个凡人，她绝不干涉，在她任期将满时我再回来，和她一起孕育继承者。

"以后的事，你们大概也听说了一些，我到了华越村，那里是离梅朗雪山最远的地方。那里的人都对我很好，我在那里认识了……魏清明。"

她的声音因为这个名字哽住了："幸福就在眼前了，伸手就能握住，可是姐姐找到了我，因为这半块影月莲。这是我的命源，它的力量专属于我，可是姐姐想要，她抢走了它，我……就变成了方才你们看到的样子。

"魏清明真是傻，我变成那个样子，他居然还爱我；他要去向姐姐要回影月莲，他是在痴人说梦，我不让他去，我知道他去了就再也回不来了。我发誓和他断绝关系，骂他，威胁他，赶他走，可他还是去了。"

闻青虹和冰阙对望一眼，都想起了老者描述的情景，他目睹了他们最后一次见面，也目睹了小幽的怪异形状，看到熟悉的美丽女子竟变成那样，难怪几十年后再说起时，仍然是历历在目的恐怖。

"他去了，再无音信，后来姐姐来了，带着暴雪埋掉了华越村，把只有灵魂的我带回山上。她把我关起来，她说魏清明没有来过，没有人会喜欢我那个样子，逃都来不及，让我死了心吧。我早就死了心，可我知道她在说谎，魏清明来过的，一定来过……"

"他当然来过，就像你姐姐说的，不管生死，他总是完成了对你的承诺。"闻青虹笑着，"我们也总算完成了对他的承诺，告辞了，你好自为之。"

山洞突然战栗起来，地面在涌动着，扶着石壁才勉强站稳，地下仿佛有什么在震颤，闻青虹腰间的碧水剑也剧烈振荡着，似是在与地下的力量发生共鸣。

"这是怎么了？"闻青虹紧握剑柄，用力拔出，剑锋像被弹动般嗡嗡作响，震荡得他几乎握不住，剑锋缠裹着一道奇异的光环，淡紫的，像夕阳映射中的明霞，流光溢彩。

"我师父说过，神兵利器都是有灵性的，能互相呼应，这地下一定有一把好剑，在呼唤你的剑。"冰阙回忆着师父的话。

小幽沉吟道："是这样吗？那你不如松开手，看它要去哪里。"

碧水剑似是得到了支撑，猛地巨震，闻青虹一下没抓稳，剑已脱手，却并不落地，拐了个弯，然后笔直地向前飞去。三个人在后急追，只觉得地势越来越低。

碧水剑飞进一间宽阔的大厅，终于落地，闻青虹上前拾起，它也安然如初，再不挣扎。

"它引我们到这里来，是为了这个吗？"大厅空荡荡的，只在角落里摆着一个冰雕的兵器架，架上也空荡荡的，只放了一把剑。冰阙过去一看，不禁皱眉。这剑从鞘到柄，累累地结着黄锈，不知已有多少年没被擦拭过了，实在看不出哪里像神兵利器。她拿起来，握住剑柄，一用力，剑锋仍在鞘里纹丝不动。

"闻青虹，你快来看，"她转手把剑递过去，"这柄剑拔不出来。"

剑一入手，一阵奇异的酥麻从指尖悠悠地一路游走上去，闪电般穿过手臂，肩头，笔直地击中心脏，他不由自主地战栗，胸口暖暖的，仿佛浸在一泓温泉里，恍惚间竟忘记了身在何处。他摩挲着锈迹斑驳的长剑，抹去一层黄锈，下面仍是厚厚的锈迹。

"你又在出神啊？"冰阙推了推他，"你拔剑呀，看你能不能拔出来。"

闻青虹好像还没有从恍惚中醒来，喃喃道："我想看看它，我想要它。"

"这剑锈成这样，要细细打磨好几天才能除干净的。你先拔剑。"冰阙执拗地想看他拔剑，又催促一遍。

剑的吞口处锈迹并不多，不像能把剑锋锈死在鞘里的样子，闻青虹左手握鞘，右手按柄，用力向外抽，却只是和冰阙一样的结果。

"你还记得吗？我师父嘱咐过的，除了让我们寻回血玉，还要找两柄拔不出鞘的剑给他，这把剑，不就是出不了鞘的嘛。就算我们找不回血玉，把他想要的剑带回去，师父可能也不会太生气，至少不会杀你了。"

冰阙盘算着如何向师父交差，闻青虹看了她一眼，眼色很奇怪，继续擦拭着剑鞘上的锈迹，淡淡道："可是我想要这把剑的。不知为什么，就是特别想要，好像它很久以前就是我的。"

"看来你们很喜欢这柄剑，我就把这柄剑送给你们，作为谢礼吧。"小幽走过来，微笑着道。

"那，恭敬不如从命，多谢了。"闻青虹甚至连推辞的话也不说一句，似是怕稍一客气，小幽就顺势收回了赠剑之意。冰阙偏头看他一副如获至宝的喜悦，极是不解。

梅朗雪山的顶峰笼罩着阳光，却暖不化亘古的冰雪，小幽止步，指明了下山的小径，笑道："我只能送到这里，一路多珍重。"

"你也多珍重。"冰阙几乎欲言又止，终于嗫嚅道，"现在你做了雪山女王，应该，和你姐姐有些不同吧？"

"当然。"小幽微微一怔，立刻明白了她的意思，"以后不会再有可怕的暴雪袭击村子，千寒殿里不会再下雪，我也不需要扫雪的奴隶。"她轻婉的面容有几分黯然："我曾经恨过姐姐，现在不恨了，她其实很可怜，权力和欲望从来没有让她快乐。我一直，都是比她幸福的。"

"魏清明的身体，已经运回了裕祥镇，就是从前的华越村。"闻青虹道，"如果你想看他，就去找七霞客栈的店小二，他会带你去看他。"

走下一段最艰难的路，冰阙回头去看，雪山巍巍地矗立，茫茫皑皑，岁月如何流逝也不会在它身上画下痕迹，它沉默地看尽世间，无悲无喜，皆是云烟。他们的生死交错它不在意，王位的兴废易主它无所谓。即使千秋万载之后，神祇已更换过多少代，山还是这座山，无可取代。

第五章・墨翼化劫灰

一

　　下山的路上，闻青虹一直沉默着，很反常，冰阙和他说话也只是"嗯嗯"着随口答应，完全心不在焉。

　　"你怎么了，不舒服吗？"沉郁的气氛让冰阙不安，不住打量着他，他颈上的伤已经愈合，应该没事了，可他的脸色却是凝重，甚至有些阴沉。

　　"没有。"他闷闷地应了声，回头看她一眼，嘴唇似要开启，又犹豫地缄默。冰阙也再无从开口，两人默默地走。下了荒寒的雪山，前面远远地已见大路，想来离有人居住的地方不远了。

　　"闻青虹。"冰阙盯着他手里铜锈斑驳的剑。名贵锋利的碧水剑他挂在腰间，却将这出不了鞘的锈剑握在手里，足见爱惜。他说过特别想要这柄剑，可师父也想要的……她嗫嚅道："这把剑，我师父他……"

　　闻青虹的脚步立止，握剑的手骤然紧了，淡青的血脉在手背上凸现，他慢慢转身，表情平静，声音不高，一字字却说得极重："不要再跟我说你师父！这把剑我不会给他的，他想要，就杀我，我给他个极好的借口杀我，免得他处心积虑地制造骗局，那么辛苦！"

　　冰阙在他冷冷的逼视下慌乱心虚地后退，如坠迷雾，口齿纠结得自己无法控制，"我师父，他，制造了什么……骗局？"

　　闻青虹不理睬她的恐慌，冷笑着反问："他不是要我去找血玉吗？他一定料定我找不到的，可是，我已经找到了！"

"已经找到了……"冰阙没有问"在哪儿？"突然的明了让她颤抖得几乎站不住，她勉强把手探进怀里，然后笔直地伸向闻青虹，手心里一片璀灿斑斓。

闻青虹没有动，也没出声。那冷冷的表情也没变，冷冷地冻进冰阙心底，连眼泪也冻结了："我不知道师父是不是有心骗你的，可我真的不知道这就是血玉，我真的没有骗你，你信不信？"

她脸色煞白，嘴唇也褪尽血色，两颗墨色的瞳，深不见底的绝望凄苦。闻青虹一下子懊悔疼痛起来，对那个诡计多端的古怪老者的愤怒厌恶不应该迁怒于她，但他也只是迁怒，并没有怀疑和猜忌，一点也没有。

"我相信，我知道你不会骗我的。"他郑重地说。走过去想抱住她，伸出的手犹豫着，终于没去揽她的肩，只轻轻拂开她颊边的几丝乱发。

他手指的温存让她悸动，她忍着不让泪流下来，把手扣在他掌心里，闻青虹一怔，金红的美玉已翻了个身，换了安睡之处。

融融的暖意瞬间流过全身，初春的天气好像一下子到了盛夏，这就是冰阙在雪山里也不觉冷的原因。闻青虹捧着血玉，有些感慨，又不知所措，冰阙的师父给它裹上一个不起眼的套子，到底是为了让她戴着方便，不至于引起旁人的注意和麻烦呢，还是另有意图，又或者，是专为了他而设下的陷阱？

闻青虹摇摇头，甩掉这些念头，那老者不在面前，无法质问他，更无法发泄胸中郁积的恚怒，多想也是无益。他拈起血玉，小心翼翼地，几乎屏住呼吸。这神秘的玉，从前，父亲就不止一次地说起，口气伤感地惋惜着那桩无疾而终的姻缘；后来又由冰阙的师父说起，却是关乎生死的严峻。它似乎一直紧紧纠缠着他的生命，在冥冥中，遥不可及。直到今天，才第一次真实地触及。

他抬起手，玉在指间拈转，透过刚至中天的阳光，像殷艳簇簇的火。燃烧的红色里，两条纤细如线的光芒，一条金红，一条浅紫，首尾相接，环绕住所有的激滟流光，稍一转动，变化却是万千，小小的一块玉，竟有包罗天地的宏大气象。

中心点上，一团银白像淡薄的雾气，好像有什么在里面轻轻涌动，他不知怎么急切起来，努力想看得清楚。时隐时现的模糊影子突然冲出了雾霭，瞳孔的刺痛猝不及防，仿佛被利箭洞穿。头脑里响起沉闷的声音，意识模糊一片，视力和听觉都失灵了，只隐约感到有人拉住了他踉跄后退的身体，却不知身后两步就是个极陡的斜坡。他下意识把血玉塞给那只扶着自己的手，俯下身双手蒙住脸，护着剧痛的眼睛。

疼痛猝然而来，倏忽而去，他在掌心里睁开眼睛，他看到了光，不是指缝间透进的朦胧光线，是很亮很亮的透明的光，光晕里不断变化的情景陌生而又熟悉：初夏的第一枝荷花开了，小小的女孩子拍着手，笑着，跳着，旁边的男孩看着她，疼爱温暖地笑……是的，他听到了那笑声，从某一个深远的地方传来，抑或是，一直藏在他心里的。

"闻青虹……你怎么了？你受伤了吗？"冰阙一迭声的焦急驱散了迷离的幻觉，把他拉回现实。

"你怎么样？眼睛痛吗？能不能看得见？"见他直起了身体，脸色正常，眼睛似乎也没什么异样，她松了口气，还是不安地扬手在他面前摇晃。他笑着按下她的手："看见了，五根手指，一根也没少。"

"你还有心思开玩笑，刚才差点让你吓死！"她心有余悸地嗔怪。看着手里的血玉，微微皱眉，"是不是这个有问题呀……"

"没有问题。"他打消她的疑惑，慢慢地把她的手指合拢，轻声道，"它是你的，好好收着。"

"是我的……"她不解，而他的笑容更是让她困惑。自从认识他，从未见他笑得这样明亮灿烂，眉宇间淡淡的抑郁散开，就像有风席卷去晨雾，任阳光无遮无挡地照耀。

这笑容让她心慌，脸上忽然热起来，如果现在有一面镜子，她一定不敢面对自己。血玉在紧攥的手心里微微震颤，像温暖的脉搏。她越发不知所措，埋着头怔怔出神，好一阵沉默，她也笑了，"是的，难怪你这么高兴，我们已经找到了血玉，就可以回去了。把它交给师父，就是师父有意与你为难，想必也无话可说，起码他再找不出杀你的借口了。"

闻青虹一时无法接口，让他欢喜的不是这个，事实上这一路他极少想起寻找血玉的目的，倒是她时时惦着，一刻不忘，仿佛关乎的是她的生死。

"其实不是这样的，我想……我不知道你……可能……"他涨红着脸，含糊嗫嚅，断续地语无伦次，狼狈得就像个孩子，做错了事正急于辩解，努力要说清楚这不知从何说起的事。

冰阙惊异地睁大眼睛，这个对什么都能泰然面对的人，现在是怎么了，他到底要说什么呀？至于紧张成这个样子。她不开口，静静地等待他把混乱的话说明白。

一声鸣叫破空而来，清冽尖锐地刺进耳鼓，尴尬的两人被解了围。抬头望去，一只鸟儿正在他们头顶盘旋，唱着清亮如水的歌，绕了几个圈子，像是累了，一个俯冲降落在冰阙肩上，慢慢收拢起翅膀。

鸟儿娇小玲珑，轻盈得能做掌上舞，全身的羽毛都是鹅黄色，只有喙上有一点朱红，它侧着头，认真打量这个供它栖身的人。两颗小小的瞳仁黑如点漆，闪亮亮的分外敏锐。然后凑过来，用喙轻理她的发丝，极是亲热的样子。

冰阙又惊又喜，压低了声音，似是怕吓着它，"真奇怪呢，它好像是认识我的。"

鸟儿的小脑袋在她鬓发间亲昵地摩擦，冰阙笑着，伸手去摸它。鸟儿却突然掠起，猛地冲向她握着玉的左手，重重一口啄下。冰阙全无防备，手上骤然一痛，下意识松开。血玉坠下，鸟儿眼里滑过欢喜的光，急速俯冲，几乎擦着地面衔住了玉，双翅一振，拔地而起。

"放下！"冰阙毕竟有着武者迅疾的反应，大惊之下，方寸不乱。剑光连绵闪动，刺向尚在半空的鸟儿。小鸟身子一侧，让过了袭来的剑锋，冰阙却再不进攻。这"秋风三叹"是她最得意的招数，绵绵三剑，第一剑乃是虚招，后发而先至的两道剑风才是杀手。那鸟儿哪里懂得招数的虚实，毫不畏惧地向上疾冲，眼看就要冲进凌厉的剑光里，粉身碎骨。

闯进剑网里的不是鸟儿，而是一团小小的黑影，不知从哪里飞来，径直搅进了无形的剑气，冲开了死亡，打着旋儿坠下；几乎是同时，冰阙腕上重重一痛，手一沉，剑锋刺入泥土。死里逃生的鸟儿振翅而去，很快隐没在云端。

过分明亮的太阳好像一只眼睛，居高临下地俯视。一颗小石子在冰阙脚下，是刚刚打在她手腕上的，而另一颗拯救了那个小飞贼的石子，已不知坠落在何处了。

死寂。冰阙完全失去了思想，可是不用想她也知道是谁救了那只鸟儿，是谁袭击了她，是谁掠去了他们刚刚得到的希望。她放开手，银色长剑跌入尘埃。她第一次对心爱的兵器不管不顾，僵硬地转了个身，而四野茫茫，除了他们没有别人在，她大喊："师父！"回声隐隐，可是，没人答应。

她呆立不动，好像已经凝固了，他走过来，捡起剑，她木然地接过。剑柄的冰冷让她一震，抬起头望向天空，还存着侥幸，奢望还能看到那只鸟，有一刹那她自欺地想：她从来不知道师父有那样一只鸟，也许那个人不是师父。

可是，她又知道师父什么呢？十年了，除了剑术，师父什么也没有告诉过她，他的来历，他的往事，甚至他的名字，她都一无所知，师父对她来说是一个谜，一个阴冷沉闷的谜。眼泪扑簌簌落下，淹没了视线。

"也许你师父并没有恶意。"闻青虹微微一顿，语气坚定起来，"他收走了血玉，也只是想让我们走完该走的路，不要偷懒。"

冰阙眼里的泪干了，取而代之盈满的是惊异："你……真的以为是这样的吗？"刚才她正有走回头路的意思，她也想到师父一直在监视他们，可是她不认为这只是对偷懒的惩罚。

"是的。"他向她微笑，语气更坚定了，似乎心里也是如此决然，"我想他会在那座山上等着我们，会把血玉还给我们。他是对的，我们不应该半途而退，那里，不也是你向往的地方吗？"

最后一句话和他的眼神好像都有着深长的意味，但冰阙不懂，她只觉得感激，闻青虹是为了让她不再难过和尴尬才做出如此违心的解释，努力把师父设想为一位慈祥的老父亲，在路的终点等待他远行归来的孩子，手里托着他们梦想中的宝物，脸上还有一丝疼爱的微笑。

这荒唐的假想如今是唯一的希望，没有任何别的选择了，她收剑入鞘，无声叹了口气。

小径荒凉，只有两个行人，和他们被夕阳渐渐拉长的影子。"对了，方才，就是那个小贼出现之前，"冰阙恨恨地咬了下牙，追问，"你想说什么啊？"

闻青虹停下脚步的同时红了脸，讷讷的，甚至像是慌乱："没什么。"简单而紧张的回答后，他安静得连呼吸都省略了，片刻后，又加上补充，"或者，等我想好了再跟你说。"

她不由后悔，似是不该再重提那个尴尬的时刻，她把视线投向远方，假装不见他的窘迫，觉得自己好像"哦"了一声，模糊得不能确定。心头泛起一种奇特莫名的滋味，既惶恐，又欢喜。

二

太阳将要沉下地平线了，昏黄的暮色里，就在他们方才离开的地方，盈盈立着一个女子，颇有寒意的风拂动她绛纱的裙袂，她浑然不觉，怔怔遥望人影消失的远方，眉间紧蹙，笼着深深愁云的脸，竟是韩容若。

她手里把玩一颗石子，一圈圈在纤长的指间轮转。方才，有三颗石子在她手心，打出了两颗，只剩这一颗了。

天色更暗，她仰头看那些灰沉沉的云朵，忽然扬手甩出了石子，破风之声尖利，刺穿了晦暗的沉暮，云端上立刻有一团小小的影子急掠而下。笑容绽开在她的嘴角，像一线宁静的阳光，她向空中抬起手，叫道："月牙儿。"

鸟儿径直落在她的手心，收拢翅膀，口中衔的胜利成果却不肯放下，一动不动地看着主人，黑亮的眼睛满是委屈和抱怨。

"月牙儿，别生气了，是我不好，不该让你去冒险。可你躲了那么久不回来，也吓得我够呛，我们就算扯平了，好不好？"她柔声安慰，可鸟儿不依不饶，一翅膀打开她要抚摸它的手指，扭过小脑袋不理她。

"呀，还真的生气了。"韩容若笑着拿出个粉缎的锦囊，打开来，取出一颗碧莹莹的珍珠凑到它嘴边，"你不会气得连月寒珠都不想吃了吧，我们来交换，好不好？"

鸟儿像是被宠坏的孩子，仍然气鼓鼓的，眼珠却不时偷偷瞟向嘴边的食物，又别扭了一会儿，它终于决定妥协，把血玉丢在她手心里，衔起碧绿的珍珠吞下。

殷艳的宝石在掌中滴溜溜打转，她闭起眼睛，表情忽然变得悲伤而沉重，指尖微微一动，血玉飘浮起来，转了个弯，飞向她的身后。

"还是你收着吧。"一个苍老低哑的男声也响在她身后，话音未落，血玉又飞了回来，仍然落在她柔软白皙的掌心，像是从未离开过。

"怎么？"她转身，面向突兀出现的老者，随即了然一笑，"你就是不交给我，我也不会走的，我想看看结局，看看你所说的希望是什么样的。"

老者避开她的注视，似是心虚地轻咳一声，转开了话题："他仍是极有悟性的，竟能体会到我用心良苦……"

"未必是悟性，"她反驳，尖刻却又伤感，潜藏着深切的恐惧，"也许只是无知。他既不知将来如何，也不知结局怎样，无知者，自然无畏。"

老者苦笑道："天心难测，其实我们也并不比他有更多的预知，又何必自扰呢。"

韩容若的嘴角微微牵动，咽回了想说的话，轻轻捻转血玉，盯着里面金红浅紫衔接的光环，许久，直到夜色完全笼罩，她才开口，忽然问道："他们好像已得到了一柄剑，是他的，还是她的？"

老者的脸隐在黑暗里，他的声音低沉平静，不兴微波："是他的！"

玉泉街上的琅月坊，是整个华庭州都知名的画坊，此间的主人曾是一位宫廷画师，据说极受皇家赏识，隐退后离开京城，回到故乡开了这间画坊，生意很是兴隆，光顾这里的人，一半为了买画，一半为了看画，因为，在琅月坊里，有一幅绝妙的画。

正午时分的琅月坊很静，只有两位客人在看画，坊主赵天诚在旁含笑相陪，这两位一看就知是远客，一男一女，都是可入画写意的俊雅出尘，不管他们买不买画，有如此丰采的人物光临，赵画师已是带了几分欢喜，因此不厌其烦，将自己的得意之作一幅幅细细指引介绍。正厅刚刚亮起灯火，半掩的门开了，

一直看过了所有的画，男子向满满的四壁环视一周，微笑道："我们是初到此地，听闻赵先生坊间珍藏了一件世间绝品，特地慕名而来。不知赵先生可否赐予一观，让我二人不致失望而返呢？"

"呃……"赵天诚略略犹疑，又认真打量了二人一番，才点头，"既是如此，二位请随我来。"

赵天诚的书斋清净精巧，布置得极好，只是对窗的一面粉墙却整整地空着，没半点装饰。他引着客人进来，回身掩上了房门，连座都不让，径直走到书桌前，似是怀着一种迫不及待的兴奋，双手捧住放在桌角的花瓶，轻轻转动。那面空空的墙随之向两边滑开，露出的暗格上方悬着一只卷轴。赵天诚快步走过去，按着卷轴，深吸了一口气，然后缓缓解开缠在卷轴上的丝带，纸轴"哗"地垂下，像一方挣开了禁锢的瀑布。

时间似乎凝在了一个微妙的点，足有半盏茶的工夫，室内一片幽静，没有人说话，连呼吸都微不可闻。于客人，是震惊的压抑；于主人，则是得意的沉醉。

雪白的纸，纤细墨线，淡淡地勾勒出一个女子，素白衣裙，不施粉黛，倚在一棵树下。满树盛开的天星梅，娇艳鲜明的淡粉，却反被那素净的女子衬得没了分毫光彩，她微仰着的脸宁静高华，纯洁如高天皓月，不自禁地就让观者自惭形秽，只觉自己的注视亦是亵渎了她；可是那纯洁中竟又透出一种异样的妖娆媚惑，看过一眼的人便似被摄去了魂魄，痴痴地移不开视线。

"她……是谁呀？"良久，冰阙如梦初醒，口舌打结地问了一声，慌慌地再不敢抬头去看那画儿，手里，紧紧牵着闻青虹的衣袖。

赵天诚还未开口，已有人代他做了回答："她，应该就是华庭州最美丽的公主：景天瞳。"

"住口！你好大的胆子，竟敢直呼景公主的名讳！"赵天诚脸色大变，既惊且惧地厉声呵斥，又满腹狐疑地打量闻青虹，上上下下转了好几个来回，压低声音道，"你是谁？怎么认得景公主，还知道殿下的名讳？"

"因为，你们的这位公主真的是很有名啊。"闻青虹根本不理会他如临大敌的紧张，口气随意得就像在评价一个平民女子，"今日一见，果然名不虚传，也是赵画师技艺高超，下笔传神。我想，这一定是你在宫中任职的最后一幅画作，也是最好的一幅了。"

赵天诚被如此一赞，怒气全消，尽管仍然板着面孔，眼角眉梢的喜意还是藏不住。他干咳了一声，笑道："公子真是好眼力。这确是老夫平生得意之作，那是在三年前，公主殿下十六岁生辰之日所画。那日玉庆宫门口的天星梅竟然也提早盛开了，仿佛是上天赐予公主的寿诞之礼。圣上极是欢喜，在公主倚树赏花时命我依景作画。画卷一成，从皇上到贺寿的众臣皆惊叹不已。我谢绝了一切赏赐，只求能仿了此画的副本告老还乡。只因我自知，今生今世再也作不出如此完美的画，那也就不必再画了。"

他说着，视线停在了画中人倾城的面容上，那样敬畏凝重，仿佛正透过单薄的画纸重温那日情景。许久，他重重叹了口气："公子赞我下笔传神，实在愧不敢当，就我手中这支秃笔所能画出的，只是殿下神采之万一而已，我拼尽平生技艺描绘的，只是一个简单的表象，而殿下神韵的精髓，又岂是我这一介凡夫所能把握的。但就是这表象，也足以令天下人折服倾倒了。"

老画师的赞美之词如江水滔滔，闻青虹只是含笑听着，也不打断，只等他好容易告一段落，才抓住空隙拱手告辞，和冰阙一起出了琅月坊。赵天诚送客出门，一直看他们的背影消失不见才返身回去。心下却仍在忖度：此二人也不知是何来历，尤其是那男子，看到公主的画像竟然只是刹那的一怔，并没有太多的惊异和痴看，但凡是见过此画的男子，无不是中了咒般失魂落魄，还从没有如此淡然的，倒是随他而来的女孩子，更失态些。

"那个公主实在是美得不像话啊。我从来没见过那样美丽的女子，我看她不像个凡人，也许是仙女下凡，或者……可能是个妖精。"在热闹的街上走了一段，冰阙才回过神来，讷讷地赞叹着画中的人，下了一个古怪的总结之后，才想起问闻青虹，"你认得她吗？"

"我不认得她，只是从前听方含说起过。两年前他曾跟着老王爷出使过华庭州，虽然只见了公主一面，但关于她的传说和赞美倒听得快把耳朵塞住了。这位公主，几乎就是全华庭州的骄傲，而她最为人称颂的，倒不是美貌，却是她的才智和谋略。方含在华庭宫中住了一月有余，听得不少传言，似乎这位公主将来既任帝位的可能性很大。"

冰阙惊讶得"咦"了一声，笑道："华庭州的皇帝好奇怪啊，居然想把皇位传给女儿，他没有儿子吗？"

"有啊。他有七个皇子，景公主是唯一的女儿，年纪也最小。可是那七个做哥哥的，却谁也比不得这个小妹妹。天和二十五年，华庭州突发了一场大叛乱，措手不及间，帝都就包围了，形式可以说是千钧一发的危机，皇上和百官都一筹莫展，束手无策，只得派出一小队敢死亲兵在半夜时杀出重围去向毗邻的弘源州求援。当时朝廷派了方老王爷带北定军前去救援。途中却遇到了大暴雨，大雨连续三天不停，引发了山洪，援军只能绕了远路，紧赶慢赶的，还是耽搁了二十多天。方老王爷本以为华庭帝都恐怕早已沦陷，可让他万万没想到的是，那座城池居然安然无恙，也没有重重围困的叛军，若不是城墙上累累的满布刀枪箭簇留下的缺口，就好像什么也没发生过一样。"

"怎么会这样，他们不是已经毫无办法了才求援的吗？"冰阙低头想了想，忽然叫道，"难道，是那个公主……"

"对了，就是景公主，据说她一个人平息了这场数万之众的大叛乱，而那时，她只有十二岁。"闻青虹轻轻叹了口气，"难以置信吧。这件事平白地说出来，任谁都不会相信。至于当时的真相到底是怎样的，只有华庭宫中内部的几个人清楚而已。至于别人听到的，就只是越传越奇的传说。"

"不！我相信的，我相信她能做到！"冰阙怔了一下，突然有些惊慌，手里又紧紧扯住他的衣袖，"你看她画像的时候觉不觉得害怕，反正……反正我看第一眼的时候就觉得害怕，心里慌慌的。说不上为什么，那么美丽的女孩子，怎么会让人害怕呢？"

闻青虹微一沉吟，心头也不自禁地掠过一丝异样，但旋即就笑了，"好了，想不通就不要想。反正我们只是过客，又不会在这里做她的臣民，用不着去发掘那个公主的秘密。现在，还是去铁匠铺看看吧。"

三

"这把剑是磨不出来了。"闷热的铁匠铺里，那个姓陆的中年铁匠正在一大块磨刀石上用力打磨着一柄剑，满脸的汗珠不断滚落。听见脚步声进来，抬头一看是他盼望已久的俩人，立刻大叫着，抄起磨石上的剑递过去。

"这把剑扔了也不会有人捡的，锈到连鞘都出不了，还让我磨！我磨了整整三个时辰，可你们看，锈迹一点都没磨掉，鞘都锈到如此地步，剑恐怕早已锈断在里面了，磨它有什么用！"陆铁匠积压了三个时辰的怨气爆发出来，眼睛在二人身上打转，他们的腰间都有佩剑，而且一看即知是不寻常的神兵利器，却还要让他磨这把锈到了家的破剑，若不是贪那枚预付的紫金锭子，他才不会费力做这种无聊至极的傻事。

闻青虹像没听到他的抱怨，手指慢慢地抚过剑鞘，厚厚的黑黄锈迹果然一点也没磨掉，握住剑柄，用力，也还是拔不出来。

"公子，你预付的钱。"发完了脾气，陆铁匠平静下来，虽然舍不得，还是准备把那枚沉甸甸的紫金锭物归原主。闻青虹却不接，淡淡道："这个你收下吧。剑锈磨不掉不是你手艺不好，三个时辰的辛苦不能让你白费，多谢了。"

出了铁匠铺，他们继续行程，走过一条荒僻的小街，冰阙忽觉得衣角被扯住了，低头看时，抓住她的是一只脏兮兮的小手，循着手臂往下看，一个小女孩蹲在她脚边，脸色蜡黄，身体瘦弱，十岁左右年纪。和她哀求的眼神一触，冰阙心里泛起酸涩。她俯下身，轻轻握住了那只手，柔声问："你是不是饿了？"

女孩不回答，只是眼巴巴地仰望着，冰阙心里越发难受，闻青虹见她脱不了身，便掏出锭银子递过来。女孩不接，却忽地回头看向闻青虹。两人的视线只是一碰，女孩的眼里似乎有微微的惊讶，又迅速回转来，执着地看着冰阙。

只觉得再让她盯上片刻，自己就要流泪了，冰阙有些慌乱，几乎是哀求地说："这银子可以买很多很多吃的，你怎么不要呢？那你到底想要什么？你说话呀！"

"啊！"女孩总算是开了口，却更让俩人惊讶，她居然是个哑巴，唯一能发出的音节就是"啊，啊"。

"你，是不是想回家？"冰阙竟似是恍然大悟。女孩儿高兴地笑了，手指向前方，眼里的求恳之色更重。

"我明白了。你等一下，让我和我的朋友商量。"冰阙一边柔声安慰她，一边指着闻青虹，做了个手势。女孩眨眨眼，慢慢放开紧攥她衣襟的手。

"你看她多可怜哪，年纪小小就流落街头，无依无靠的，我们要是不送她回家的话，她该怎么办呢？"冰阙压低了声音，软语央告着。

闻青虹眉头一皱："送她回家……那，你知道她的家在哪里吗？"

冰阙被问住了，愣了一下，迟疑道："她方才向前一指，想必就是沿着这条路走，也许她的家离此不远，反正我们也是走这条路的，就带上她吧。"

她这样急切切的，闻青虹却并不为之所动，他瞟着不远处褴褛瘦弱的女孩子，默不作声。

"喂，你怎么了？"冰阙脸上泛起了怒意，狠狠推他一把，低叱道，"我知道，你是嫌她是个乞丐，才不肯带她走的，对不对？"

闻青虹一怔，哭笑不得："我岂是那种势利之人！也罢，只要你高兴，就带着她一起走吧！"

"闻青虹，你果然是个大好人哎！"冰阙笑逐颜开地赞他一句，刚要过去叫那女孩子，又被拉住了，他凑在她耳边，低声道，"我总觉得她有什么地方不对劲，有些不祥。"

"是吗？"冰阙留神朝那边看了看，随即嗔怪地白了他一眼，"我的江湖经验比你多，我怎么没看出来。"

"那，好吧……"

两人的旅途变成了一行三人，那个小女孩紧跟在冰阙身后，手里攥着她的衣角，竟像是孩童眷恋着母亲。闻青虹的心情却渐渐沉重，不知怎的，他总觉得这突兀加入他们行程的女孩子带着某种诡异，或者说是危险。可为何冰阙竟毫无察觉。

"闻青虹，你想什么呢？"看他一直埋头出神，冰阙取笑道，"你干吗老低着头啊，地上有钱可以捡吗？"

"哦，没有。"猛地从深思中惊醒，他也没听清她调侃的话，恍惚地应道。看到她"哈"的一声笑了，这才反应过来被捉弄了，红着脸解释道，"我是在想，如果前面能遇到旅店，我们就投宿吧，天色将晚，她也很累了。"他说着，向那孩子看了一眼。

"哦。"冰阙收敛起促狭的笑容，"还是你想得周到。"

此刻，他们已将走出这座城，路上逐渐清冷，沿途的商家店铺也稀少下来。太阳正向西方的天幕下缓缓坠去，晴朗的空中倏地掠过一片黑色的云，天色转瞬一暗，走在冰阙身后的人身体猛地震颤，眼里划过深切的恐惧。

"老板，我们要住店。"踏进了这城里最后一家客栈，闻青虹先和店家招呼了一声，又问冰阙，"你是和她住一间，还是让她自己住？"

"我和她……"冰阙平静的语声忽然转成惊呼，"人呢？"

"人……"闻青虹也才注意到冰阙身后没有了那个影子般的女孩，急忙冲到门口去看，也是不见。柜台后的老板正铺开店簿，不耐烦地叫了一声："只剩两间空房了，二位住是不住？"

"住。"闻青虹忙应道，然后安慰冰阙，"我先去把房间订下，再陪你去找她。"

沿着来路走了很远，也没见到那神秘失踪的女孩子，奇怪的是，方才他们谁也没有察觉到她的离开，她一直寸步不离地跟随，怎么会悄无声息地就不见。他们拦住一个又一个路人询问，得到的回答都是失望。

"也许她回家去了，她的家可能就在这一带，刚才正好路过，她就回去了。你想，她这一路上那么依赖你，如果不是到家了，她怎么会突然离开呢？"说着，闻青虹微一沉吟，"你为什么会这样在乎她呢？不过是萍水相逢，当然，她是很可怜，值得同情，可是，真的至于让你如此吗？"

"我不知道啊！"冰阙的表情悲伤而又茫然，"我也奇怪，我并不是个容易心软的人，可就从见到她的第一眼起，我就想要保护她，好像……好像就算让我为她拼命，我也是心甘情愿的。"

似是被她的话吓住了，闻青虹的脸色一变，沉默了片刻，他上前一步，轻揽住她的肩："好了，你已尽力，又何必难过。走吧，我们回客栈去，天快黑了。"

天色确是越来越暗了，但，那并非天之将晚的正常暮色。

草草吃过了饭，两人各怀心事，黯然对坐，冰阙仍在为那小女孩的失踪怅然，闻青虹也郁郁的，那个突兀出现，让他一直怀着警惕和不安的人已经走了，心情却不知怎的更加沉重。

"你师父若是看见你现在这样，一定勃然大怒。"他轻笑，"他教你要冷血无情，你却为了一个不相干的人伤心，真是有违师命哦。"

"啊？"冰阙听他提到师父，猝然一惊，忙向房门看去，不见有人，又转头望向窗外。

"我又没说他来了，你紧张什么。我只是说，好孩子是教不坏的！"

"好孩子？"冰阙一脸惊异，指了指自己，"是我吗？"

"当然是你。"闻青虹起身，站在她面前，"你从来都是好孩子，从来都很善良，我知道的。"

"我从来……"冰阙盯着他，他眼里的温暖忽然让她想哭，她定了定神，用力板起脸，换上冷漠的口吻："哼，别拿这样的花言巧语骗我，你才认识我几天，就说'我从来怎样'，好像你很了解我似的。"

他确是很了解她，知道她习惯用这样的冷漠伪装和保护自己，于是也不和她争辩，转身向门口走去，只说了一句："早点休息吧，明天还要赶路。"

四

一阵奇异的声响从门外传来的，"啪啦啦，啪啦啦……"凌乱庞多，经久不息，像是有无数的鸟儿扑扇着翅膀从空中降落，而窗外的深深的夜色里，突然泛起一道道暗红的光。

冰阙神情一凛，虽然还没搞清楚情况，却感到了危机。她抄起桌上的剑，一掌扇熄了烛火，足尖轻点，便已蹿到了门口，把闻青虹挡在身后。这时，一个粗哑生涩的声音穿透了黑暗："店里的人都给我出来，若敢躲着一个，嘿嘿……"

两声威胁性的干笑后，是"咄"的一声，像是有什么东西钉在了客栈的大门上。

"是什么人，这样凶悍，一上来就动了兵器吗？"冰阙暗自忖度着，正要推开门，走廊上一阵杂乱的脚步，是店主人，他一间间敲着房门，带着哭腔哀求："各位客官行行好，都出去吧，可别坑了小店，藏在这里只有送命，出去了，兴许能有条活路。"

走出店门时，冰阙注意到了门上的洞，一个极细小的洞孔，竟将厚重的橡木大门穿透，其锋锐可想而知。她用手试了试，连小指的指尖也无法伸进那个洞口，这明显不是长枪或羽箭留下的，那会是什么兵器，如此纤细而锋利？

她是最后一个从店里出来的，除了她和闻青虹，店里所有的人全部靠着墙，紧紧地挤在一起，瑟瑟发抖，惊恐的眼倒是和她望向一处。那是一大片比墨还浓的黑，暗红的光就从这黑暗里像箭一样射出，妖异而凌厉。

"这样的鸟，从来没有见过。"闻青虹俯耳低语。冰阙用力揉了揉眼睛，才勉强辨清了那团不停涌动的深黑。真的是一群古怪得从所未见的鸟，漆黑的羽翼，暗红的眼睛，尖细的喙几乎占据了身体一半的长度。

冰阙的心骤然一紧，门上的洞，竟然是鸟喙啄出来的吗？如果一啄之力就能洞穿橡木这样结实的材质，那么……

黑暗的鸟群突然开始鼓动双翼，带起一阵阵强劲的风，细长的喙张开来，齐声大叫："哇，哇，哇……"那叫声像极了婴儿的啼哭，竟还带着几分甜美的稚气。但在此时，从这群怪鸟的嘴里发出，却比任何可怕的声音更令人毛骨悚然。墙角的众人惊恐至极，用力向后缩着身体，却已无路可退。

蓦地，有火花微微一闪，旋即亮起，照得周彻明晃晃的。火光的来源在鸟群中间，小小一蓬火焰，幽幽地燃烧着，绿中透蓝，妖娆诡异。

幻彩火光的笼罩下，一个人站在黑压压的鸟群中间，亦是一个黑色的剪影。怪鸟越发迅疾地扇动翅膀，规则地散开，列在两边，仿佛是等待将军检阅的士兵。

那个人就沿着这暗黑的甬路走过来，一只手平托，火焰竟是点燃在他手心，惨绿妖蓝，跳跃明灭，火光下映着一个矮小的人，一张刻板的脸，一只左眼，右眼是一块黑色的疤。

"你们！"那人在三尺之外开口说话，空着的左手指向面前的二人，"我有话要问你们！"

闻青虹一凛，已隐约猜到此人因何而来，他应道："你想问什么？"

"你们把她藏到哪里去了？交出来！"

"她已经……走了。"冰阙也反应到了他话里的意思，硬着头皮回答。虽然暗自按上了剑柄壮胆，语声里仍有掩不住的怯意。

"哈！"侏儒发出一声喑哑的低笑，他将手平伸向他们面前，蓝绿火焰突然间腾起尺许，火星噼噼啪啪地爆烈开来，淡灰色的烟雾直逼到脸上，他们只有后退，直退到墙角。

"愚蠢的女人，愚蠢的回答！"侏儒蔑视地轻撇嘴角。他的人虽然矮小，却有一种强大的压迫力，仿佛所有的一切尽在他的俯视之下。"我季乌从来不重复说过的话，但看在你们是从弘源州远路而来，我受累再问一遍：你们把那个贱人藏到哪里去了？"

"你们……到底藏了什么人……快些交出来吧！求求你们，可千万别带累了这么多人！"蜷缩在墙角的人战兢兢地开口劝告，有人忍不住惊恐，压着声音地啜泣呜咽。

冰阙深吸一口气压下恐惧："我们确实在路上遇见了那个女孩，还带她走了一程，可是将到客栈的时候她就失踪了，我们还沿路找过，踪影不见。我说的确是实情，信不信由你。你想要怎么样冲我们来，别伤害其他人。"

"哈！"侏儒空着的左手轻轻一挥，一只怪鸟展翅飞起，在他头顶盘旋一圈，落在肩上。血红的眼斜睨着面前的两人，像在看着美味的食物。

"这些鸟儿很可爱是不是？"侏儒的肩上又栖落了两只墨羽血睛的鸟，他拨弄着它们的长喙，大笑，"它们的名字叫墨婴，是我最锋利的杀人武器。这长喙，可是连生铁都能一击洞穿的哦。我尤其喜欢它们的叫声，像婴儿的啼哭，娇嫩婉转，带着甜美的乳香。不过，它们期待的，是血！"

阴恻恻地说完最后两字，他的手臂一振，两只墨婴疾冲向蜷缩着战栗等死的人群。两声脆响后，断了长喙的鸟从空中坠落，草草挣扎几下就死去了。

季乌微怔，盯着那两个挡在人群前面的身影，他轻蔑不屑的神情郑重了些："杀了我的墨婴，胆子不小哇。"

　　"我们的胆子本就不小。"闻青虹踢开脚下的鸟尸，"那个女孩的下落我们确实不知，你若硬要纠缠，就换个地方和我们说话，杀戮这些弱小无辜，显得你了不起吗？"

　　"我没有什么了不起，你这小子才真了不起！"季乌恼怒欲狂，向前逼近两步。几道死亡般的黑影倏地从身后掠起，夹着他尖刻的狂笑呼啸袭来。

　　墨婴的身体不大，翼展像燕翅一样尖俏，凌空俯冲时迅疾凶悍，角度刁钻得防不胜防。那个季乌仿佛只是在旁观一场游戏，如猫戏鼠，每次派出进攻的墨婴只有两三只。尽管如此，挥剑搏杀的两人也丝毫不觉轻松。

　　"铛"的一声脆响，冰阙剑银润如月的锋芒一闪，削断了一只长喙，重伤待死的鸟还未落地，立刻又有两只墨婴以比风还犀利的速度分左右袭来。冰阙顾不得调匀呼吸，于电光石火的刹那张望向闻青虹，他正左支右绌，东挡西格，每一招都显得笨拙沉重，但脚下的鸟尸已积累了厚厚一层，看来是应付自如，不必担心。

　　不等她再看，一只长喙几乎已触到胸前，她大惊，长剑在千钧一发间回抽，用力过猛，和鸟喙相击时飞溅出点点火花。鸟喙应声而断，她也已惊出满身冷汗。

　　这些怪鸟不但速度奇快，而且身体轻灵敏捷得像是没有重量，可以从最刁钻的角度转弯、翻滚、俯冲，有一只，甚至折叠起双翼，诡异地从她腋下钻入，直袭咽喉。剑根本触及不到它们的身体，只有因为长得出奇而突兀笨拙的喙是唯一能攻击的弱点。但那也是致命的武器，所有轻灵飘忽的剑招统统无效，要斩断它，即便是用冰阙和碧水这样锋锐无匹的宝剑，也只能倾注全力，硬碰硬地相击。

　　再杀几只，冰阙已觉手腕酸沉，每一剑劈下都越来越吃力，她忍不住又偷眼去瞟闻青虹，见尚无需要救援的险状，心下一宽，又不禁惊异。自己都已是强弩之末，他一介文弱书生，又根本没好好学过剑法，居然能撑到现在，简直不可思议。

　　又承接了新的一轮猛攻，冰阙开始后退，脚下却是软软地踩到了什么，

166

立刻响起的微弱呻吟几乎使她愤怒。客栈里的人们仍然缩在墙角寸步未移，唯一的逃生机会都不知利用，她低吼："你们还不快退进店里去，等着死吗？"

"哦……"瘫软的众人仿佛这才被唤回了吓飞的魂魄，相互搀扶着逃进了店门。冰阙刚想招呼闻青虹一起退进去，大门已"砰"的一声紧闭，随即是上门闩的声音，拖过桌椅顶门的声音，吱吱咯咯，不绝于耳，想来是把店里所有的桌椅全用上了。

看着众人逃走，季乌毫无阻挠之意，只斜着嘴角冷笑。后来店门关闭，人们用桌椅构筑防御，而被拒之门外的两人还在与墨婴绞缠厮杀，无路可退。他扭曲的笑更加阴毒。"忘恩负义是人类的本性，你们肯定也忘过恩、负过义，因此也不必难过。再说，进去那房子里就能活吗？愚蠢！他们只想到将门堵结实了我进不去，却没想过……自己也出不来。"

一团蓝绿火焰撞在墙上，飞溅出一朵朵燃烧着的妖艳的花，几乎只是一眨眼，火花蔓延开来，包裹了整面墙壁。砖石的墙上青苔也没有半点，火势却迅猛得像浇了油，连阴冷的空气都灼热得逼人。店里传出了哭喊惊呼，人们在移开刚刚砌成的防御，准备逃出来。可是，在侏儒身后，那黑压压的鸟群突然齐声大叫，如婴儿从梦中惊醒时的夜啼，但，它们渴望的不是母亲的怀抱，而是生命和鲜血。

搬动桌椅的声音戛然而止，只有哭喊和呼叫，悲惨绝望得连天都不忍听。侏儒却兴奋异常："你们若是出来，就做我这些宝贝儿的靶子；若是不出来，就在那坟墓里烧成灰，这两种死法都不错，都是很好的享受哦。"

"你……"冰阙怒极，但叱责根本来不及出口，翅膀掠近时掀起的气流拂动她额前的发丝，一双血红的眼笔直地与她对视。她刚才太疏忽了，全部的注意力只在那面火墙和受困于店里的人，只想着他们的生死，还没有想清楚，自己的生死就迫在眉睫。

冰阙来不及抬手动剑，来不及失声惊呼，甚至来不及闭起眼睛，怔怔目睹钢铁般的长喙直啄向前额。而一只手也在同时伸到眼前，在最后一瞬把死亡抄在了手心。

冰阙苍白的脸上冷汗涔涔，发着愣喃喃道："你……你这算什么招式？"

"管用的招式！"闻青虹轻笑。剑锋上挑，斩落簌簌扑来的黑影，左手中，一只墨婴在用力挣扎，可是长喙被捏住了，再怎么拍打翅膀也是徒劳。为这情景怔忡的不只冰阙，那不可一世的季乌大人惊讶更甚，他引以为傲的可怕武器，居然如此轻易就被活捉了？而长嘴被制的墨婴，奋力挣扎的样子，也不过像只可怜兮兮的鸭子，再没有一点威胁性。

被活捉的俘虏虽然短暂震慑了侏儒，于他们的处境却并无转机。腾腾的火舌已舔上了屋顶，墨婴的进攻仍然前仆后继，死死纠缠，救人是不可能了，连自保都岌岌可危。

"这样下去就死定了，还是走为上计，那侏儒肯定要追我们，店里的人也能脱险了。"闻青虹凑近一步，压低声音和冰阙商议。

"你说得轻巧，怎么走得了？"冰阙奋力一剑，火花飞溅中，黑色的鸟儿坠落，她却也震得胸口生疼，呼吸滞涩，实在太累了，也许下一轮进攻就会顶不住，何况季乌一直在旁虎视眈眈，如果他们企图夺路而逃，他一声令下，鸟群立刻就会铺天盖地扑来……

"试试吧，大不了就是鱼死网破！"闻青虹笑笑，像是想到了脱身的好主意。他深吸一口气，猛地扬起左臂，手中那只挣扎不休的俘虏突然地脱离了束缚，在空中打了好几个旋儿，刚展开双翼，就一头撞上了一个矮小的身影，锋利如矛的长喙"嚓"地穿透了侏儒粗壮的手臂。

季乌看着洞穿了自己身体的墨婴，脸色木然地愣怔，所有的黑鸟失去主人的指挥，也都呆呆地没了动作。那些鸟也真是怪异，翅膀停止拍动，身子竟不下坠，飘飘地浮在半空。与此同时，冰阙只觉左手被用力握紧，不等她反应过来，脚步已随着闻青虹飞奔出这一片死亡的包围。

五

无星无月的夜，黑得让人窒息，风割在脸上，灌进口中，很冷，只有握在他掌心的手是温暖的。冰阙忽然暗自生出几许惭愧，临行前，她曾经骄傲地想，一定要保护好这个少年，虽然在师父面前她无能为力，但绝不许别人伤害到他。可事与愿违，这一路上竟都是他在保护她，原来是她看错了，这个表面上文文弱弱的他其实厉害得很，一次次带着她化险为夷，绝处求生。

不知这样狂奔了多久，冰阙已经难以呼吸，心跳狂烈迅急，好像就要在胸腔里炸开一样，腿沉得像灌满了铅，若不是有他拉着，几乎无力再走一步。而闻青虹也已是筋疲力尽，可是不能停下来，甜美的婴啼在身后的夜空里此起彼伏，逼近的速度极快。古怪的是，季乌的声音竟然也是居高临下，好像他也会飞："把那个女人交出来，这是你们最后一次活命机会了。"

闻青虹的心突地一沉，那个声音冰冷犀利，没有一点伤后的虚弱和无力。难道，墨婴的钢喙对他毫无作用，还是他在逞强支撑？

又跑出一段，脑后的风骤紧，带着不祥的凛冽。"来了！"冰阙喝了一声，两人急急转身，极险地避开致命一啄。抬眼间却悚然，漆黑的夜隐没了那些如墨的身体，暗红的眸子却看得清楚，那是浩浩荡荡的队伍，密密匝匝地整齐排列，多到无穷无尽，像浮在空中的簇簇妖火，只等一个命令，就能在顷刻间将他们化为灰烬。

俩人被这庞大的阵式骇住，一刹那的僵硬后，闻青虹紧拉着冰阙，转身狂奔。深浓凄寒的夜，风是冷的，喘息是冷的，鸟鸣是冷的，冰冷得仿佛可以冻结时间。可时间偏偏仍在流转，他们踏着惊恐仓皇狂奔，也许下一个瞬间也将死去，但，他们绝不停下来等死。

"要逃到哪里去？又能逃到哪里去？"季乌嗤笑，口唇间发出尖利的呼哨，两双暗红的眼睛立刻从待命的队伍里消失，向猎物的方向急速俯冲……

这里已远离了城镇，一片空旷的荒郊，没有人迹的气息。蔓草繁茂的野径长得仿佛没有尽头，季乌并不急于要他们死，也不吝惜那些亡命的鸟儿，他很满意这场逐猎的游戏，想玩得长一些。而他们抵挡迅猛袭来的狙击，一次比一次勉强，脚下虚浮绵软得像踩着云，没有着力点，下一步就会倒下的样子。

"你看……前面……"趁着短暂的空隙喘息，闻青虹茫然地望向前方，已经绝望的眼睛却在黑暗中骤然一亮，前面不远处，影影绰绰地现出一幢房屋的轮廓，看不见灯光，不知是空屋还是民居。

"那里要是有人住，我们去，岂不是又要连累人家……"冰阙只觉手臂酸沉得握不住剑，剑柄在满是冷汗的掌心里打滑，她喘了口气，无奈地剑交左手，身后，飞羽破风之声尖锐呼啸，不容他们再迟疑。

他们跌跌撞撞的，几乎拼尽了所有力气，终于站在了木屋的门前。闻青虹举起的手犹疑了一下，才拍在了木板上，门居然应声而开，扑面而来的是空荡荡的气息。

"是空屋，没人住的。"他安心了，拉着冰阙闪身进去，反手关上门，摸索到了门闩，立刻插紧。冰阙再也撑不住疲累欲死的身体，软软瘫滑在地，语声低弱："你插紧门也没有用，哪能挡得住那个怪物呢，他可能会用火烧了这屋子，也可能……反正我们就要死了，怎么也逃不过去的……"

闻青虹一怔，刚要开口，季乌的声音就覆盖了他来不及说出的安慰："你还总想得明白，可是我不会用火的！我很生气的时候，不会让惹我生气的人死得那么容易！"

"嘭"，轻微的一声闷响，听在他们耳中却不啻惊雷，屋里仍是漆黑，但不用看也知道，屋子的某处，已经出现了一个洞。而且，很快就会有无数的洞出现，直到这单薄的木屋倒塌。然后，无数的钢啄利喙就会落在他们身上……

闻青虹叹了一声，丢下碧水剑，也坐了下来，坐在冰阙的身边。略微迟疑后，他伸出手，把缩成一团发抖的女孩子揽入怀中。突如其来的温柔让她微微战栗，却不挣脱，就在这怀抱里慢慢平静。

"嘭，嘭"的闷响越来越密集，已经可以感到从越来越多的洞里灌入的风，和比风还要尖锐寒冷的嗤笑："宝贝们，速度慢一点儿，给这对小情人多些时间说话，也多些时间后悔！"

命令下达之后，屋顶、四壁和门上的闷响立刻疏落，只是每一啄都更加有力，每个洞的诞生都伴着木板开裂的吱吱轻响，像是这间小屋痛苦的呻吟。

"闻青虹，你恨我吗？都是我非要带那个女孩一起走，才……"

"你没有做错，我为什么要恨你。善心助人，总比冷酷无情，漠视生死的好。"在深渊般的黑暗里，他的语声像一叶轻柔的舟，载着她，暂时遗忘灭顶之灾，"善良才是你的本性，我说过，好孩子是教不坏的。"

她用力压住眼底的泪，手在身侧慢慢摸索，摸到一段冰冷的金属，那是她的剑。她低声道："师父说过，用剑者必死于剑下，不是别人的剑，就是自己的剑。既然已经没有生路了，能死在自己剑下也是好的。闻青虹，你的剑呢？"

"急什么，现在还没有到非死不可的时候，我还有一件很重要的事，要告诉你。"

"现在还有什么事算是重要呢？"冰阙一愣，"还有什么事比死更重要呢？"

"有！这件事你若不知道，死了也是个糊涂鬼。"闻青虹的口气决然，"你对我说过，你是个孤儿，从小被师父收养，只有他一个亲人，是不是？"

"他不是我的亲人，只是我的师父。"冰阙淡漠地纠正，"那又怎样？"

"你师父是骗你的。"闻青虹冲口说出，就立刻顿住，换了个冰阙可以接受的说法，"也许，他也不知道你的身世。"

"我的身世？我师父不知道？难道你知道？你怎么知道？"冰阙一震，仰起头来看他，眼前却只有一片漆黑，不知他脸上是什么表情。

"我……我当然知道。你有家，有父母，他们都很疼爱你，一直在等你回家。其实，你我两家是至交，你父亲和我父亲是很好的朋友。"闻青虹说着，倒真的感激这满室的黑暗，让她不见他的窘迫，他深吸一口气，急急地继续，害怕稍迟片刻就失了勇气。

"我们的年纪很相近的，我只比你大四个时辰……那个……在我们还是婴儿的时候，你我的父母就为我们……定了亲……"

冰阙愣怔着，他的每一句话像铁锤一般击打在心里，意识混沌一片，说不清是悲是喜。直到最后那句话入耳，巨大的惊愕才让她猛省，声音颤得变形："你……这样说，有什么证据。"

她听不到回答，却有一件东西被放在手中。坚硬的，带着淡淡的温暖，像是鸟的形状。手指触到了一些凹凸的印迹，感觉是细小的字，她仔细摩挲，恍惚辨出的，竟是"爱女慕容烟"几字。

"慕容烟！谁是慕容烟？是……我吗？"

"当然是你！"他轻声回答，"这只琉璃青鸟就是当时交换的信物，那块血玉还是我母亲亲手为你戴上的，而这只琉璃青鸟我已戴了十六年。现在，物归原主。"

冰阙的手握紧，那枚琉璃就攥在掌心，上面镌刻着她的名字，牵系着她的终身。而身边这个男子，也是……她的……她一直以为除了剑，自己一无所有，却在突然间拥有了这么多。尽管她就要死了，但她不怕，只是有一点点遗憾，因为，不能和他一起走更远的路了。

一声声甜美娇柔的婴啼，挟着沉闷的撞击震撼这间已是摇摇欲坠的小屋，屋里的俩人沉默着，下一刻就是死亡了，所有的语言都是无益，而此时，多一刹那的依偎也是好的。

"闻青虹，我们……出去吧。"身后木板吱吱嘎嘎的断裂声将冰阙拉出了短暂的幸福，她咬咬牙，抓起了身边的剑。

"也好。我们冲出去，便是死也不能让那些怪物太好过，世上哪里有白捡的便宜。"闻青虹轻笑着起身，碧水的剑光在黑暗里淡淡闪过。

早已不堪重负的木门在这一挥里分崩离析，一只急冲过来的怪鸟也被顺带腰斩，濒死的悲鸣凄厉得让人心头发麻。

"哈哈，想不到你们还有些胆色，"季乌看着这两个从避难所冲出的人，嘎嘎地笑，抚弄着一只栖在他手上的墨婴，"宝贝儿，不易到嘴的点心吃起来才美味，你说是不是？"

闻青虹深吸一口气，定神间才发现夜色已有些淡了，远方的天际渐渐泛起灰白，他紧紧握了身边女子的手，轻声道："再坚持下，天就要亮了，这些怪物应该也是怕阳光的。"

冰阙也抬头看天，光的感觉只是朦胧一线，而死亡就在面前，坚持到太阳升起简直就像神话，可是他在身边，与她十指紧扣，还有什么可怕的呢！她微笑，点头。

没有从这俩人身上看出惊惶恐惧，季乌也没了猫戏老鼠的兴致，悻悻地哼了一声，"啪啪啪"响亮的三击掌，悬停状态中的怪鸟齐齐地一声啼鸣，响亮而短促的婴啼，听得人心头发麻。

"这样的攻势，恐怕不好抵挡。"冰阙尽量压制语声的颤抖，声音低低地说。墨婴们正在排列一个古怪的队形，以收拢翅膀的诡异姿态浮在半空，一只紧靠一只，连续十二只墨婴横列一排，长喙齐齐地指向他们，像一组扎绑整齐的投枪。然后又是十二只怪鸟形成第二组，接着第三组……

如果它们以这样的队列冲过来，剑术再高也不可能一次斩断十二只利喙，何况后面的攻击将源源不断。

"挡不住，那就不挡吧。"闻青虹的声音仍是云淡风轻，"我只遗憾现在天还没亮，不能好好地看看你。"他拉她转身，和他面对，没握剑的左手轻抚着她的脸庞，"我们手里有剑，虽然无力求生，起码还可以自行了断，不让那个怪物太得意了。但是，在死之前你要记住，你是慕容烟，是一个很好很好的姑娘，有美丽的梦想，小时候我替你画下了那个梦，就在远方的那座山上，即使我们的命将留在这里，魂魄也是要一起去那里的……你一定要记住，我，一直很喜欢你！"

"我记住了……"她依他的话重复，"我叫慕容烟。我有一个美丽的梦。我，我也喜欢你。"她在渐渐淡去的夜色里看他模糊的脸，不让声音哽咽，让他字字入耳入心，"闻青虹，我喜欢你！"

山穷水尽的转折可能便是柳暗花明，就像此时，墨婴已在半空列出了十二组投枪队形，生死已在呼吸之间，闻青虹和慕容烟同时握紧了剑，不为对敌，而是准备结束自己。

季乌面上阴森森的笑突然僵了，他略歪了歪头，像是在倾听着什么动静。没有他的命令，怪鸟们悬停空中，静静地，连眼睛都不转动一下。

季乌不动，鸟群不动。持剑的两人也不动，似乎连空气都凝滞了。唯有天色在不可阻挡地一点点放亮。还有，大地也在微微震动，那是由远及近的震动，似乎是很多匹马急速奔驰而来。闻青虹惊讶地"咦"了一声，转头看向远处。

"呵，小贱人，算你厉害，居然能搬来救兵。"季乌的嘴角抽搐了一下，扭曲成狰恶的冷笑，目光轻蔑地瞟过他原来的猎物，"你们装得再无谓，其实还是怕死的吧，也好，就让你们再多活一会儿。等我的宝贝们吃饱了正餐，再来享用点心！"

马蹄声已清晰得像从天边滚来的闷雷，远处可见被卷起的烟尘，在初曦的晨光里像灰白的雾气，蒙蒙地弥漫着。

"军队……怎么会有军队来这里？"冰阙看着渐近的烟尘，不由攥紧了身边人的衣袖，惊疑不定。

六

熹微的天色里，首先在视线里清晰起来的是一杆旗帜，在冰冷的晨风中招展着，那淡金的盘龙云纹，和盘龙所围绕的月白色的"方"字，让闻青虹的眼骤然一亮，俯在冰阙耳边轻语道："北定军，那好像是北定军！"

危局在瞬间扭转，季乌不再理会他们，带领着墨婴军团转身对向了飞驰渐近的人马。那真的是北定军。仿佛一棵救命稻草忽然从地底冒出，转瞬长成参天大树，俩人惊喜地怔住，无言，也不动。

军马在十几丈外列队停下，这样的距离，闻青虹已能看到阵前那一黑一白两骑上熟悉的身影。想不通为何会在此境地相见，但那确实是他们，他此生最珍重的两位朋友。

唤醒他心神的是季乌的怪笑声。他仍然毫不在意，手中捧着一只墨婴，笑得是得意又兴奋。闻青虹看向冰阙，俩人脸上是同样的忧色，对面那些只懂舞枪弄戟的军士，对付这些嗜血怪鸟，胜算似乎并不大。

"放箭！"清亮的断喝甫落，观战的俩人几乎要喝彩。同时暗骂自己太笨，居然忘记了军队里是有弓箭手的，而北定军中的五百名神弩手更是赫赫有名，素有"军胆"之称。

黑色的箭雨挟着风声扑向黑色的鸟群，怪鸟只只坠落。几阵箭放过之后，季乌身前盘旋的墨婴再无一只，只有地上的大片鸟尸。可是这么多鸟中箭而死，竟无一声悲啼惨鸣，甚是古怪。更古怪的是，方才也被箭雨包围的季乌居然毫发无伤，甚至连神情也仍是狞恶得意，像是没看到全军覆没的惨状。

"咱们怎么办？"冰阙轻声地问。这胜利来得太过容易，让她隐隐嗅到阴谋的气息。季乌的脸色更让她觉得不祥，他的处境看似已经糟糕得一塌糊涂，怎么反是胜券在握的样子。

"前面领军的正是方含和方凝，我们过去吧。"闻青虹也有些不安，可他陪方含读书近两年，对北定军的军力威势了解很深。他和冰阙势单力薄才陷入与墨婴的苦战，而一旦面临强军利矢，那几只怪鸟又算什么呢？

"闻青虹！"一声呼喊传来，被叫到的人不觉得笑了，方凝那急吼吼的性子，从了军也一点没变。他和冰阙全神戒备地走过季乌的身边，他却并未发难，眼神直盯着前面疾驰而来的戎装少年和他们身后的大军，嘴角慢慢咧开，笑得张狂诡异。

两骑驰近，那匹黑马正是墨风。马上的少年一身戎装，是副将的天青服色。和旁边那位玄色军服的骠骑将军一般神采奕奕，仿佛当年初见。

"闻青虹，你怎么会在这里！"方凝兴奋地叫着，就要下马，却被一把拉住，方含责备地瞪了她一眼，又戒备地扫过季乌，才转向闻青虹，笑容温暖："青虹，好久不见了。现在不方便说话，等此间事了，咱们再好好叙谈。"

闻青虹不禁叹息，久别重逢，方含已有大将之风，处事总揽全局，举动言行皆无懈可击，方凝却仍是意气用事，她这时已完全忘了此行的目的，眼神只停在闻青虹身上，却全然无视与他并肩的女子。

方含正色看着季乌，语声客气而冰冷："季乌大人，在下方凝，弘源州北定王世子，此番出使华庭，代我家圣上来贺华庭洲主君生辰之喜。前日初到，便听闻主君最珍爱的景公主被玄砂洲的国师季乌掳去。弘源华庭两洲素来交好，我既为特使，于此事不能不管，故一路赶来，希望大人能放回景公主，以慰华庭主君思女之心，亦使战事不起，民生安乐。"

季乌的独眼转了转，嘶声道："阁下既为特使，办完事好生回弘源就是了，何必蹚这浑水。既追了来还说什么战事不起。战事其实已有好几起了，你可知其余几路追兵下场如何？"

方含脸色如常，心下却是一凛，他早得到过密报，玄砂洲国师季乌身怀异术，且善于操纵一种诡异的长喙黑鸟，能杀人于呼吸之间。这次追袭，他特地带上了随他从弘源而来的北定军中的神弩手。方才先发制人，一举射杀了季乌身边全部的黑鸟。可眼前这个侏儒全无劣势，还如此气定神闲地威胁他。他左臂微抬，百余架可五支连发的强弩齐齐举起，将季乌及他身周丈余之地包围。

季乌摇摇头，似在叹息："你们要找那个小贱人，我也在找。傍晚时候才发现，她是和他们在一起的。"他抬手一指，正指向闻青虹和冰阙。

四人俱是一怔，方含方凝对视一眼，刚转向闻青虹，冰阙已先开口："他胡说，景公主怎么会与我们同行，我们只在琅月坊看过她的画像而已！"

"那倒未必，"闻青虹沉吟，一字字慢慢地说，"如果那个乞丐女孩就是景公主的话，我们岂非正是与她同行过吗？"

"什么？"三人同时惊呼。这个说法实在匪夷所思，传说中艳绝华庭的景公主，竟是个乞丐？如果不在此时此景，方含几乎要大笑着拍闻青虹的肩，说兄弟你真会开玩笑。

"这小子脑筋转得还算快！"季乌拍着手嘎嘎哑笑，"既然你想通了，我再赏你们最后一个活命的机会，告诉我，那个贱人的去向。"

闻青虹有点犹豫，眼前的情况说实话似乎不妙，但谎言想瞒过季乌显然也不可能。于是他只能说："我们……不知道。"

"好！"随着季乌的怒吼，突然间狂风四起，风让所有人都睁不开眼，也卷起了满地堆积的鸟尸。尽管一直戒备着季乌的举动，这种变故也让方含措手不及。只勉强喊出"放箭"二字，可弓弩手们全睁不了眼，放出的箭也失了准头，不知落在何处。

"哇，哇！"一声声婴儿的啼哭声竟在狂风里响起，四面八方此起彼伏。"将……将军，怎么……怎么会有……婴儿的哭声？"一个军士实在压不住恐惧，舌头都打了结。

"是墨婴，那些怪鸟，又都活过来了！"冰阙惊呼未落，一道凌厉的劲风直扑而来，她下意识举剑挡格，险险抵住了致命一击。

"方含，快，让兵士们用佩刀砍鸟喙，别的兵器都没有用！"闻青虹勉强挡过一轮啄击，百忙中冲着方含大喊。

可是，高明的刀术剑术岂是普通兵士能掌握的武艺，人人都只是挥刀乱砍，没几下就被一啄洞穿身体。就连方凝方含也是险象环生，好几次多亏闻青虹援手才得幸免。一时间，风声、呼喝声、惨叫声，季乌的狂笑，墨婴的怪啼混在一起，混合着浓烈的血腥，将这片土地化为炼狱。

"不行了，我们快撤！"方含一眼望去，还活着的兵士已是寥寥。他一咬牙，伸手拉闻青虹上马，转头对方凝喊道，"把她也带上。"

"回雪"和"墨风"都是百里无一的神驹，两人一骑也有风驰电掣的速度。渐渐的，身后没有了婴啼之声。两匹马直奔上一座小山包，在山腰处停下，方凝回头远眺，深深呼了口气："那个季乌没有马，看来我们甩掉他和那些怪鸟了。"

"但愿如此。"环视周围，发现除了自己这两骑竟再无一人一马逃出，方含只觉胸口重重压着大石，几乎坠泪。从军以来，他也经过几场战事厮杀，从未这样的惨烈惨败，"全军覆没"是一个为将之人难负的羞辱和重担，就这样猝不及防地落在身上，他要怎样才能承受！

"方含，方含！"闻青虹拍着他的肩膀，叫魂一般。好一会儿，方含混沌的头脑才清醒过来。他四下观察着地形，沉吟道："翻过这座山，不远就是华庭州的帝都，应该很快就有人马来接应我们了。"

"这真是个好消息！"回应他的不是身旁这三人，这让人背脊生寒的恐怖声音从山下悠悠地飘了上来，四人惊惶回头，季乌正立在山脚下。只有他一人，那些仿佛来自地狱的墨婴一只不见。可是谁也不能松口气，谁也不觉得以四敌一会有分毫胜算。

季乌似乎没有上山的打算，他盘膝坐下，戏谑道："我向来心软，看你们几个娃娃可怜，就陪你们一起等援军吧！说来也要感谢你们，陪我玩这么有趣的游戏，很久没这么痛快过了，真是不舍得杀掉你们。"一番话说完就再无声息，仿佛入定。

四人无奈，只得下马，找块山石坐下。此时，他们唯一的愿望是援军不要来，不要再有更多的死亡了。

无意间，方凝瞟到了坐骑上缚着的箭囊，反手摸了摸自己背上的弓，眼睛倏地一亮。她凑近方含，声音压得很低："哥，我箭囊中有三支'棘齿'，我想冲下山去，出其不意射他三箭，也许能成功的。"

"不行！"方含一下子抓紧了他。他清楚成功的可能性有多小，而不成功的结果是什么，他不能把妹妹置于那样九死一生的险地。再想起自己麾下的将士全部惨死于那个侏儒之手，一股热血陡地涌上胸口，他霍地起身，"我去！"

"哼，你和我争吗？"方凝笑道，"别的我不敢和你比，但你哪次射箭赢过我？连父王也对我的箭法称赞不已呢。再说，如果在家中，你是兄长，遇到危险自然是你在前面护着我；可眼下你我戎装，行事皆按军规。哪条军规规定了主将在前冲锋陷阵，而副将却能躲在后方的？"

"凝儿……"方含用力咽下哽咽，方凝却不容他再开口，一把推开他，脆生生地命令："闻青虹，你看好我哥，别让他跟我捣乱，你们两个也不许跟过来，我自己就行了。"

闻青虹叹了口气，依言抓紧了方含的胳膊，而方含也不再出言阻止，理智告诉他，方凝的计划是目前仅存的一丝生机。他怔怔看着妹妹，她做着准备，就像平时出营巡视一样平静，对"墨风"爱抚亲昵一会儿，然后检查弓箭，又系紧了马鞍，最后，她回头看了闻青虹一眼，她此生唯一喜欢的少年，也许，以后再也不能这样看他了。

闻青虹没有躲开她的眼睛，忽然道："方凝，上次临别时你灌醉了我，我一定也得灌醉你一次，你可别忘了。"

她得意地笑，"小气。以后有的是时间拼酒，你好好练练酒量，总有报仇的机会。"

说着，她一拍墨风的脖颈，却不上马，而是抓着马鞍将自己挂在马身一侧。镫里藏身的马术虽然高明，却不知能否骗过季乌那只可怕的独眼。

墨风向山下小跑了一段，然后突然加速。方凝一旋身翻上了马鞍，同时弓已拉满，箭已上弦。几个人的心也紧绷如弓弦，方含翻身上马，随时准备冲下山接应。季乌此时才站起身，似是完全没料到这次奇袭。铮鸣一声，箭矢离弦，随即方凝高声欢呼："中了！"

三人精神一振，方含伸手拉闻青虹上马，又去看冰阙，她摇头："三人一骑怎么行，你带他走吧，我有轻功，这段路也不长，我的速度不会比你们慢。"

方含也不再劝，拨转马头向山下冲，这时，方凝已连射三箭。一眼望去，季乌的小腹，胸口和咽喉各中一箭。方含不禁狂喜，"棘齿"是特制的箭，箭体两侧各有箭槽，射入人体后，藏于箭槽内的铁刺就会全部张开，铁刺皆带倒钩，紧密地咬进血肉内脏，中"棘齿"者必死，何况季乌连中三箭，且都是致命处。

冰阙衣袂带风，与"回雪"并行。她也看到了那一幕，虽不了解"棘齿"的厉害，但任谁连受三处致命伤都会死的，除非他不是人。

"不错，他的确不是人。"一个轻轻的女声响起，就在她耳边。

"谁？"冰阙环顾，只看到那两个伏在马背上猛冲的男人。女声却仍在她耳边密语："季乌是个怪物，他身上只有一处死穴，就是他天然畸形的右眼，要杀死他唯有刺穿他的右眼，否则他永远不死。"这个无主的声音突兀诡谲，可不知怎么，冰阙竟完全信了。

"棘齿"的箭身比别的箭长出许多，洞穿季乌的身体，前后都露出很长一截，而季乌没有倒下，他稳稳站着，没有重伤不支的迹象。方凝狂喜的心覆上一丝阴冷，连中三支"棘齿"，还能笔直站立，脸上也不露痛苦表情，这家伙也太强悍了吧。她恨恨咬唇，唰地拔出佩刀，抬头望了一眼天空，那些死去的兄弟们英灵未散，都在看着她如何斩下这恶魔的头！

她正要跃马过去将季乌斩首，那个侏儒竟开始笑了。哈哈，嗬嗬，嘿嘿，一连串森寒怪异的笑声从他口中发出，穿透咽喉的箭支被震得颤动不已。他一边笑着一边拔身上的箭，他竟完全不觉痛苦。若无其事慢慢地拔着。让方凝目瞪口呆的是，没有鲜血从他伤口里喷涌而出，连一滴血也没有，甚至，一寸寸被他拔出身体的箭上，也不见丝毫血痕。

前所未有的恐怖攫住方凝，恍惚中，似乎有人唤她。她勉强回头，哥哥他们正冲过来，他们都在喊："小心！快撤！"

季乌已拔出两只箭，正埋头拔着洞穿小腹的"棘齿"。方凝一横心，不退反进，催马疾冲过去，挥刀向他颈间砍去。

季乌并没停止他的工作，头也不抬，只轻晃了一下身体。一团黑影从他身上飞起，带着"哇"的一声婴啼袭向方凝。

正在砍落的佩刀紧急转了方向，在间不容发的一瞬切断了啄向胸口的墨婴长喙。鸟身坠落，迅速萎缩成小小的一团。

"手段不错，运气挺好。"拔出了第三支箭的季乌抬起头来，眯着眼打量她。方凝冷静下来，既然再无杀他的机会，还是先撤的好。她轻拍一下墨风的额头，聪明的马儿也不掉头，只慢慢向后退。方凝横刀与胸，眼睛一直紧盯着季乌。

身后，"回雪"的蹄声已经很近了，方凝心中五味杂陈，不知该哭还是该笑，哥哥也要死在这里了，她这个副将做得真是失败，父母不知会怎样伤心。可是，能和闻青虹一起死，那，也很好。

"都来了，很好。"季乌冷哼一声，身上突然腾起一阵黑雾，纷乱的婴啼随即灌入众人耳鼓，方凝离季乌最近，受袭也首当其冲，几只长喙同时刺来，已经无可抵挡，她索性闭上眼睛。

"下来！"清亮的断喝声中，她被一只微凉的手拉下马来，她踉跄站稳，在连串的金铁相击声中睁开眼睛，正看到好几只鸟尸簌簌落下，而白衣女子手中的银剑寒光潋滟，宛如秋水。

攻击一轮接着一轮，季乌显然不愿过早结束游戏，每一轮只放出十几只墨婴，慢慢消耗着他们的体力。

又一拨墨婴将被斩尽，冰阙已经觉察到每轮攻击的衔接间会有短暂的空隙，要动手只能趁这个空隙。她退到闻青虹身边，轻声低语："我来牵制他的注意力，不让他释放墨婴，你来动手，你能行的。"

闻青虹一怔，然后重重点头。刚才下山时，冰阙突然掠到他身边，低声告诉他季乌的右眼是他唯一的死穴。他不知她从何得知这样的机密，又为何不早说，但，他从不怀疑她。

最后一只墨婴断喙落地，觑着季乌身上还没有腾起黑雾，冰阙深吸一口气，身形飞掠而去，剑锋银辉一点直刺季乌的胸膛。

"她做什么？那样没用的。"方氏兄妹大惊，也不及阻止。而闻青虹恍如未见，怔怔望向天空的极远处。他在想，想那一天伤了韩容若的剑法。她和他比剑，他根本不能抵挡她的剑招，她说："用你自己的剑法，来破我的剑。"他被逼到死角，恍惚刺出的一剑，竟破了她的剑，还伤了她的手。那一剑，就是他自己的剑法吗？要杀死季乌，只有用那一剑，他一定要想起那一剑。

冰阙与季乌面对，冰阙剑已深入他的胸膛。她反手拧转剑柄，剑锋在季乌胸中搅动着，他微微咧嘴，嘎声地笑："比那三支箭弄得痛一些，不过，你真的以为这样就能杀了我？"

苍白面容上泛起一丝冷笑，冰阙轻哂："说不定呢，总得试一试。"

虽然不会伤也不会死，一把剑在身体里拧来转去也有些难受，季乌挥手抓向持剑的女子，暴喝道："你试够了没有！"

冰阙放手后退，季乌一击不中，怒气更甚，"嘭"的一声，蓝绿色的妖火在掌中燃起，正要把火团掷向那不知好歹的女子，就看到一道青色的闪电逼近眼前，不，是那个青衫少年持剑而来，电光是破风的剑芒，快得凝固了时间。而且，他的剑刺来的方向，是……

应该有一声惊恐凄惨的号叫，可季乌只来得及张大了嘴，"碧水"的剑锋已没入了他右眼的伤疤。

寂静。没人动作，没有出声，甚至没人呼吸。一阵风旋起，瞠目张口、面目扭曲的侏儒就在这阵只能拂动树叶的微风里分崩离析，化作一片粉尘飞散，两柄剑跌落在地，断成四截。

七

"他……他，他死了？哥哥，那个怪物真的死了？"

方含也刚醒过神来，身后忽有一个声音响起，轻松带笑，替他回答："当然是死了，连灰都没剩下，死得不能再死了。"

突兀陌生的声音让每人心头一凛，他们一起转身，看到了一个女子，一个非常美丽的女子。她的美似是带着某种强大的力量，让人窒息，让人神迷，让人不能不看又不敢多看。不知怎的，他们连眼神都没交换，对这个女子的身份却有了共同的答案。

女子很快就证实了他们的猜测，她落落大方地介绍自己："我就是景天瞳。"

　　尽管都想到了，可还是忍不住吃惊。冰阙偷眼打量她，这个女子太美了，琅月坊的画师说画不出她的神采之万一却非自谦。比起她本人，那幅倾国倾城的画像也只是死物了。再想到昨日路遇的女孩，瘦小赢弱，面容平庸，莫非她会用变幻之术？她既是公主，应该身处深宫才是，怎么会得罪季乌那样的怪物，被他追杀？

　　满腹疑惑的不只是她，各人默然，场面有些尴尬，还是方含反应过来，上前一步抱拳施礼，"弘源州特使方含见过景公主。"

　　"方将军辛苦了，天瞳今日得以脱险，还是多亏了两位。"她清润的声音如风拨银铃，眼神一转环顾众人，"此事因我而起，看来我得给各位一个解释了。"

　　无人答话，默认了需要解释。一袭鹅黄色明丽宫装的女子沉吟片刻，道，"玄砂州与华庭毗邻，两洲边界常有争战交锋，原本一直是华庭占上风。可五年前，玄砂州主君拜季乌为国师，他的力量你们也见识到了，而且那还不是全部。华庭州虽然也有几个术士，却远不及他。从此再有边界之争，华庭十战九败。玄砂州处苦寒之地，国贫民弱，全仗季乌才得以强势，华庭曾多次派出刺客行刺暗杀，结果所有人有去无回。后来，我们得了个情报，玄砂州主君亲下旨意，全国发布通告，为国师征寻一名随从。之所以这样兴师动众，因为那国师对随从的要求太简单，又太严苛，只有一条：随从的形貌要和他相同。"

　　她微微苦笑："他那副尊容，翻遍整个玄砂洲恐怕找不到第二个的，而这个情报却有利于我们。我自幼拜过一个术士为师，学了些变幻之术。变人也可，幻物也可，于是我潜入玄砂洲，变成与季乌一样的独目侏儒在路边行乞，很快被官府发现，被带去见了国师。季乌很满意，收我做了他的随从，时日长了我才知道，堂堂玄砂洲国师，居然是个妖怪，他的真身是块漆黑的大石，那些恐怖的墨婴，就是他身上的石屑。整整两年光景，我任他使唤驱役，渐渐被他信任，终于被我发现了这怪物唯一的弱点。"

　　她语声微微一顿，叹息一声又道："当时我真是喜出望外，一不小心露了破绽，被他看穿了身份，若非逃得及时，已丧于季乌之手。我在此事之前，就在玄砂洲中安插了不少高手，一路接应掩护，这才能回到华庭。我想玄砂军马不能过境，却不料季乌竟孤身追至，那季乌真是厉害，从第一次被他识破了幻术之后，任我如何变换身形容貌再也瞒他不过，每次甩脱他，不出半日就又被看破行藏。而父王派出接应我的四路人马也全部被他所杀。"

说到这里，她眼神轻瞟过方含，方含低头避开，想到自己那些惨死于墨婴喙下的弟兄就是她未说出口的第五路人马，不禁又悲又怒，又是羞愧。

景天瞳似是轻笑了一声，转向冰阙道："在路边得遇姑娘援手，倒真的是转机了。"

冰阙看着地上的断剑，满口苦涩。十岁时师父赐剑与她，并让她以剑为名，从此冰阙剑片刻不曾离身，如今就这样断了……她不敢再深想，谁让她当时鬼迷心窍，不听闻青虹的劝告。她低声问道："你后来突然失踪，去了哪里？"

"我哪里也没去。你伏身和我说话时，我看到你的耳坠中空。于是，当我察觉季乌又将追到，我就变成一颗小小珍珠，正好嵌进你的耳坠。不然，方才我怎能在你耳边指点你杀死季乌的法门呢？"

她语声轻快，明显很是得意，方凝不禁怒道："既如此，你为何不早说出这个秘密？你若早说一刻，便能挽回许多人的性命……"

景天瞳秀眉一扬，面露讥讽："方姑娘将门之女，又随兄从军，怎么如此不识大局，妇人之仁。我若早说，不但挽不回那些军马，也许连你们都难幸免。季乌是何等样人，如果不让他胜券稳握，得意忘形，完全放下警惕之心，如何能有下手的机会；而所谓'置之死地而后生'，你们如果不是身陷绝地，九死一生，仅剩最后一搏之力，又怎能一击成功。凡成大事必有牺牲，那些军士血染尘沙，是他们的宿命，也是他们的荣光。"

方含怒极，景天瞳每句话都说得有理，但每句话听来都如芒刺在心。他自小受父亲熏陶，为将者，须以严掌兵，以慈暖兵，这样才能上下一心，无往不利。父亲每次出征归来，总是亲自主持大奠，痛悼战死将士。而这女子竟如此冷血，几百人死在眼前，她淡淡说来，仿佛死的只是几只蝼蚁。但他顾忌此行的身份和任务，也不好反驳斥责，还要暗暗牵制气得发抖的妹妹。

景天瞳全不在意各人渐冷的脸色，踱了几步，向小山上眺望着："我已发出了信号，宫里的御林军很快就到，三日后就是我父皇的生辰，用季乌之死做寿礼再好不过了。方将军既是来为我父皇贺寿的，还请一起回宫。"说着转向闻青虹和冰阙，"你们也随我回去吧，你们是我的救命恩人，父皇定有重赏。"

闻青虹轻咳一声："说了这么多，在下还有一事不明，在下想请问公主，是否读过书？"

景天瞳一怔，眉间微现怒色，冷淡答道："不敢说博览群书，但经史子集，兵书战策，再到佛经典籍，天瞳都有涉猎，不知闻公子何出此言？"

闻青虹冷笑："景公主读过这么多书，却不懂书中最重要的两字。一是'仁'，一是'礼'。刺杀季乌之事，公主的胆略智谋真乃天下少有，在下佩服之至。可公主少了一份仁心。从你伪装败露出逃到现在，多少人为你而死，尸体堆在一处，恐怕不比那座小山矮多少。你说读过佛经，岂不知众生平等，每个平凡人的命，都和你景公主的命一样重要。他们死去了，家中亲人情何以堪！可你方才所言，可有半句对死者的哀悼和不忍？"

方凝轻轻吐了口气，堵塞的胸口才痛快了些，偷眼看哥哥，方含嘴角紧抿，眼里却有欣赏和笑意。她把双手背在身后，向闻青虹挑起两个拇指。

景天瞳无言。闻青虹继续道："你既无仁心，也不懂礼。我们几人被你所累，几经生死。而你只是轻描淡写称谢，毫无诚意。百姓都知'点水之恩涌泉以还'，你身为一国公主，倨傲无礼，还叫我们进宫领赏。你当我们是走江湖保镖的吗？出生入死只为几个赏钱！公主为人，在下敬而远之；公主赏赐，在下敬谢不敏。这就告辞了。"

他转身，向方含抱拳道："方大哥，方凝，我们有事先行一步，日后再聚吧。"

方含暗叹，也知他二人必须早离这是非之地，景天瞳目中无人，傲慢自负，岂能忍受这一番直斥，华庭接应人马一到，救命恩人变阶下囚徒也有可能。他心下盘算着，笑道："这才刚见面，又要分别，也罢，等你回到弘源，一定要再回王府住一阵子，我们好好聚聚。你们就把'回雪'和'墨风'骑去吧，这两匹马快得很，你也能早点回家。"

闻青虹知道他的用意，不禁感动，刚向冰阙说了声"我们走罢"，垂首默然的景天瞳忽然轻声道："闻公子请留步。"

闻青虹站住，问："景公主有何指教？"

美丽的女子像刚被先生训斥了的孩子，埋首低声认错："方才是我太过轻狂了。闻公子教训得是，句句金石良言，令天瞳愧悔。待回到宫中，我必先禀明父皇，找寻所有为我所累之人的遗体，妥善安葬，并抚恤其家属。方将军所领友军，也为我不幸丧于华庭，路途遥远不能带遗体回乡，不若留在华庭，皆按百夫长之制安葬，以三倍抚恤金偿其眷属，如其家中尚有父母高堂，必生养死葬。方将军以为如何？"

方含一怔，为她前倨后恭的态度惊讶，但对她为罹难属下的后事安排也非常满意，旋即欠身拱手："公主安排甚妥，在下并无异议。"

"那就好。"她说着上前一步，盈盈俯身下拜，语音间竟带了哽咽，"闻公子，冰阙姑娘，二位救我性命，又助我除了季乌，这大恩实是难报。方才我因甫脱险境，又见大功告成，一时激动才言语轻狂，其实天瞳素日并非如此，还请两位见谅，请两位随我一同回宫，休养盘桓几日，让我略表绵薄心意，否则，天瞳必然愧悔终身。"

几人面面相觑。谁也没有尽信景天瞳这番言行。片刻之间巨大的反差判若两人。但她以公主之尊，俯身于地软语哀求，又怎能不管不顾，拂袖而去。闻青虹不禁想起一句民间俗谚"明知是陷阱也得跳"，现在，自己就是这个境地。他无奈道："景公主请起。"

第六章 · 泪凝丝忆境

一

　　来接应的御林军很快到了，一路无事地进了华庭都城，又进了宫，四人受到了优渥尊贵的接待，一切无可挑剔。只在安排住处时有些古怪，闻青虹和方含方凝同住"宝云斋"，冰阙却被安排另处独居。而宝云斋明明宽敞得足够四十人同住。为他们引路的老内监躬腰赔笑，说公主特地吩咐，冰阙姑娘好静，所以安排了"水月轩"给她住，极清幽恬淡的所在，冰阙姑娘肯定喜欢。

　　既到了这里，就得客随主便，主人都断定客人肯定喜欢，客人也不好意思不喜欢。方含沉吟道："且住三天，等过了华庭主君的生辰，咱们立刻就走。"

　　第二天就是宫廷之中常有的盛大饮宴，觥筹交错间，陪宴的官僚们酒酣耳热，交口盛赞四位少年英雄如何救公主，杀季乌，武艺高强，侠义心肠，感天动地，人神共敬……一时间，各种让人肉麻脸红的马屁汹涌如潮，不胜其烦的闻青虹冷眼瞟向主位，景天瞳也正望向他，唇角轻挑一抹冷笑。

　　再过一天，华庭主君亲自召见闻青虹和冰阙，不提赏赐，只说得知他们一路远行至此，佩剑为援救爱女而折，想赠他们两柄宝剑，聊表寸心。

　　二人正为断剑一事郁闷，便欣然接受了馈赠，被引往藏剑阁选剑，却大失所望。主君说赠他们宝剑，阁中之剑却无一把可称"宝"字。不用说

187

比冰阙剑望尘莫及，就是"碧水剑"，也要比这里最好的剑强出一筹。最后，也只能草草各拿了一把剑，好歹聊胜于无。

"不用愁了，等回到弘源，我一定寻一把比冰阙剑更好的剑给你就是。"

"胡吹大气，"瞪一眼一心想哄自己高兴的少年，冰阙笑了，"你以为真正的宝剑有钱就能买到吗？要是这样的话，华庭州主君的藏剑阁里，怎么都是些凡铁。"

"肯定是他不好剑道嘛，就不曾留心收集名剑。我们用心地找，反正来日方长，不怕找不到。"看到她笑了，他也舒展了心情，靠在凉亭的柱子上，望着亭外一大片繁丽的春花。

"来日方长……"她轻声低语，"真的来日方长吗？可我……"

"不许说不吉利的话，"向来温和的人突然霸道起来，"不许说什么师父赐你以剑为名，现在剑已断，肯定不祥之类的话。我说过了，你叫慕容烟，那个冷冰冰的名字和你一点关系也没有，剑断了就断了，你一定要好好的，听到没有？"

"咯咯"的一声轻笑，二人一惊，却见景天瞳施施然走进凉亭，满脸的得意，讥诮地瞧着他们。闻青虹轻哂："景公主居然喜欢偷听别人说话，真是个奇怪的癖好。"

景天瞳无所谓地撇撇嘴："现在偷听已经不方便了，只听了几句就被发现，真没意思。不像那天晚上，小木屋里，我可真是听得一字不落呢。"

"你……"想到这个女子变来变去的，害得他们好苦，现在却又用这事来嘲笑她。再想到惊险和惊喜纠缠的那一晚，生死边缘，闻青虹在她耳边说出她的身世和名字，他说你的名字叫慕容烟，他说我们从小时候就已经认识了，他说烟儿我喜欢你，我一直喜欢着你……这些又甜又苦的低语，原来不止她自己听到……冰阙羞得浑身发烫，下意识就要拔剑。

"你急什么，"闻青虹微凉的手按住她的愤怒，讥嘲道："公主既然喜欢偷听，我们自己小心些也就是了，这几天你就别戴首饰钗环了，衣服也时常拍打拍打，当心公主变成一颗灰尘粘在你身上。哎，你说，如果连变灰尘我们都提防到了，她还能变成什么来偷听咱们说话？"

"闻青虹！"景天瞳脸色苍白，一字字从齿间挤出这个名字，"你太放肆了，你已经是第二次如此放肆。你可知，从没有人敢对我如此放肆。"

"分明是公主无礼在先，怎么只说我放肆呢。"闻青虹毫不在意地和她对视，"而且，我发现我上当了。前日公主陛下言词何等恳切，说什么素日并不轻狂。现在看来，似乎素日的公主比那时更轻狂些。"

"哼，我当时不那样说，你就不会来到华庭宫中。你要是不来，我岂不是白白受了一通羞辱数落。我讨厌你，讨厌你这一副什么都不在乎，什么都不怕的样子。闻青虹，你是个棘手的家伙，可是，我喜欢和棘手的家伙斗！"

"真的得罪她了，这可怎么办？"望着景天瞳冷冷远去的背影，冰阙急得跺脚，"要不，我们现在就走吧！"

闻青虹自顾自欣赏满园春花："明日是她父皇的生辰，想来她也不好在明日做出什么事，我们后天一早就走。再说了，讲理，她讲不过我；动武，她比不过你，怕什么？"

二

主君的寿宴盛大豪华，从正午开始，入夜后才近尾声。闻青虹百无聊赖把玩着酒杯，转头去看冰阙。今天赴宴，他与方含方凝同席，而冰阙被安排在角落里独开一席，理由仍是"公主吩咐了，冰阙姑娘好静"，几人哭笑不得，却也无法。冰阙不在意，她也真是好静，独斟自饮倒也自在，看到闻青虹瞟过来，她笑，举杯向他一敬，凑在唇边浅酌。

丝竹管弦声中，十几个粉色衣裙的宫女鱼贯而入，垂首侍立于筵席两侧。接着，所有已有了几分酒意、视线朦胧的人只觉眼前一亮，大殿外渐浓的夜幕里泛起了一片霞光，冉冉飘入。那是景天瞳，一身艳红长裙，绝色无双。她持着一只赤金镶宝的酒壶，盈盈拜于丹墀之下，语声娇弱清婉："天瞳特来为父皇添杯增寿，祝父皇福泽绵长，万寿无疆。"主君抚着长须，连连说好，笑得满面慈祥。

连敬三杯，景天瞳放下酒壶，轻笑道："今日是父皇寿诞之喜，天瞳另有一件喜事，还要说与父皇得知。"

"哦？"华庭主君饮尽杯中琥珀色的美酒，笑眯眯看着女儿，"什么喜事呀？瞳儿快快讲来。"

景天瞳站在御座旁，眼波轻轻扫过全场，在某个席位上停了不经心的一瞬，双颊忽然蒙上一层胭脂色，似带了薄醉，"天瞳已有了意中人，请父皇成全，许天瞳下嫁闻青虹为妻。"

"铛，铛，铛……"一连串的酒杯落桌之声在席间此起彼伏，还有几只杯子顺势滚落在地，发出更清脆的碎裂声。惊愕、羡慕、妒恨，甚至愤怒，各种不同心情的目光交织成无形的网，而网中的闻青虹恍如不觉，他平静如常，眼睑微垂，嘴角的一抹笑，淡而冷。

寂静的大殿里，景天瞳的声音如珠落玉盘："父皇亦知，天瞳幸得闻公子援手才化险为夷，重回父皇身边。而闻公子为天瞳出生入死却毫无所求，高洁品格令天瞳感佩之至，救命之恩无以为报，闻公子品格才学亦是人中龙凤，天瞳倾心不已，情愿托付终身，还望父皇成全天瞳的心意。"

方含一把冷汗在掌中越捏越紧，斜眼看方凝，也紧张得脸色苍白，正想递个眼色给闻青虹，只听得一个平静而又威严的语声响起："闻青虹，瞳儿说对你有情，你可于她有意吗？"

闻青虹闻言起身，抬头与一双眼睛遥遥相对。那个女子一番深情表白话音未落，投来的目光却是得意傲慢的，就像个考官，丢一道难题给他，没有正确答案，怎么答都是错。

他欠身施礼，口齿间微有些含糊："公主抬爱，闻青虹惶恐，公主于在下心中实如天人一般，从不敢有任何非分之想，怎知公主竟对在下有如此深情，真如做梦一般。今日席间多饮了几杯，头脑混沌口齿不清，若即刻回复主君，实在唐突了景公主，闻青虹百死难赎。望主君宽恕在下失礼，待得明日酒醒，神志清明，再谈此事，方不负了公主之情意。"

方含紧张的精神和身体都缓缓松弛下来，轻轻吐了口气。不禁暗笑，真是小看了这个兄弟，那样棱角分明的倔强性子原来也可油滑，也会奉承，这番话说得无懈可击，绝对可以蒙混过关。

果然，华庭主君哈哈大笑，甚是喜悦满意："瞳儿的眼光向来很好，这次也没有看错人。你很好，诚实君子，端方持重。回去休息吧，明日朕再与你详谈。"

景天瞳璀璨如星的眸色，瞬间黯淡。

几人如蒙大赦地出了景华殿，一路默不作声，直到了极僻静处，冰阙才冷笑道："你这回可失算了，你说她不会在今日寻事，她偏就在今日寻事，以身相许这出戏，唱得可真是有声有色。"

闻青虹直视着她，郑重道："你信我！"

冰阙一怔，同样郑重："我信你！"

闻青虹笑了："其实此事只要不当即回绝，激怒主君就好。明天我去和他说明我已有婚约，且身份也配不上公主。公主的驸马，应该是某国的皇子或者王子。我父亲辞官归隐多年，只是一位普通的乡绅，公主若嫁给我，岂不成了整个华庭州的笑柄。只要我说明情况，华庭主君必定顺水推舟地否了此事。"

深思半晌的方含忽然道；"照常理是如此。可和你作对的是景天瞳，那个女人是不按常理行事的。你二人今晚就走，免得夜长梦多。我前天就看好了，在御花园东侧有个小角门，晚上也不锁的，今晚三更，你们就从那里出去。"

"他和我一走了之，你们怎么办？"冰阙眉间紧蹙，"闻青虹与你们同住，他不见了，景天瞳和她父皇自然会找你们要人。"

"你们放心，此事牵连不到我和凝儿。青虹是我们在路上偶遇的朋友，既非营中的兵士，也不是我们的随从。他要来要去，我们哪里能管。"方含不屑地笑，"我是弘源州派来的特使，又是北定军中的主将，与我为难就是与弘源州为难，与北定军为难，景天瞳也是聪明人，这层利害总能想到的。就这么定了，冰阙姑娘先回住处准备，待三更时分动身。"

天交二更，宝云斋外忽然一片人声嘈杂，隐约还有金铁撞击之声。三人都是疑惑。方含刚要出门去看。服役他们的老内监就慌张来报，说李参将已经带领御林军把宝云斋包围了。

那个李参将一进屋就满面堆笑，打躬作揖，口称景公主有旨，因玄砂洲国师季乌已死，恐玄砂洲派刺客杀手前来报复，所以宫中要加强防守，尤其几位贵客的居所，更要严加守卫。

方含怒极反笑道："既是如此，为何前两天不防守，偏今夜要严守？景公主醉了吧？不然应该找个更像样的借口啊。"他掏出一枚玉牌在李参将面前一晃，"你可认得这个？"

"认……认得。"李参将满脸冷汗，腿软得撑不住身体。华庭州开国之时，得过弘源州极大的助力，因此与弘源关系深厚，非别国可比。从华庭立国之时就制了这枚麒麟玉牌，每逢有弘源州特使前来，主君就赐下这枚玉牌，弘源特使持此玉牌可畅行无阻，如有三品以下官员侮逆得罪了特使，即可自行将其处斩。

"你若知趣，速速带了你的人离开，否则，"方含唰地拔出腰刀，"在我之前，有两位弘源特使动用过这玉牌的特权，我就来做这第三人好了。"

"扑通"一声，那人跌坐在地，脸色惨白，哆嗦着嘴唇道："小人就是掉了脑袋，尸体也得守在这里。公主说了，小人守在这里，只是自己丢了性命；可小人一旦撤了，公主立刻派人把小人全家几十口全部处死。"

屋里顿时陷入沉默，只有那人牙齿打战的咯咯声。静了片刻，方含看了闻青虹一眼，然后道："你去外面守着吧。我只问你，'水月轩'那边，也是这样的安排吗？"

那人点头，随即颤巍巍一步步退出。

方含长叹："没办法了，且看明日一早，那个女人还要玩什么把戏，见招拆招吧。"

天在一夜无眠后一点点亮了，日上三竿时，景天瞳独自一人姗姗而来，一进门就巧笑嫣然："昨晚可是得罪三位了，侍卫们已撤去，方将军和令妹如要离去，天瞳立刻设宴为二位饯行。"

无人答话。她也不觉尴尬，接着道，"那么可否请二位先行回避，我有话要和闻公子说。"

方凝征询地看了哥哥一眼，方含倒一杯茶，慢慢喝着："景公主这样一个人，做事怎么总是偷摸鬼祟，皇室应有的雍容正气半点也无。有什么话你就直接说吧，如果非要让我二人回避，这房里就只剩你和他，不知景公主意欲何为？"

饶是景天瞳城府极深，仍被这话刺得面红耳赤，但此时顶撞招惹这位满腹恚怒的小王爷显然是不明智的，她上前一步，从袖中取出一封信递给闻青虹："冰阙姑娘已经走了，这是她留给你的。"

三人都是一惊，闻青虹用力推开景天瞳，奔向门口，景天瞳扶桌站稳，悠悠地说："她四更时分就走了，你可知她去了哪里，你打算向何处追？"

闻青虹顿住脚步，怔怔地愣着，好一会儿才折身返回，向景天瞳伸出手："拿来。"

薄薄的信笺折了几折，触手坚硬。打开来，不出所料地看到了琉璃青鸟，不出所料地看到了字字如刀的决绝："我从不记得你说过的那些事，我不记得的事，就从没发生过。琉璃青鸟还你，与我无关的东西我不要。我不叫慕容烟，我是冰阙，十岁时师父赐我冰阙剑，让我以剑为名。剑已断，但我仍是冰阙，奉师命要杀你的冰阙。从今永别，各自心安，今后若再见面，必一剑取你性命，绝不食言。"

信笺在他手中慢慢撕成碎片，散落一地如初冬的细雪。胸膛里好像有只手狠狠扯了一把，他咬紧牙关，眯着眼睛打量面前的女人："你对她说了什么？"

"说实话呀。"她笑，真是喜欢他现在的样子，苍白的脸，紧蹙的眉，那么急那么痛的样子。她抓住他的弱点了，她赢了。

"我昨晚三更时去和冰阙姑娘聊天。她开始很生气，差点对我动剑，可我不能和救命恩人计较呀。也正因为你们都是我的救命恩人，我才要讲一些道理给她听。你们的事我是知道一些的，你与她两家交好，你们自小青梅竹马，可惜她遭遇变故，很小时就流落江湖，而且好多事都不记得了，被她师父收养，教授武艺。但她师父却不知何故非要杀你。我告诉她：你们一路走下去，最后只能是两难的痛苦。她师父若执意杀你，她无力阻止；可就算永远躲开她师父，你家里书香官宦，岂能容你娶一个草莽女子为妻，所以你们终是没有结果，何必徒劳挣扎。冰阙姑娘想通了，留下这封信给你，她就走了。"觑着闻青虹越来越寒的脸色，她轻笑，"从此，冰阙姑娘继续做江湖剑客，而你，留下来做华庭驸马，就如她信中所写'从今永别，各自心安'，岂不是好。"

"无耻！"方凝怒不可遏，"啪"地拍案而起，"世上怎么会有你这样卑鄙无耻的女人……"方含眼疾手快擒住妹妹的手腕，阻止了她抽向景天瞳的一耳光，用力按她坐下，森然道："看来公主这是要逼婚了，公主觉得有意思吗？哪怕被夫君憎恨蔑视也是幸福吗？"

"方将军错了，我之所以有这番布置，非是想嫁闻青虹，而是想赢他。或许是我心胸狭窄，睚眦必报，可我是女人嘛，小气些又何妨呢。"景天瞳第一次这样直言不讳。她心中暗叹，这个男子，给了她太多的挫败感，不但种种伪装算计都被他看清，甚至连她的瞳术也对他无效。

她自幼拜术士为师，除了变幻术，师父还教了她瞳术。练成此术后，只要凝神与人视线相对，暗用心法，对方被术法所摄，不自主就会对她敬畏恐惧、臣服效忠……十二岁时她瞳术初成，就助父皇平定了一场叛乱，那次平叛后来被坊间传为神话。只有对季乌她无法使用瞳术，因为怕被他看出破绽，所以从不敢和他视线相对。那天在街角向冰阙求助，很轻松就摄住了她的心神，可看向闻青虹时，和他平淡眼神一触，却似被一眼看了个通透，心里又惊又怕，再也凝不住瞳术，好在已经控制住冰阙，才得脱险境。

虽然也没能用瞳术控制方含，但他是名将之后，自小就受严格训练，心智坚毅，且历代北定王所累积的神威集于他一身，使他不受术法蛊惑，这倒也不奇怪。可闻青虹一介书生，不仅不受她控制，反而给她极大的压力，这岂不让她寝食难安，好在如今，她终于抓住了他的弱点，一丝笑意弯上嘴角："闻青虹，我告诉你，冰阙她出了宫门，就向西南去了。你可知，从此往西南百里外，就是丝忆谷。"

"丝忆谷？"闻青虹凝神一想，不禁低声惊呼。方含方凝也怔住。"丝忆谷"的传说可是弘源州的孩子们从小就听熟了的。便是成年人之间素日闲聊也会提及，且每次说起都会压低声音交头接耳，神情诡异。

丝忆谷，这个有着美丽名字的山谷在华庭州的西南方，是出华庭州最近的路，走出丝忆谷就离了华庭州，可谁也没走出过丝忆谷，入谷的人十之八九再也不见，极偶尔的生还者也失去了全部记忆，连亲生父母都不认得。谁也不知那丝忆谷里到底有什么。也因此口口相传，把丝忆谷的恐怖越描越重。

"华庭州的人都知道丝忆谷的厉害，从来都是绕行三百里，从另一处边塞离境，而冰阙姑娘此时心情不太好，又自负剑术，一定会硬闯丝忆谷的。"景天瞳一转身，在一张紫檀椅上坐下，正和闻青虹面对，"这里的侍卫撤了，可没我的令牌，你是出不了宫的。你要是想去救她就求我吧，当然，你也可以不求我，明日一早我也会放你走的，不过那就……"她停住后面的话，斟一杯茶啜饮，等着闻青虹上前，对她躬身作揖，苦苦哀求。

闻青虹垂着头，默不作声。然后他上前一步，屋里的三人惊诧地看着他，曲膝，下跪，俯身，叩首。

景天瞳手中的青玉盏一歪，盏中的茶泼了大半在身上，很烫，她不禁颤了一下，一时间有些慌，口齿都含糊了："闻青虹，你，你竟然如此！"

"不如此，怕公主嫌我没有诚意，跪拜叩首已是天下大礼，景公主已经赢了，应该满意了吧，请公主放我离开，感激不尽。"

慌乱瞬间化作恼怒，"砰"地摔下茶盏，她冷哼："若是我不满意呢？"

"那就请公主另提要求。今日无论公主如何对我，我也不会有半点反驳。今日所受之羞辱，我只不当是羞辱，只为成全自己的心罢了。"

景天瞳几乎咬碎了牙。她赢了吗？她稳坐，而他跪拜，看似是她赢了，可为什么她没有一点赢的喜悦？反而有深深的挫败感淤塞在胸中，让她窒息，让她恼怒，让她恨不得将面前这个人碎尸万段，可是杀了他就赢了吗？不，她会永远记得这一幕，他跪在她面前，面容沉静，气度高华，以卑微的姿态高高在上，他不在乎她给他的羞辱，他只在乎他的心。

可是，不被对方在乎的羞辱还是羞辱吗？不被对方在乎的羞辱，只是羞辱了自己。她景天瞳处心积虑布置，最后竟然只得这个结果。当年她以独眼侏儒的丑陋面目潜伏在季乌身边，每日被驱使奴役，每刻都小心翼翼，但那时她也不曾绝望，她知道自己会赢，她景天瞳从没输过。

可是这一次她输了，输得彻底，输得惨淡。

她拿出赤金令牌轻轻放在桌上，一言不发起身出门，却听到方含沉稳冰冷的声音："景天瞳，我记住你了。"

死寂的心里蓦地升起狂热，她回头，苍白的面颊上又有笑意："好啊，能让方将军记住是天瞳的荣幸，久慕北定军威名，希望日后能与方将军一战。"

玉阳宫寝殿里，淡金色帘幕重重垂落，一个小宫女怯怯地站在门口，半晌，一个慵慵懒懒的声音从帘幕后传出："他们走了吗？"

"启禀公主，他们已经走了，出宫门后直奔西南方向。"

"哦，你下去吧。"

帘幕里，景公主一身素服，铅华洗净，坐于妆台前怔忡出神，铜镜里一张绝世容颜淡漠苍白。许久，她抬手轻抚镜中自己的脸，静静地笑："景天瞳，你是不是很寂寞？"

"哥哥，你说丝忆谷的传说是真的吗？要是真的，他……"

"不管是不是真的，去丝忆谷都是青虹自己的选择，他的选择他自己负责，我们除了送他至此，其他的无能为力。不过，那家伙福大命大，肯定不会有事的。"方含用力一拍方凝的肩，正色道，"凝儿，打起精神来，我们也有自己的事情要做。回到弘源州后，立刻传密令给'鹰组'，暗查景天瞳的所有动向，事无巨细。"

他仰望天边渐落的夕阳，眼里有狂热的光芒。"那个女人具备一个枭雄的全部资本，如果华庭主君真的传位与她，她绝不会安心做一任太平帝王的，到那时，弘源和华庭必有一战。而那一战，将是我和她的战争。"

三

闻青虹已经在丝忆谷外徘徊了一个时辰，他在附近的小村子里打听过，好几人都见过冰阙，也都见她往丝忆谷方向去了。一个小孩子牵着他的衣襟说："我跟着那个好看的姐姐，一直到丝忆谷口，看着她进去了。"旁边的大人登时变色，扯过孩子一通数落："你这孩子傻大胆，你作死呢！那地方是能去的吗？要是那个女人一把扯了你进去，你这条小命还要不要……"

走出很远还能听到模糊地训斥声，他苦笑，看村里人谈谷色变的样子，看来传言不虚了。

丝忆谷口蒙着一层乳白色的淡薄雾气。村里人说那雾气一年到头不散，说那一定是瘴气。进谷的人就是中了瘴气之毒才无一幸免，出来的人都傻了，没傻的人肯定都死在谷里了。

闻青虹不信这个说法，他在书里看到过对瘴气的介绍，也听方含说过当年老王爷出征南方恶瘴之地的事。瘴气之色非黑即绿，不曾听说有白色的。而且瘴气通常会散发出恶臭或异香，但谷口的雾气是无味的。更何况，中瘴气的人，不会出现失忆的症状。

"还是进去吧。"他轻叹，虽然依村民们的说法，冰阙此时多半已经无幸，但他不能不去。从弘源出发时，他就打定了主意，一定要同去同归，不管前途如何，他都要和她一起走。想到冰阙，他恨恨咬牙，没脑子的笨女人，被人三言两语就蒙骗了，说什么从此永别各自心安，却不知自她离开，他的心，片刻不安。

他举步入谷。此时他真是身无长物，轻装简行。包裹在被季乌追杀的那晚就丢失了，现在他随身只有两柄剑，一柄是从华庭宫中带出来的，另一柄则是那拔不出鞘的锈剑。若不是方含细心想到这一点，临别赠金，恐怕以后的行程就要沿路卖艺了。

雾气微凉，湿湿地拍在脸上。但未觉不适。四面八方都是混沌的白雾，寂静不闻人声。他开口呼唤："冰阙，慕容烟……"雾气太重，他的声音闷闷的，不能及远。

他走一段就叫几声，从无回音。在这雾气里他是唯一的生灵，再怎样努力呼唤同伴都是徒劳。

眼前忽然一亮时他怔住了，如果不是亲眼所见，任谁说他也不会相信世上会有这么古怪的事。前面，是一大片鲜亮芬芳的碧绿草地；后面，是白纱帐般的浓重雾气。雾气和草地居然泾渭分明，而他，正站在两者的交界点上。

走在草地上是不用呼喊的，一眼就看得清楚，触目所及之处除了他没有别人，站着的走着的躺着的都没有。这片草地看似没有任何异样，芳草鲜美，野花缤纷，蜂舞蝶绕，小虫鸣叫。可是，这么美丽的地方为何被传说成有如地狱？那些入谷的人又陷落在了哪里呢？

再走一程，他看到了一条小溪，溪水极是清浅，大概刚能没过脚踝，涉水十几步，就能踏上对面的草地。而对岸草地的尽处，隐隐又见雾气。

闻青虹一愣，怎么会这样，难道只要蹚过小溪，走过草地，穿过雾气，就出了这丝忆谷，这也太容易了吧？那种种的恐怖传说，难道只是好事者茶余饭后闲磨牙的杜撰？如果真是这样，那冰阙是不是已经出谷去了？

闻青虹站在小溪边踟蹰着，他不信此事这样简单，就算别处的人信口胡说，以讹传讹，但那些村民就住在附近，他们对丝忆谷的畏惧恐慌绝不是无中生有。

"来呀，来呀，快来呀……"

"谁！"闻青虹陡然一惊，喝问着拔剑，转身四顾，刚才突然响起的是个飘忽诡异的女声，但只闻其声，人却不见，连影子也没发现半个。

"来呀，快来呀！年轻人，既进了丝忆谷，就快点来呀！"

还是那个声音，飘忽游移，好像同时在四面八方，也还是不见说话的人，或者，说话的不是人。

"你是谁？你叫我到哪里去？"他大声地问，那个声音却不回答。

"应该是叫我去对岸吧？"没有答案，他只有自己揣测分析。一边计较着，一边向小溪里踏进了一只脚。

水不是很凉，与目测一样刚没过脚踝。他踏入另一只脚，然后，他就再不能移动脚步了。

他低头，看到裹住双脚的黑色淤泥，再用力，还是分毫不动，仿佛困住他的不是柔软的泥巴，而是岩石。并且，他所有能看到的地方，尽是这种淤泥。草地，雾气，甚至他刚刚踏进的小溪，都被淤泥覆盖了，放眼望去，一片漆黑。他好像是陷入了沼泽，可陷入沼泽是慢慢下沉，他并未有下沉的感觉，而那淤泥，仿佛有生命般，正在慢慢地往上爬。

淤泥过膝，他不再试图移动挣扎，他想这一定是出声叫他的人正在引他去该去的地方，那个地方就是这里的真相，冰阙一定也在那里，她的琉璃青鸟，现在正贴在他的胸口，他微笑，静静闭上眼睛。

　　缠在他膝上的淤泥忽然停住，好像操纵它的人愣了一下，然后淤泥上升的速度明显加快，腿、腰、腹、胸，他的身体渐渐变成黑色，淤泥淹没口鼻，竟无碍呼吸，只是身体突然一沉，如从高空坠落。

　　闻青虹醒来，眼前一片昏黄的光亮，他眨眨眼，四下打量，发现自己正躺在一间屋子里的地上，混沌的思维渐渐清晰，想起了失去意识之前的事。他立刻翻身坐起，发现两柄剑都在身旁，再摸胸口，青鸟也好端端的，心就放下了一半，他提剑站起，这才看出身处的是间石屋，两边石墙，地铺石板。他身边的石墙上挂着一盏小小风灯，灯光如豆，映得这间石室越发阴冷幽暗。

　　这间石屋，大概就在那片淤泥的下边，而拉他下来的，应该就是那个叫着来呀来呀的诡异女人。他已经来了，但让他来的人呢？"有人在吗？此间主人是谁，请出来说话。"他的声音在石壁上跳跃回荡，只是无人应答。

　　找不到人，他只好继续打量这间石室，这屋子并不宽敞，却非常狭长，两边石壁上影影绰绰似乎挂着很多东西。他好奇心起，摘下了风灯过去查看。

　　幽暗的灯光映亮了一团黑影，闻青虹只觉心猛地一紧，惊呼刚要出口，被他生生压了下去。那是一个人，一个男人，身上的衣服还算整齐，垂头闭目，脸色被灯光照得泛青，不知是昏迷还是死了。最奇诡的是，这个人的身上没有绳索吊着绑着，却凌空高悬在石壁上。闻青虹不断变换手中风灯的角度，这才渐渐发现，那人并非凌空，而是被许多透明纤细的丝牵着，挂在石壁上。

　　闻青虹惊异，那丝线太过纤细，即使有许多，也坠不住一个成年男子的体重呀！可是那男人悬得太高，他不能去试他的鼻息，也碰不到那些丝线。轻声呼唤，也不见他有丝毫反应。

　　沿着石壁慢慢地走，越看越是心惊。满壁上居然都挂着人，几乎全是男子，偶尔也有几个女子，好在其中没有冰阙。这些人，看衣着有富有贫，年纪也有少有老。可悬挂的方式却是一样，不计其数的透明丝线纵横如网，把人牢牢固定在墙上。

左边石壁看完，右边的也是一样。他忽然想起，景天瞳说过季鸟是黑石成精化作的妖怪，那么，这个喜欢用丝线把人缠裹吊起的，莫非是……

"这些好看吗？"妖异女声响起的同时，一个女人凭空出现在他面前，身体贴着石壁，与他相距不足两尺。她披散着长长的黑发，脸色惨白如敷了厚粉，一双眼瞳是淡淡的天蓝，嘴角噙着笑，却扭曲阴冷。

室内狭窄，闻青虹只退了几步，背脊就抵在了后面石壁，但总算和对面的那位拉开些距离。他定定神，壮起胆子问："你，你是蜘蛛吗？"

"蜘蛛？"女人慢慢重复这两个字，然后放声大笑。凄厉尖锐的笑声在石室里震荡着，回声重叠，更是刺耳难听。闻青虹估计就是叫她别笑了也必无用，索性沉默等待。

"你看到他们都被丝缠住，就以为我是蜘蛛精，你真是太会联想了。"好一会儿，女人才止住了笑，"你仔细看看，那些丝可都是从他们身体里伸出来的。"

"你胡说！人的身体里怎么会有那样的丝？"

"怎么没有呢？"女人忽然正色，"那些丝，就是人的记忆啊。当你记着一个人，想着一个人的时候，就会觉得心上像是缠着密密的丝，剪不断理还乱，缚得一颗心又重又痛。年轻人，你有没有过这种感受呢？"

闻青虹想承认，甚至想说他这一日都是如此，话到嘴边及时咽下，在这个诡异的所在，和这个诡异的女人推心置腹吗？这也太荒唐了。

见他无语，女人继续说："所以，这里叫作丝忆谷。凡是来到这里的人，都被我抽出了所有的记忆。记忆如丝，思念如丝，抽出了这些丝，他们的心就不会再痛了。可是，记忆抽出时，生命力也随着流失，所以，"她抬手向两壁一指，"这些人就死掉了，我用他们自己的记忆把他们葬在这里。而极少数命特别大的人侥幸活下来，我就放他们出去，过没有记忆的快乐日子。"

"你凭什么！"闻青虹大吼，"你凭什么草菅人命！你凭什么随意处置他人的记忆！你凭什么以为没有记忆的人能生活得快乐！你……"

他突然哑了，深深的恐惧攫住了他，有件事他不敢问起，但他必须知道答案。

"今天有个女子来过吗？你别想抵赖，我知道她进了丝忆谷，你，你把她怎么样了？"

"嗯，是有个女子来过，至于我把她怎么样了，你说呢？"她"咯咯"地笑，举袖掩口，这个恐怖的女人却偏做出一副小女儿情态，着实惊悚。

"我杀了你！"几字出口，闻青虹拔剑，一步上前，举剑直刺女人的胸口。他向来温和，此刻是被大痛蒙蔽了理智，激出了杀气。

剑锋将至女人的胸前，他脑中电光石火地闪念：刚才看过的，石壁两边悬挂的人中，并没有冰阙，女人是在骗他！收剑已不可能。他手腕一拧，剑锋稍移，洞穿了女人的左肩。

没有穿透血肉的窒涩，没有红光迸现的凄艳，也没有惨呼和呻吟，这一剑的感觉就像是刺空了，只是穿过了空气而已。可他明明白白地看到，剑锋透过女人的肩头，钉在了石壁上。

女人看着他，忽然一扭腰，借着左肩的伤口，顺剑锋滑了过来。连眨眼的工夫也没有，她的脸就几乎贴上了他的脸，双手按在他肩上，冰冷彻骨，却没有重量。

"年轻人，猜猜我是什么！看在你心性善良的分上，只要你猜中我是什么，我就带你去看那个女孩子。猜啊，猜我是什么？"她的神情兴奋无比，脸又凑近几分，呼吸相闻，可是，他没有感到有呼吸扑在脸上。

心擂鼓般狂跳，腿软得要用全身力气支撑，但闻青虹已有了答案。他看着眼前表情夸张的惨白大脸，语气镇静："你不是妖怪，也不是人，你没有身体，你是个鬼，或许换个说法，你是一个女人死后的灵魂。"

又是一阵恐怖刺耳的大笑，闻青虹皱眉忍耐着，他知道自己猜对了，只是不知她会不会兑现承诺。

女鬼终于笑够了，脚下一点，又从剑锋上滑回刚才的位置，闻青虹连忙顺势收了剑，对方才一幕仍有余悸。

"年轻人，你胆子够大，头脑也够聪明。所有来到这里的人没有一个像你，他们有的刚发现双脚陷在泥里不能动就吓晕了；有的淤泥都漫到嘴边了还在大呼小叫拼命挣扎。只有你，镇定得让我吃惊。所以我才破例没取你的记忆。我想和你说说话，聊聊天。过几日如果我心情好，说不定会送你出去。刚才出道小题考你，你果然有见识。"

闻青虹苦笑，心想这还只是小题，那大题恐怕真的吃不消了。沉吟一下，他问："那个女子呢，她来的时候是什么样子？"

"她呀，她不是镇静，是心死。她的心死了，亦求身死。我拉她的时候，她一下也未挣扎。"

闻青虹胸口一酸，心立刻就软了，不想再计较那封信，骂她一顿的主意也打消了。从他们认识，一直都是她在欺负他，为难他，而他一直明白她的不得以，一直不和她计较。这次，也一样吧。

他深吸了一口气："你不是说让我看她吗？她在哪里？"

"跟我来。"

女鬼轻飘飘地在前带路，闻青虹跟着她，此时才看清她身上穿着一件深灰色的长裙，难怪她刚才贴壁而立时，几乎能和石壁融为一体。

走了好久，这段狭长的路终于到了尽头，她一转身，拐进了左边的夹道，走了几步，她停下，说："就在这里了。"

"这……里。"闻青虹怔怔的，他看到的是一面墙，墙壁很光滑，上面没有挂着人。

"不信吗？"她一掌拍在了墙壁正中，墙壁应手而开，他就看到了那个女子，她蜷缩着，眼睛紧闭，不知生死，脆弱得像个孩子。闻青虹默默看着，现在他若开口唤她，必然落泪。

女鬼似是有些不耐，又在墙上拍了一下，两壁吱咯咯响着，渐渐合拢。闻青虹急了，伸手去挡，她嘿嘿冷笑，道："你挡吧，墙壁会先夹断你的手，再合拢的。"

闻青虹无奈撒手，怒喝道："你对她做了什么？"

"没做什么呀。她活得好好的，我也没动她的记忆，只是让她暂时昏睡而已。她可是我等了这么多年终于等到的宝贝，我还要用她来安排一出好戏呢。那个人，一定会为她而来的！"

闻青虹心头一宽，毕竟她还活着，也没失忆，这已是万幸了。可这样的优待后面似乎隐藏着更深的阴谋，他试探着问："你要用她引谁来，她

202

师父吗？你和她师父有过节？"

女鬼不理会他，自顾自出神，好一会儿，她叹了口气："你别瞎猜，等着看好戏吧。"

又回到那狭长的甬道里，闻青虹还想套她的话，女鬼却一旋身，飘上石室的穹顶，脸向下俯视着他，这样上下悬殊的位置显得不方便说话，而且再说什么也未必有用。

闻青虹摇头，找了块上方没悬着人的石壁，倚墙坐下，闭目养神。

"你在干什么？"女鬼飘移过来，就浮在他的头顶，冷森森地问。闻青虹不抬头，任她自娱自乐地玩着飘浮术，淡淡道："我在睡觉。你到底死了多久？怎么连人要睡觉都忘了。"

"我当然没忘。虽然我现在已经没有需要休息的身体了，但无聊的时候，睡觉也是很好的消遣。我只是奇怪，你怎么有心情睡觉？你来这里不就是为救那个女子的吗？现在救不出她，你居然不着急不自责，还要睡觉，你睡得着吗？"

"肯定是刚才想起了什么烦心事，要拿我当出气筒，她想挑衅吵架，我偏心平气和。"闻青虹暗笑，口气越发淡然："我为何要着急自责？你神通广大，我除了使剑，又不会画符念咒捉鬼降妖，打不过你也是没有办法的事。我已来了这里，见到了她，这就尽了我的全力。我不知你到底还有怎样的安排，但以后你若肯放我们走，那当然好；你若杀她，我必不独活，我和她总是在一起的。既然如此，我当然睡得着，兴许还做个好梦呢。"

女鬼无言，半晌冷笑道："如果我把她的记忆都取出来，但她又没死，那会怎么样？你这样喜欢她，为她可以不要性命，但她不记得你了，当你是陌生人，那你该怎么办呢？"

她兴奋起来，从穹顶飘下，冰冷的手在闻青虹肩上一拍，然后在他面前坐下，紧盯着他问："那样的话，你肯定特别难受吧？"

闻青虹打了个冷战，瞪她一眼低头沉吟，忽然就笑了："你若真有那样的手段，取她记忆又不伤她性命，那再好不过，我一定要好好谢你。"

"什么？你在发烧了还是疯了？"她惊呼，手就伸过来要探他额头。

他连忙侧头躲开，"我很正常，知道自己在说什么。她现在的记忆里痛苦太多了，基本没有什么幸福美好的部分，她看似坚强冷漠，其实脆弱得很，很多事让她左右为难。如果不是这样，她也不会撇下我，一个人跑到这里来。如果真的可以让她忘记这些该有多好，一切重新开始。"

他嘴角轻扬，笑容温暖疼惜。"我不在乎她拿我当陌生人，陌生人可以成为新相识，成为老朋友，成为她喜欢的人，只是多用一些时间而已。只要这些时间里，她是幸福的，她可以笑得无忧无虑，再不用板起脸来假装冷漠，再没有那些辛苦、委曲和不得以，那就好了。"

"哼，哪里能有那么好的事，你做梦去吧。"

四

"是在做梦吗？怎么会到了这里？"闻青虹站在一座山上，不远处有一大群人，他想过去问问这儿是哪里，可他动不了，全身上下，连手指尖都动弹不得。这是个梦魇，他心里明白，但醒不过来，只能眼睁睁看着前方。

"迦蓝，迦蓝！你不要恨我们，爹娘都舍不得你，可是没办法呀！"女孩儿让娘亲紧紧抱在怀里，娘的泪水打湿了她美丽的衣服。她也想哭，很想很想，可只能拼命忍住，老族长说了，在献奠这一日，圣女是一定不能哭的。

"走吧，你一定要把迦蓝弄哭是不是？那样的话有什么后果你又不是不知道！"男人的眼圈也是红的，他狠狠踩脚，用力扯着妻子的身体要把母女俩分开。旁边的族人也在叹息劝导。

她咬着嘴唇，拼命从娘的怀里挣脱，抬手拭去母亲满脸的泪，语声坚定："爹，娘，迦蓝不怪你们，能为族人牺牲是迦蓝的荣耀。正午都过了，你们快回去吧！"

母亲更加惨痛的哭声让一只大手及时捂住，父亲拉起她推给旁边的两个朋友，回头哽咽道："迦蓝，你是好孩子。你安心去吧，爹娘和族里的人都不会忘记你的。"

所有人都走了，只剩下她。迦蓝抱膝坐着，山顶的风很大，她很冷，越发想哭，嘴唇都咬疼了才压住哽咽，她开始命令自己笑。神明喜欢微笑着的圣女，她知道的，去年的那个女孩，在神明来到时还在哭泣，惹得神明大怒，不但吃了她，还杀死了她的爹娘，而且喷火毁了族中所有的庄稼和粮食，族人们只能靠打猎、挖野菜，艰难地撑过一年。

"我迦蓝才不会那么胆小怯懦，我不会给爹娘族人带来灾难的。"迦蓝恨恨地发誓，强迫自己扬起嘴角。可是见鬼，谁会在要被怪物吃掉的时候还能笑得出来啊！

尼亚族跋山涉水，经过十几年的漫长旅程才找到了现在这片乐土，这里风调雨顺，地肥水美。如果没有那只怪物盘踞在此，这里简直就是天堂。

尼亚族人不想再继续漂泊了，他们要把这里作为故乡。他们和那只龙头虎身的怪物作战，可它太厉害了，许多勇士拼死也不能伤它分毫。最后，他们不得不做出一个屈辱的决定，奉那个怪物为全族信仰的神明，并且，每年从族中选一个美丽的少女为它献祭。

今年的不幸落在了迦蓝头上，她被选为献给神明的圣女，十五岁的迦蓝，尼亚族最美丽的女孩，穿上华丽的盛装，在父母的悲泣和族人的叹息中来到这里，等待太阳西沉，黄昏时分，神明就会来享用她了。

太阳一刻不停地向西边滑下去，时间快到了，迦蓝觉得自己的笑容也练习得很好了，这样，应该可以让神明满意了吧。

她听到了脚步声，怎么回事，竟然是人的脚步声在向山上走来？她屏住呼吸，眼睛一眨不眨地盯着唯一通向山顶的路。

一个黑衣人走上山顶，在她面前停下脚步，低头俯视她："你就是迦蓝？"

这张脸是陌生的，她从未见过他，也从未想过世上会有这么英俊好看的男子。她看着他，脸红了却舍不得移开眼睛，好一会儿，她如梦方醒，惊呼道："你是谁？你快离开这里，快点走，马上……"

"你不用等在这儿当晚餐了，那个家伙，永远都不需要吃饭了。"

男子打断她的话，他不但不走，反而坐了下来，"你们的神明，已经死了。"

"死了？"迦蓝只觉得一口气憋在胸口，瞪大眼睛望着这个英俊得不可思议，也奇怪得不可思议的男子。

"我杀了它，就在山下。不过是只小小的窦窳，也敢和我走同一条路，找死。"

"窦……窳"迦蓝念着这两个拗口的字，原来这是神明的名字，那么强大那么恐怖的怪兽居然让面前这个人杀掉了，听他的口气那么漫不经心，就像他只是杀死了一只小虫。

"不说这个了，"男子微微皱眉，有些不耐，"迦蓝，我救了你和你的族人，你要为我做件事。"

"做……什么事？"

男子微凉的手指托起她的下颌，迦蓝的脸仰着，瞬间红似苹果。他的声音沁冷如冰，又带着奇妙的温柔："迦蓝，你的眼睛像天空一样蓝，也像天空一样干净，你，为我流一滴泪吧！"

"为你流泪？怎样为你流泪？"迦蓝只觉羞怯欢喜，一点也不想哭。

"让我住进你的心里，然后慢慢地酝酿出一滴泪，一滴只属于我的最纯洁的眼泪。"男子冷峻的嘴角轻轻勾起一抹浅笑，像是对迦蓝说，又像是自语，"一滴最纯洁的相思泪，'情泪镜'有引子了。"

黑衣男子走了很久，天完全黑下来，缀着星辰的夜幕下，脸儿红红的女孩儿怔怔坐着，胸口沉甸甸的，她的心里住着一个人，她要为他流一滴泪。

闻青虹远远看着，觉得无端悲凉。

狂欢盛宴持续三天，尼亚族沸腾了。谁也没想到迦蓝会在第二天回来，她说神明已经死了，尸体就在山下。人们将信将疑去看，结果面对着那具早已冰冷僵硬的巨大尸体目瞪口呆。

迦蓝对族人的解释是：那天黄昏神明没有出现，过了一夜还是没见，清晨她小心翼翼下了山，就看到怪兽死在山下。至于它是怎么死的，她也不知道。

　　过了些日子，人们也不再热衷于猜测真相，生活恢复平静。没有了怪兽的欺负压迫，每个人的脸上都满是笑容，干劲十足地为生活忙碌。只有迦蓝有些奇怪，她不再是那个活泼快乐的姑娘，她变得沉默寡言，美丽的脸上，神情总是郁郁的。她还多了一个习惯，常常会到那座山上去，独自在山顶坐着，怔怔看着上山的路，等待，然后失望离开。

　　美丽的迦蓝，是族中很多少年心仪的姑娘，但她对谁也不理睬，和她同龄的女孩们渐渐都有了伴侣，她还在山顶独坐，形影相吊。她的心里住着那个不知名的男子，就再也容不下别人了。

　　没有人知道迦蓝是怎么了，她自己也不知道。为何心里越来越沉，为何无时无刻不想他，为何一想到他就想流泪，但眼睛却是干干的。他让她为他流泪，可她却无泪可流。

　　这些隐秘的痛，只有闻青虹看到了，他难过而又倦怠，这个梦太长太累了，可他醒不过来。

　　迦蓝要死了。她躺在床上奄奄一息，枯槁惨白得像个幽灵。家人的哭泣和呼唤渐渐远了，她的意识和感觉也渐渐涣散，唯有那一点执念却似火焰越烧越旺，映亮她天蓝色的瞳孔。

　　"迦蓝，迦蓝！"

　　是他的声音！迦蓝艰难地转头，她看到他了，在生命即将结束的时刻，她又看到了他，仍是一袭黑衣，清俊高贵。而床前守着她悲伤哭泣的家人似是都没有看到他。也许是她的幻觉。也许那天的初遇也是幻觉，就连对他的刻骨相思，和这即将结束的生命也只是一场幻觉。他面容冷寂，最初和最后的相见都不曾给过她一丝温暖。他说迦蓝，我来取那一滴泪——只属于我的——你的一滴泪！

　　他还是这样说，他想要她的，只是一滴泪而已。但她想握他的手，想知道他的名字，想他为她微笑为她叹息。她努力伸出苍白细弱的手臂，可他没有回应，他只是在等待，冷冷地等待。

　　迦蓝闭上了眼睛，永远的。有一滴泪缓缓流下，小小的泪滴晶莹璀璨，仿如宝石。

黑衣男子伸手拂过迦蓝的脸庞，那滴泪停留在他的指尖，转身的一瞬，闻青虹看到他的眼里，有淡薄的哀凉。

丝忆谷中，闻青虹踏进清浅的溪水，水流瞬间凝固成黑色的淤泥，蔓延包裹他的身体。一张苍白的脸从淤泥里浮出，在他耳边絮絮地说："没有记忆就没有思念，没有思念就没有痛苦，放弃你的记忆吧！"

闻青虹睁开眼睛，他终于醒了，逃离了那个漫长悲伤的梦境。拭着额上的冷汗，抬头正好和一双充满玩味的眼神对视，他脱口唤她："迦蓝！"

天蓝色的瞳孔猛地收缩，她冷笑，道："这个名字啊，多久了再没有人叫过，几乎都忘了这是我的名字。"

"你才没忘。迦蓝，为什么要给我看你生前的经历？"

"我说过，留下你就是想有个人陪我说话解闷，既如此，就忍不住想拿出些旧事说给你听，可你又想睡觉，那就让你在梦里自己看吧。"她歪着头，神情萧索，"我都记不清我已经死去多久，时间太长了，只这丝忆谷我就住了三百年。如果转世的话，几十世都过去了，可我不能转世，我忘不了生前的记忆，估计就是喝了忘川水也忘不了。或者是我自己不想忘记，这些记忆，是我用命换来的，忘了，就什么也没有了。"

闻青虹看着她，心里百味杂陈。无论生死，她都忘不了那些痛苦的记忆，忘不了那个让她痛苦的人。因此，她把每一个陷落在这里的人都变成了没有记忆的白板，她只恨不能狠下心来，如法炮制自己。

"那个男人，他拿去你的眼泪做什么？"闻青虹犹豫再三，还是问了这个他在梦里就很不解的问题。

"炼情泪镜。"她绕一缕发丝在指间玩弄，"情泪镜是许多女子的泪水凝练而成的镜子，那面镜子什么都能映出，八荒六合，宇宙洪荒，是没有极限的。但炼制这面镜子必须以一滴相思泪为引，是要一个女子用生命作为代价，酿成一滴为炼镜之人而流的相思泪，这才能炼成情泪镜。而我，就是被他选作引子的傻女人。"

迦蓝的语气突然狂热起来："他一定已在情泪镜里看到我困住了那个女子，他一定会来救她的。"她忽然闪身过来，冰冷的唇压在闻青虹耳边，咯咯诡笑，"那个女子可是唯一让他动心的人哦，他喜欢她，可半点也不比你少哦。"

"你胡说！"闻青虹怒喝着推开她，手臂却穿过了她的身体，仿佛浸入一泓冰水，浑身战栗。二人都愣了，迦蓝后退，离开他的手臂。闻青虹想到她的悲惨际遇，她这样恶毒只因痛苦。而医治痛苦有种方法很有效，就是看到有人和自己一样痛苦，最好是比自己更痛苦。

他不忍心再出言伤她，好半天才闷声道："你怎么说都无所谓，反正我不信，冰阙从来没说过她认识那样的人。"

"哼，你说不信，其实已经信了。她没有对你说起过他，是因为她也不知道自己认识他，很多事，她已经忘记了。"

"越发胡说。她不记得的，都是幼时的事，难道那个人在她还是婴孩时就认识她，喜欢她了。你是在讲笑话吗？我可不觉得好笑。"

闻青虹不再理她，盘膝坐下，默诵佛经。在家时常陪着母亲礼佛诵经，烦乱时也会默诵佛经平复心情，向来有效。可今日不行，念了上句便忘下句，颠三倒四，一团乱麻。

他停了有口无心的念诵，怔怔发呆。迦蓝没有说错，他嘴上坚持不信，心里却是信的，信那个男子会来救冰阙，他救了她，会不会带她走？而她，会不会跟他走？要是那样，自己该如何自处？

心上似盘着一条蛇，正张开口，把毒牙一点点扎进他的心里，痛得麻木，还夹带着酸涩苦楚，他是在妒嫉吗？妒嫉一个从未见面的人？

五

胡思乱想好一会儿，他忽然意识到，这么长时间都没听到迦蓝聒噪了，甬道里也暖和了些，没有了她在时那种阴冷，莫非，她不在这里了吗？

他仔细看过两壁，又仰头看遍穹顶，最后确定，她真的不在这里。

一个念头迫不及待地闯进心里，他要去看冰阙，他要唤醒她。

他知道这是个糟糕的念头，她醒来又怎么样，他能带她出去吗？迦蓝只是暂时离开，她随时会回来，他们俩人谁也不是她的对手。

他平生第一次说服不了自己，第一次全然不顾后果的冲动。站在那面光滑的墙壁前，他深深呼吸，然后一掌拍在墙壁正中那处微凹的地方。

墙壁吱咯响着向两侧滑开，露出昏睡着的女子，一切顺利得如有神助。

"冰阙！"他把她抱出暗室，她双颊艳红，呼吸急促，摸额头却是冰凉，沉睡中，手里还紧握着剑不放。

他手忙脚乱，不知她是病了还是伤了，只能抱着她急急呼唤："冰阙，冰阙，烟儿，醒醒啊，你……"

"你叫醒了她又如何，你们出得去吗？"迦蓝的声音响在身后，慢条斯理，不急不怒，似乎早料到会是这样。

闻青虹慢慢放下怀里的女子，起身看着迦蓝："你到底对她动了什么手脚，为何我唤不醒她？"

"动了什么手脚？让我想想……"她古怪地拖长每个字音，慢悠悠说完这句，她的脸色突现狰狞，"你自己回头看呀！"

不用回头他已觉察了袭向后背的劲风，急忙侧身，堪堪避过了要害之处，左臂上还是被剑锋擦出了条长而深的伤口。他踉跄站稳，回头，冰阙站在他身后，手中长剑上正滴落鲜血，她双颊红晕更浓，眸中也泛着一抹妖红，她面向他，眼睛空茫呆滞，视而不见。

"你……"闻青虹满口是咽不下的苦涩，他明白了迦蓝对冰阙动了什么手脚，明白自己落入一个陷阱，这个陷阱本不是为他准备的，他却义无反顾地一头撞进来。如果早知如此，他宁愿迦蓝不给他例外，也把他挂在那甬路石壁上，用他自己的记忆。

又是一剑刺来，直取他的眉心。毕竟已多次见识过她的剑法，才险之又险地逃过，踉跄退出逼仄的夹道，回到也宽敞不了多少的甬路中，刚喘过一口气，第三剑已至，剑风凌厉得使他窒息。

他跌跌撞撞，狼狈不堪。冰阙自幼从师学剑，堪称一流高手，而他是从没学过任何功夫的书生，只是无师自通地会使几下剑而已，况且此时他手中无剑。幸亏他命大，也幸亏冰阙迷失神智后行动僵硬迟缓了些，他才能几次间不容发地和死亡擦肩。他的剑就在不远处的地上搁着，可他哪有机会去捡，就算有剑又如何，冰阙心神被控，是必要取他性命的，难道要他拔剑，真的与她生死相搏吗？

这是第七剑，他背抵石壁，无路可退。她眼中业火般的红光一闪，剑锋直刺他的胸口。

浮在穹顶上看热闹的迦蓝飘了下来，眼神灼灼地期待这最后一瞬，她甚至改了主意，决定在冰阙杀了闻青虹之后就解了对她的桎梏，让她面对亲手杀死爱人的痛苦，她怎样面对呢？她是会疯掉还是立刻横剑自刎？真是值得期待啊！

剑锋遇到了阻碍，是她的琉璃青鸟，安静地护在他的胸前。他轻声唤她"烟儿"，她麻木的神色似乎微微一动，而犹豫只是刹那，她手下用力，琉璃的碎裂声如微弱的啜泣……

"呛啷"一声，她的剑脱手落地，人也软软地倒下。闻青虹一怔，以为是迦蓝不愿破坏原定计划，适可而止地收手。

可是不对，这石室里不知何时多了一个人，一袭黑衣的男子。狭窄昏暗的甬路并未因他的黑衣更显压抑，反而明亮许多。闻青虹看清了他的脸，在梦里看过两次的，那是迦蓝久远之前的记忆，现在又见他，竟然全无变化，无坚不摧的时间在他面前徒然无效，天荒地老，于他，只是多添几分寂寥。

迦蓝无声地缩在角落，她的脸上没有了狠毒和恶意，双手绞弄着衣襟偷偷望着那个人。她知道这样不对，她处心积虑引他来此，是要向他宣泄她的愤怒和悲伤，她要大声对他说我恨你；说如果重来一次，我宁可被怪物吃掉也不要认识你；说我想杀了你，这么长的时间里，我无时无刻不想杀了你。他一定会生气，他那么强大，动动手指就能让她魂飞魄散，那正是她的期盼。她的痛苦，生前死后那么漫长的痛苦，由他而始，也该由他而终。

计划原本是这样的，可从他出现的那一个刹那，她所有的恨也同时消失，那些愤怒控诉的话统统忘记了，她只想看着他，就像当年初见他时一样。

黑衣男子俯身看着冰阙，那样专注的凝视。好久不见，她还是从前的模样，却已不叫从前的名字，但她的名字在他心里，即使再过沧海桑田，即使她换过容颜，他仍然能一眼认出她，仍然能唤出她的名字。

他伸手抚过她的额头，只是那样轻轻的一抚，她双颊上妖艳的酡红迅速褪去，急促的呼吸也恢复匀静。闻青虹松了口气，看得出缚住冰阙神智的邪术已经解开了，现在她真的睡着了，但愿醒来时，她不要记得那些梦魇。

这样想着，黑衣男子正抬起头，二人的视线不期而遇。与他眼神一触，闻青虹莫名惊慌，心跳陡然急促。那双眼睛太黑、太深、太冷，令他只觉面临一片深不可测的湖泊，只消再停留一瞬就会被漩涡激流卷入湖底，化作在摇曳水草间长眠的白骨。闻青虹本能想转头避开，但理智命令他不许逃，凝聚全力直视那双眼睛，对这个男人，无论如何不能示弱，尽管他现在狼狈落魄，筋疲力尽，但他起码不能输了气势和胆量。

见他竟不回避，男子的眼里有微不可察的赞许，他收敛了锋芒，细细打量闻青虹，然后说了一句很古怪，也许只有他自己懂得的话："原来是你，果然是你！"

不理会闻青虹的一头雾水，他转身面向此间的主人，垂首敛眉，再没有一点厉鬼气势的迦蓝，他问："你恨我？你后悔给了我那一滴泪？"

明明早已经没有了心，也没有泪，迦蓝还是感到了胸中的悸痛和眼眶的酸涩。那些她准备了千百年的怨言一句也想不起，她沉默，半晌，她忽然抬起头，用嘶哑的声音喊出来："我从不恨你，我也从没后悔，我只是怕，怕我为你流了泪，你却早就忘了我是谁！"

"我没有忘。你是迦蓝，那个黄昏，和我在山顶说话的迦蓝。"他轻声道，"迦蓝，我把那滴泪还给你好不好？是我没有想到你会有这么强的执念，我以为只是一滴泪而已，可你却把自己也锁在了泪里面。那我就把泪还你，放你自由。"

"我……可是……不是……"迦蓝彻底乱了，她不知自己在说什么，也不知自己在想什么，她又努力了一下，还是说不出完整的句子，只好放弃，眼睁睁看着他取出了情泪镜。

水光晶莹的圆镜平托在他左手，稳稳的，镜中映出一张冰雪般的容颜，是他自己。他望着镜子，嘴角轻挑出一抹笑，像是自嘲。然后，他举起右手，用力拍下。

没有响亮的碎裂声，镜子在他掌下寂然破碎，飞溅起大片水花。黑衣男子稳如山岳的身体猛地震颤，他低下头，强行咽下翻涌到咽喉的腥甜。为解脱一个灵魂而毁掉心爱的宝物，连带着伤了自己。真是荒唐可笑，可他还是做了。因为又见到了她，他很高兴。她曾说他是个好人，好人就应该做好事，尽管这件好事，实在傻得可以。

水花没有落地，凝在空中，渐渐扩散开来。整间石室蒙上了一层晶莹剔透的水雾，这个阴寒幽冷、鬼气森森的所在，转眼竟变成了水晶宫。

水雾里，一颗颗小水滴清晰可见，它们织成了这幅水的幔帐，似乎也就完成任务，发出"啪"的一声轻响，破碎消散，水滴的碎裂声响得密集，若非声音细微，倒极像过年时放的爆竹。随着水滴逐颗消散，水雾也渐渐淡薄。

突然，一颗水滴散发出绚目的光彩。它的命运异于那些已消散无形的同伴，它长时间的明亮，晶莹圆润，光芒灼灼。

迦蓝微笑着仰起头，虔诚地等待。小小的水滴悬在半空，越来越亮，照得满室通明，它飞旋着慢慢落下，正落进迦蓝的眼中。刹那间，迦蓝虚幻轻忽的身体像是有了实质，甚至有了暖意。仿佛漫长时光一溯而回，她还是十五岁的迦蓝，尼亚族中最美丽的女孩。在暮色渐沉的山顶上，她遇见了她的英雄，她的神祇，她此生唯一的爱情。

她在黑衣男子面前俯身下拜，他伸出一指点在她的眉心，轻声道："迦蓝，尘念已了，你去吧！"

迦蓝脸上凝出一个完美的笑容，她的身体渐渐透明，然后化作光尘。与此同时，石室开始剧烈地震荡摇晃，丝忆谷本是迦蓝做出的幻境，她既已不在了，丝忆谷的崩塌只在瞬息之间。

"咯喇喇"的巨响中，石室上方的穹顶整个塌了下来，天翻地覆地震荡，巨大的石板呼啸着坠落，黑衣男子镇定如不见不闻，只是抬手，宽大的衣袖拂空而过……

死亡消失在迫在眉睫的刹那，闻青虹喘过一口气，只觉刚从梦魇中醒转。他不在石室里，也不在那处处诡异的丝忆谷里，现在身处的地方，居然离那个小村子不远，正是黄昏时分，村子里炊烟袅袅，晚风拂来，依稀听到几声犬吠。

冰阙就在他身旁，仍然沉睡未醒，闻青虹放下心来，这才想起自己身上的伤，却发现自己身上竟然没有一处伤口，连左肩上那道深近及骨的剑伤也消失了，也不见丝毫血迹，甚至连衣服也没有半点破损。

闻青虹一愣，忽然猛省这里应该还有一个人。急忙转身，不远处，那个人的背影静静伫立，夕阳拉长了他的影子，人和影都是黑色的，形影相吊，有些孤寒，有些落寞。

闻青虹犹豫着，虽然那个人对他们有救命之恩，可他实在不想再与之面对。那重如山深如海的威压，让他难以承受。如果传说中的神祇真的存在，肯定就是那人。他无视一切，睥睨天地的气势，绝不是世人能有的，就是全世界的帝王君主都聚在一起，在他看来，也许不过一堆蝼蚁。

即使这样，但总不能对救命恩人视而不见，那样无礼，岂不是会被他看不起。闻青虹上前，恭敬施礼："阁下……"

那人似是早已等得不耐，不待他客套下去，淡淡道："她还要再睡一天一夜，醒来后，她不会记得这些事情。"

闻青虹一怔，这也正是他希望的，他微笑欠身："多谢！"

黑衣人转身，递过一柄剑："这是她的。"

闻青虹接过，这是柄锈得看不出本来颜色的剑，他不由回头去看旁边地上的剑，那柄锈迹斑驳无法出鞘的剑和他手中这一柄几乎一样。想起临行时冰阙师父的嘱咐，现在，他想要的两柄不能出鞘的剑都找到了。可是……他疑惑地向那人核实："这柄剑，是她的？"

黑衣人点头，眺望着天际一抹孤云，冰封般的眼里竟泛起淡淡温柔，低语仿佛呢喃："当年，她对这柄剑可是爱如性命呢。"

闻青虹无言，他极想问当年是哪一年，可他问不出口，也知道问了也肯定没有答案，多说一句只能多一分烦心。

黑衣人出了一会儿神，忽然道："我有几句话要嘱咐你。你们此行的目的地，是一定得去的。你跟她说，别打错了主意，以为中途逃了，就能避过什么人，或者什么事。注定要发生的事，除了在它发生时解决掉，从没有第二条路走，逃避更是最愚蠢的主意。"

闻青虹很赞成这样果决的处事态度，但冰冷的训斥口吻让他抵触，他反驳道："我们没有想要逃避。"

"我没有说你，我是说她，她从来没有想过要逃吗？"

闻青虹继续无言，冰阙对她师父的畏惧是根深蒂固的，自己和她师父的矛盾一直是她心上最重的石头，她当然想逃。

黑衣人不理他的尴尬，继续说："而且你们必须在四月十四的正午之前赶到，可以早一些，但绝不能晚。"

闻青虹心里一动，四月十四是自己的十八岁生辰，也是冰阙的十八岁生辰，母亲说过的，他二人同日出生，他比她早了四个时辰。可是，黑衣人说出的期限怎么偏是那一日？如果在四月十四正午他们赶不到那里，又会怎样？

他当然没问，黑衣人当然更不会主动解释，他沉吟一下，道："就说这些吧。我也不是怕谁，只不过既然是个谜局，太早完全揭底的话，就没有趣味了。"

还不等闻青虹说些"多谢相助，后会有期"之类的场面话，他已自顾自去了，身影渐远时，他冷冽的声音随风送回，吟四句如偈如谶的诗：

　　千年梦一场，
　　醒见故人妆。
　　昆山封剑地，
　　惊云诉离殇。

第七章·山夜谈玲珑

一

　　冰阙醒来，昏沉沉揉着眼睛，发现自己躺在一张床上，身上好好地盖着薄被。她一愣，脑子急速转了一圈，想起华庭宫中的事，想起自己夜半负气离开，一路向西南而行，到了一个小村子，然后，然后……然后怎么样了？记忆在这之后竟是诡异的空白，然后就是现在，她醒来，在一个房间里，躺在一张床上……

　　她倒抽一口凉气，只觉全身的血都冷了。莫非是中了迷药，遇到了最倒霉的事！她不敢起身，只用双手在身上乱摸。摸了一阵，发现衣服还好好地穿着，连怀里放金创药的荷包和手帕都在，紧缩的一颗心才算放下。

　　冰阙撑起身体四下打量。这是间很平常的农家小屋，朴素得四壁空空，离床不远有一桌一凳，一个人坐在桌边，正伏在桌上，沉沉睡着。

　　她咬痛了舌头才没叫出来，竟然是他，怎么会是他！她留下那样决绝的信，连那只琉璃青鸟都还给了他。以他的骄傲，是绝不会原谅她的。当时她就想，此生若再见他，除非是在梦中。可是，她现在明明是醒着的呀？难道真的能醒时做梦？

　　闻青虹微微动了一下，冰阙吓了一跳，立刻躺下，盖被，闭眼。可是他的声音冷冷响起："既然醒了，干吗还装睡？"

　　被一下子看破了，冰阙红着脸坐起，偷眼觑着闻青虹，他脸上分明写

217

着两个大字：生气！

"你，你怎么在这儿？"静了半晌，他不开口，就只好她先说话了。

"哦，冰阙姑娘以为我应该在哪里？在华庭宫中做驸马？"一句话出口，闻青虹叹息，终于还是没说服自己。守着她一天一夜，也和自己较劲一天一夜。前一个时辰告诫自己男人的心胸要宽广如天地，她实在很可怜，有些事是她不愿，有些事是她不知，自己不生气，不计较，不介意。可后一个时辰又想起她信中那么狠心的决绝，想起黑衣男子对她那么明显的关切怜惜，甚至还有深切的、莫名其妙的了解。自己怎么可以不生气，不计较，不介意。就这样和自己来回拉锯，翻来覆去，终于，还是没能压住情绪。

"驸马当然要做。只是我也不能两手空空地娶公主。我正要回家去，禀告父母亲得知，让他们二老欢喜，再备一份像样的聘礼。路过这个村子，天晚了，留宿这户农家，这家主人恰巧说起他们救了一位晕倒在村里的女子，我过来一看却是你，好歹我们相识一场，我总得留下照顾你，现在你既已无大碍，我这就告辞了。"闻青虹赌着气如此说，自己都觉诧异，现编现讲的故事，居然没什么纰漏。

他说一句，就像刀子在心上剜一下，冰阙努力忍着，紧攥着被角不喊痛。是她犯下的错，她没有权利喊痛。他看到那封信的时候，得知自己背叛了他的时候，一定也是这么痛的，他一定是赌气才应允了和景公主的婚事，要是他以后不幸福，那都是她的罪。

他说着就往门口走，其实只是想去看看那位农妇做好了饭没有，顺便吓唬她一下，等着她说闻青虹我错了，你不要生气。

可是背后响起的，却是压抑着的哭泣声，那么哀痛，那么凄凉。

他几乎以为自己听错了。那个女子也是会哭的吗？他从没见过，也从没想过。被师父逼得走投无路时她不哭，遭遇强敌生死悬于一线她也不哭，现在，她是在为他而哭吗？

他心里一酸，转回身来，见她把脸埋在被子里，浑身颤抖地啜泣着，他舔舔嘴唇，刚才说气她的话，他长篇大论，侃侃而谈，现在劝她时居然词穷，尴尬了一会儿，他说："你别哭了。"

这句劝慰显然起了反作用，刚才还压抑着的哭声一下子崩溃，太多的痛楚和恐慌迅速蔓延，吞噬着理智固守的每个角落，困锁太久的泪水失了控制，决堤势不可挡。

"你别哭了，别哭了好不好。"他站在床前，对悲恸不止的女孩束手无策。对于一向诚实的人来讲，说谎是很尴尬为难的事，但比说谎更尴尬为难的，是刚说过一个谎言后，立刻亲口承认自己说谎。闻青虹此刻便是如此，"那个，我刚才骗你的，我根本就没有要做什么驸马，我，我是特地来找你的……"

话没说完，冰阙忽然放开被子，一把紧抓了他的衣襟，埋首在他身上，哭声有增无减。

泪水浸透了衣服，温热地熨帖着他的皮肤，怨气被泪水一浸，变成了疼惜。他坐下来，把她拥进怀里，不再说那些无用的劝慰，只是抱着她，让她感到安全，让她好好哭。

好久，她哭得累了，依在他怀里断断续续地抽噎着，天色将晚，屋里已经暗了，窗子上映进一抹残阳，昏黄安静。闻青虹抱着他心爱的姑娘，心里也是一片安静。

所谓好景不长。"嘭嘭嘭"的敲门声中，夹着一个女人热情尖细的嗓门："闻公子，闻公子你在屋里吗？粥熬好了，那位姑娘醒了没有呀？"

打开门，租房给他的农妇正等着，手里一只木托盘，放着两碗热气腾腾的白粥。见他开门，农妇满面笑容递过托盘："粥里放了桂花糖，趁热吃味道最好，那位姑娘可醒了？"

"醒了。多谢大嫂费心。"见她往门里探头探脑，闻青虹急忙挡住她的视线，顺手接过托盘。农妇看不见屋里，就转而在他身上打量，胸前衣襟那一大片泪水濡湿的痕迹极是抢眼。闻青虹登时面红耳赤，农妇脸上却是一副过来人的了解和调侃，笑了笑就走了。

闻青虹把托盘放在桌上，顺便点了灯，再看冰阙，她头发蓬乱满面泪痕，眼睛肿成了一条线，鼻头也红红的，很是可怜兮兮的样子。闻青虹忍不住想笑，这样子很难看，但他真的喜欢。她不再假装坚强了，她离他又近了一步，这样很好。

"闻青虹，你真的，真的是特意来找我的？你没骗我吧？"梳洗干净坐在桌边，吃着糖粥，她却不觉得甜，心里还是忐忑。

"没骗你！我本来很生气的，但是想想，要是和你这个傻丫头一般见识，我不是也傻了；再说，任由你这个傻丫头自己到处乱走，万一走丢了，你师父又要来找我麻烦，那我可吃不消。所以才来找你的！"

冰阙继续吃粥，换作以往，她那强烈到尖锐的自尊心是断容不得"傻丫头"这个戏谑的称呼，但此时她安安静静，任由他数落她，任由他说她傻。

闻青虹很满意她的态度，他吃了口粥，开始为她补满这一段的记忆空白："我来到这个村子，挨家挨户打听你是否来过，终于在这一家找到了你。那位大嫂跟我说，你一进村口就晕倒了，她把你扶回家，你一直高烧不退。到今天，你整整昏迷了三天呢，现在总算好了。"

"三天，我昏迷了这么久？"冰阙疑惑，"可我怎么不记得我晕倒在村口？"

"你在发烧嘛，昏昏沉沉的，不记得一些事也正常。"闻青虹不敢多说，连忙转移话题，"好了，早点休息吧，明天我们离开这儿，继续赶路。"

夜深得万籁俱寂，闻青虹伏在桌上睡得很沉，冰阙则在床上翻来覆去。她当然不知这几天记忆空白的真相，不知闻青虹经历了怎样的惊心动魄，甚至差点死在她的剑下。他是真的太累了，而她支着头，借着窗外洒进的月光看他，月色朦胧柔和，笼着他，为他沉睡的侧脸映上一层玉色。冰阙第一次觉得上天其实也待她不薄，她以为此生再无相见的人，竟又在她身边。她痴痴看着他，不舍得眨眼，他真是很好看很好看的，他真是很好很好的。

一朵云悄悄飘过来，遮去了月光，屋里一下子黑得深浓，她叹口气，重又躺回枕上，抱着被子在黑暗里发呆。

并不是不相信闻青虹，但她总觉得不对。他说自己三日高烧昏迷不醒，但她却没有一点大病初愈后的虚弱感，梳洗时照镜子也不见病容，倒是闻青虹脸色极差，更像个病人，一定是这几天照顾她太累了。

她翻了个身，又想到了那个梦。她睡着时做了好多梦，几乎全部都是残缺的碎片，做梦时就很模糊，醒后更无从想起。只有那个梦，清晰得就像现实。梦里她和一个黑衣男子面对，让她惊异的不是他超凡出尘的俊逸清冷，也不是他睥睨众生的威严高贵，而是她竟然觉得这个人很熟悉，好像很久很久以前就认识他；而那个人似乎真的认识她，熟悉她，他微笑，他说好久不见了，你还好吗？他说我把你的剑带给你了，你高兴吗？

二

　　第二天阳光灿烂，是适合赶路的好天气。可闻青虹却并不急着动身，他愣愣站在窗前，不知在想什么。

　　"闻青虹，你不舒服吗？要不，我们明天再走？"她看着他苍白的脸，眼眶下泛青的阴影极是担心，"我已经好了，今晚我们换位置吧，你睡床上，好好休息一晚，明天再走。"

　　他摇摇头："我没事。我们这就出发吧，时间不多了，不要再耽搁了。"

　　冰阙有点糊涂，什么时间不多了？她不记得师父给他们限定过时间呀？闻青虹怎么有点怪怪的？

　　"这个给你。"闻青虹打断她的胡思乱想，递过一柄剑。她一看，几乎狂喜地从他手中抢过，不假思索地大叫："这是我的！"

　　闻青虹眉间一紧，脸色冷了下去。今天一早他就在为是否把这柄剑给她而纠结为难，若不给她，当这柄剑和那个人都不存在，那样的狭隘阴暗岂是他之所为，他下定决心把剑给她，但真不愿看到她这样欢喜。"这柄剑是她的。""她对这柄剑可是爱如性命呢。"黑衣男子这样说，而她的激动狂喜，完美应和了他的说法。他真是了解她啊，而他所了解的，正是自己一点不了解的！

　　这柄剑锈得惨不忍睹，就算丢在街上也不会有人捡，可冰阙竟如获至宝，上上下下把玩摩挲着，爱不释手。这柄剑刚入手时，一种强烈的归属感几乎让她落泪，她下意识地认定她真的拥有过这柄剑，梦中的黑衣男子所说的话竟然成真，那个梦，真的是梦吗？

　　"闻青虹，这柄剑，你，是从哪里得来的？"说话时她才注意到闻青虹的脸色如霜。他冷笑，反问道："你说呢？"

他的冷漠让她心慌，直觉告诉她，让他如此情绪反常的根源，正是这柄剑的来历。难道真的是……她低下头嗫嚅道："我怎么知道，我要是知道也不问你了。"

"这是我前天从一个村民手里买的，他到附近的山上去采药，在一个山洞里发现了这柄剑，带回家后打磨了好久也磨不掉剑锈，就想扔掉，正好让我看到了，我觉得这柄剑和先前我得的那一柄很像，也许就是你师父要我们找的，就把它买下来了。"说完这套事先编好的词，他也不理正抱着剑出神的冰阙，自己先出了门，大步而去。

"闻青虹，闻青虹，你别走那么快嘛，你等等我。"

他叹口气，停下等她，她赶上来，小心翼翼觑他的脸色。"你在生气吗？你在生什么气啊？"

这一问闻青虹无言以对，他忽觉茫然，他在生什么气？他为什么生气？是因为那个黑衣男子吗？那么强大，那么神秘的人，让他却对他心爱的女孩显示出特别的爱惜和了解，他感觉危险，所以愤怒。可是，这愤怒有意义吗？即使那人曾经真的喜欢过冰阙那又怎样？毕竟已是曾经，曾经再美好亦是云烟。而最真实最清晰的现在是属于他的，冰阙现在和他在一起，这就够了，这就好了。他真是傻，不知为现在知足，徒然拿曾经自苦。

见他一直埋头沉默，冰阙无奈，牵着他的袖子软语相告："好了，不管为什么事，总之都算是我的错，你不要再生气了，要不然，你罚我吧。"

闻青虹有点尴尬，就顺着她的话打趣道："哦，你说，该怎么罚你？"

她侧头想了想，支吾道："小时候，练不好剑的话，师父就罚我不许吃饭。"

"好主意！"他一脸促狭的笑，"这真是个好主意。就这样吧。原本我很担心盘缠可能会不够用，但如果这一路上只有我自己吃饭的话，盘缠就绰绰有余。"

"啊？"她愣了一下，笑着大叫，"我师父只罚我一顿不吃饭，你让我一路上都不许吃饭，那样会饿死的你知不知道。闻青虹你真是个小气鬼，像你这么吝啬，将来肯定能发财……"

掌灯时分，一家不起眼的小客栈里，二人踞桌而坐，每人面前一碗肉丝青菜面。

闻青虹看着冰阙把面条卷在筷子上吹凉，吃得津津有味。她吃饭的样子总是很认真，也许是小时候经常被罚，因此对食物格外珍惜。他拿起筷子，把自己碗里的肉丝拣给她。

"我也有的，你自己吃嘛，怎么全都给我了。"冰阙阻拦着，看他碗里只有面条和青菜了，又急忙想把肉丝拣回去。

"不要拣来拣去的了。我不喜欢吃肉，在家时，我也是常陪着母亲吃斋的。"

她拣一条肉丝放进嘴里，心想他居然会不喜欢吃肉，真是怪人。看他笑眯眯的心情不错，她试探着问："闻青虹，你能不能把那只琉璃青鸟还给我？"

他一愣。那只青鸟没有碎掉，还戴在他的颈上，可是鸟身上多了好几条细细的裂纹，要是给她，该怎么解释这些裂纹的来历呢？这几天已经说了太多的谎言，但实话又不能说。

"不行。"他直截了当地拒绝，"青鸟原本就是我的。我父亲说过，这是你父亲当年留下的定礼。作为回礼，我父亲就把血玉给了你。现在血玉应该在你师父手里，等我们见到他，跟他好好说明缘由，也许他会把那块玉给你的。"

冰阙惊得险些咬了舌头："你，你以为我师父是什么人？和他好好说明缘由，他会把玉还我？你在做梦吧！你在梦里再和他好好说说，没准他还能给我准备一份嫁妆，然后再欢欢喜喜送我出嫁……

"你太不了解我师父了。他把小时候的我从一群野狗的口中救下，从那天起收我做了徒弟。他养我，教我，给了我一条命、一柄剑和一个名字，可他从来没有给过我一个笑容，一句温暖疼爱的话，师父的心比石头还硬，比冰还冷。我从来不奢望他能为我着想，为我心软。那天晚上在山神庙里，他没有逼我杀你，也没有亲自动手，还让我和你一起出来找玉，那真是一个奇迹。可不能指望奇迹能经常发生呀！以我对师父的了解，不管那块玉是不是他劫去的，他都会以我们没有找到玉为借口要你的命。"

她抬起垂下的头，脸上已有泪痕："闻青虹，我们不要去那里送死了，天下之大，我们去个师父找不到的地方，安安静静地生活，好不好？"

她望着他，满眼乞求，凄苦哀怜，他心里酸痛，一个"好"字在口中打了几个转，最后生生咽了回去。他拉过她的手，暖着她冰冷的掌心，温柔而坚定："我们不能逃，也逃不掉。虽然我也不知为什么，但我就是觉得我们得一直走到终点，这才是唯一正确的路，也是唯一的生路。烟儿，或许你师父也有苦衷，如果他真想要我的命，那天晚上见到我他就应动手，何必费这么大周章。当初你要杀我是被师父逼迫，那么你师父会不会也是受人胁迫才一定要跟我为难？"

冰阙目瞪口呆，这个假设确实很有道理，却是她做梦也不敢想的："能胁迫我师父的人，那得有多厉害呀！闻青虹，你快点仔细想想，你到底得罪过什么厉害人物？"

闻青虹笑着摇摇头，"我从小就是乖孩子，在家时整天就是读书，都不怎么出门的，能得罪谁？我们就别在这儿瞎猜了，等到了那座山上见了你师父，一切自然都明白了。"

冰阙继续吃碗里剩下的几根面条，面条已经凉了，没有刚才好吃，但她从不浪费食物。小店门口忽然跑过一匹马，蹄声嗒嗒，很快远去。她苦笑："闻青虹，如果那一天你没有骑着那匹疯马奔向七星崖，就不会遇到我，不遇到我，就没有后面这许多事。那样的话，你现在还在王府，或者在家里，过很好很平静很安全的生活，那才是你的生活，而不是像现在这样风餐露宿，处处危机，还不知前途是吉是凶。"

"我觉得怎样都好。在家时和父母吃一桌精致的菜肴很好，在这里和你吃一碗简单的面条也很好。你们都是我的亲人，只要和亲人在一起，什么样的生活都是好的。"他挑了挑灯芯，骤然明亮的灯火映着对面女孩羞红的脸，明艳柔婉。他心里一荡，忙咳了一声掩饰尴尬，"从前我也看过些侠义小说，向往书中那些江湖客的生活，漂泊岁月，仗剑天涯，如今算是得偿所愿。再说，身为男子，总得经些历练，过去我就是一介书生，只会写诗作文，现在也会用剑了，称得上文武双全了吧。"

想想他那东一下，西一下，笨得让人不忍心看，却奇迹般很有效的古怪剑法，冰阙乐不可支，伸出拇指晃了晃。"闻公子你独树一帜，剑走偏锋，自创'闻氏剑法'，真真是了不起的大高手！"

客房里，冰阙展开师父留下的那幅画，在灯下仔细看着。这幅画她极是珍爱，一直贴身收着，那晚被季乌和墨婴追杀，他们两人的行李都丢了，唯有这幅画还在。现在她才知道，这幅画原来是他为她画的，那时他们还是小孩子，他为她画下了她的梦，并且相约长大后去寻找这座梦里的山。现在，也算是寻梦之旅吧，虽然并非自愿前往，而且寻到的也不一定是美梦。可毕竟是与他同行这一路，他说这是唯一正确的路，她就和他一起走，什么也不怕。

出了华庭州，再过明徽国，前面的八百多里地极是荒凉，没有人烟稠密的城镇，只有几个小村庄分布在沿路，也相距极远。

这段路才是真正的风餐露宿，但两人携手而行，倒也不觉得苦。这段路冰阙先前曾走过一回，那是三年前，有次她去墟俞办事，走的就是此路。不过那次她是骑马，往返不过五天时间，至于沿路是什么样的景色，丝毫也没留心。那时的她不知道，穿过墟俞那座小城，再走不到百里路，就是她童年梦境里的山，那时的她也想不到，三年后，她会和心仪的少年一起再走此路，前往那座梦境里的山。

三

这一日临近黄昏，他们来到一条小河边，喝好了清冽甘甜的河水，决定今晚就在这儿过夜。

小河附近有片树林，趁太阳还没落山，他们去树林里收集过夜用的柴火，这里是平原，虽不见得会有什么猛兽在夜间出没，但这时还没进四月，夜风还是很凛冽的。

树林里遍地都是断枝残叶，闻青虹不一会儿就收集了一大堆树枝，正要招呼不远处采浆果的冰阙一起回去，却听她欢呼一声"兔子"，足尖一点，身形就疾射而出。身法曼妙轻灵，优美迅捷。闻青虹苦笑，心想这丫头当年不会是以能捉住兔子为目标，学习轻功的吧？

很快她就胜利归来，手里一只灰色野兔，得意地向他晃了晃。兔子被拎着耳朵，四肢蜷缩着，很是可怜。他接过野兔，抱在怀里摸了摸，兔子本来就是极胆小的动物，现在被人捉住，更是吓得浑身颤抖，他不由动了恻隐，建议道："我们放了它吧。"

"为什么？烤兔子是多好的晚餐，这几天都只吃干粮，你就不想换换口味？"

"我也想换口味，可是估计这只兔子不乐意。"闻青虹拍拍兔头，"天马上就黑了，它肯定是正要回家与妻儿共进晚餐，你却要它留下来给我们当晚餐，你想，人家心里能乐意吗？再说，它给我们当了晚餐之后，家里就只剩下孤儿寡母，苦熬日月，那光景是何等凄凉啊！"

冰阙笑得眼眉弯弯，用力推他："你要放就赶紧放了它，干吗说得这么可怜。知道你是菩萨心肠，吃斋念佛，是天下第一大好人！"

闻青虹俯身把兔子放到地上，小家伙得了自由，一溜烟就跑得不见踪影。冰阙叹了口气，嘟着嘴道："兔子回家吃草去了，我们也回去啃干粮吧。"

闻青虹拍拍手站起来，心满意足地说："好了，别生气，其实我放了兔子也是为了你着想。"

冰阙瞪他一眼，道："胡说，你哪里有为我着想了。"

闻青虹一本正经地说："我是为了你的名誉着想。你难道不知，在哄小孩的故事里，捉住小兔子的，都是大灰狼。"

他抱起柴堆往树林外走，身后一个又气又笑的声音一字字念他的名字："闻——青——虹！你才是大灰狼！"

夜深了。这一晚天气晴朗，虽然月色黯淡，可夜空里缀满了星星，星光莹莹，也是极美丽的景致。

篝火烧得很旺，火光在夜风里跳跃舞动，映红了两个人的脸，也将周围的夜色衬得更深更浓更静。仰头看了会儿星星，闻青虹叹道："应该在明徽国买支笛子的，要是有笛子，现在吹一曲《星梦叹》，倒是满应景的。"

冰阙把头枕在膝上，眼里亮闪闪地映出身边少年的模样，"闻青虹，你会吹箫吗？"

"吹箫？"他一怔，旋即摇头，"小时候，父亲请了一位很出色的乐师来教我乐理音律，我想学抚琴和吹笛，乐师却极力劝说我学习吹箫。他说箫有仙家风骨，昔年萧史在凤凰台上吹箫，引来凤凰，遂成仙，乘凤而去。可见箫音之脱俗出尘。听他所言我也极是向往，但不知为何，只要一见到箫，就忍不住伤心。"

"一见到箫就伤心？你可是听过特别悲伤的箫曲，或者有什么伤心事和箫有关吗？"

他抵着下颌沉思："在那个乐师来家之前，我从未听过箫曲，况且那乐师所擅的曲子也都是明丽婉转，从没有过悲伤之音。说到伤心事，小孩子嘛，最难过的，就是做错了事被父母训斥，但那也只是郁闷一会儿，算不得伤心。可只要一见到箫，莫名就觉得胸中沉重哀痛，几欲落泪。"

"好奇怪啊！"冰阙感叹着拿了根树枝丢进火堆，"大概在三年前，有次我投宿一家客栈，半夜时分，居然有人在客栈院里吹曲子，好多客人都开窗大骂，那人也不理，自顾自吹完一曲才罢。我在房里，竟听得痴了，只觉得那首曲子和那晚的月光好像，冷浸浸，亮莹莹的，渗进我心里去。当时我并不知那人吹的是箫，后来打听了才知道的。再后来认识你，心里一直有个古怪念头，觉得你一定会吹箫，原来你不会呀……"

"唉，那个，我可以学……"

想想傍晚时这家伙破坏了她烤兔晚餐的计划，还取笑她是大灰狼，现在觑着他的尴尬无措，心里真是解气。她拍拍他的肩，调侃道："你也不用学了。既是一见到箫就伤心，那就算勉强学了，吹出的曲子也一定又难听又悲惨，白白破坏我心里的美好印象。我先去睡了，你值夜吧，等我醒了换你。"

宿营处离篝火只有几步，她铺开薄毯，把自己卷进来，睡得舒服暖和；他独守寒夜，又羞又恼，心里恨恨地想：这丫头真会记仇！

冰阙走在一条山路上，山路并不狭窄，山壁上爬满浅紫淡蓝的藤蔓，开出的花儿小巧玲珑，瓣分五色，异香甜美。

"闻青虹，你看这花儿，"她惊喜地叫着，拈了朵花儿细细观赏，身边却是安静的，没人答话。她转头，刚刚还在的人居然不见了，"闻青虹，闻青虹……"她大声呼唤，兜转身四下里望着，不见有人，也没有回答。

她慌了，急急向前跑去，边跑边喊。这条路沿着山势盘绕而上，她一路向着山上跑去，现在她已能确定，这里就是他们此行的终点，师父命他们来的地方，也是她梦里的地方。

"闻青虹，你不要闹了，你在哪里，快点出来啊！"她大喊着，明知他不是那种不知轻重，喜欢弄恶作剧的人，何况他初来乍到，又在这唯一的盘山路上，怎么可能玩捉迷藏。可她还是希望他会突然出现在面前，笑着说我逗你玩呢，你怎么这样胆小。

但没有这样的奇迹发生。意料之中，期望之外。

闻青虹不知所踪，她忽然想到，师父应该在这里，找到了他，也许就能找到闻青虹。师父会和闻青虹在一起的假设实在太过荒唐，但她此时，相信任何万中有一的希望。

又是一程奔跑，一阵呼喊，结果亦然。她一个人也找不到，或者，这里只有她一个人了。

她喘息着停下，山上的风很冷，每次喘息就灌进一口冷风，刺得她胸口生疼。山壁上的藤萝越发密集，开出的花朵也越发冷香袭人，她狠狠抓了一把五色小花，在掌心里揉着，发泄心中满溢的惊恐。

又是一阵山风刮来，凛冽的风中，似乎夹带着袅袅乐音。

她登时屏住呼吸，侧耳细听，不错，的确是乐曲声。阿弥陀佛，不管是谁，只要能找到个人就好。

她循着乐声寻去，风渐渐小了，乐声不再飘忽断续，她已经可以听

228

清，并且能听出，那是一首箫曲。

又沿着路向上绕行两圈，在这里，乐声已经非常清晰了。她不禁停下脚步，任由那箫音声声入耳，声声入心。

"《秋水寒》。"她对自己说这首曲子是《秋水寒》，说过了自己也是一惊，从没听过的曲子，如何得知名字。可她就是知道这首明彻幽淡、清朗高渺的箫曲是《秋水寒》。今日是第一次听到，却又好像，是久别后重温。

这里是画中巍峨高山的侧峰之一，再向上一段就是峰顶了，一片宽阔的平台上一间雅致小亭。亭子里有个人，一袭青衫，持一管玉箫悠悠吹奏，正是那曲《秋水寒》。

冰阙看到了那间亭子，看到了亭中背向她的人。那个人，虽然只是背影，还是让她惊喜万分地喊出来："闻青虹！"

那人转身，正和冲进亭子里的她面对，她一愣，轻声道："闻……青虹？"

那人不语，只静静看着她。那样静，静得震慑住了山顶的风流云转，静得让冰阙不敢开口打破这种静。眼前的这张脸，这个人，这段时间来日日相对，是她刻骨铭心爱着的人，岂会认错！但真的没认错吗？她似乎又没有把握。

纠结着，她看到他手中的箫，刚才是他在吹箫，可闻青虹是不会吹箫的呀。但他若不是闻青虹，他又是谁呢？

他开口，打破他营造的静，他的声音明净温厚，他问："你好吗？"

仿佛有万马奔腾而过，卷起呼啸的风让冰阙混乱恍惚，他问她你好吗？他认识她，惦记她；而她，可认识他，可惦记他？他是谁？这个极熟悉又极陌生的人到底是谁？

心头蓦然亮起一道光，一闪即逝的短暂，却在刹那间映亮了一个锢锁已久的角落。她似乎知道他是谁了，她张口，想叫出他的名字，记忆就在两个字间忽明忽灭，那两个字就是他的名字！可她看不清那两个字，她用尽力气去想，面前那双深切忧伤的眼睛也逼她去想，可她越想，就越想不起。

"你是谁？"最后她这样问，没有回答。

冰阙醒来了，睁眼就见满天星光，璀璨明亮地闪耀着，星星就是天空的眼睛，那么多的眼睛，不知能不能看到人世的伤心。

她坐起来，只觉头痛欲裂，身上冷冷的是汗，脸上冷冷的，却是泪。她在梦里流泪了，是为梦中的人流泪吗？

很冷。她转头看去，火堆将熄，闻青虹蜷缩着没有动静，想来是睡着了。她拭干泪，起身过去添些树枝，篝火重新燃烧起来，暖和得让她安心。

闻青虹身体一动，似是醒了。她心里有点慌，那个梦境还历历在目，梦里的人是谁？身边的人又是谁？

正胡思乱想着，闻青虹站了起来，火光跳跃映亮他的脸，映亮他迷茫痛楚的神情和眼角隐约的泪痕。二人相对，看清了彼此的异样，似有种古怪的默契，谁也没有问一句。

闻青虹的梦里是相同的场景和过程，山路上，冰阙莫名其妙地失踪，奔跑，呼喊，寻找终是徒劳，然后被风中的箫声引向山顶。与冰阙梦境不同的是，他觉得那吹箫的人是自己，古怪的是，在梦里他清晰地记得自己不会吹箫。

他在山顶小亭里见到一个女子，白衣如雪，腰间佩一柄火红色的剑，那样熟悉的容貌，却又仿佛不同，他想叫她冰阙或者烟儿，但心里似有个角落写着她真正的名字，他努力想看清，努力想忆起，努力想叫出她的名字，可无论怎么努力，眼前都似覆着薄雾，看不清，分不明。

黑暗密室中，三炷香齐齐熄灭，三缕青烟纠缠盘绕，在半空组成一个奇异的图案。一双眼睛盯着那图案，直至烟气消散。眼帘慢慢合上，女子声音幽幽地叹息："昔年只说莫相忘，今日梦中不相识！"

第二天一早继续行程，他们晓行夜宿，饥餐渴饮，聊天说笑，似乎一切如旧，那晚的梦和梦醒后彼此的异样仿佛都忘记了，只是，当一人不经意地转身，背后注视的眼睛总是困惑探究。

四月十三，黄昏时分，他们立在山脚下，仰望险峻而又明丽的高山，心里喜忧参半。冰阙拿出那幅画，和面前实景对比，嘟起嘴笑嗔道："闻青虹，你太笨了，画得一点都不像嘛，哼，回去以后要重画。"

"分明是你笨，梦得不像，明天上山我各处好好观赏观赏，回去重画一幅给你。"

他们这样说着，仿佛只是来游山玩水，尽兴后归去是顺理成章的事，至于明天真正要面对的，谁也不提，谁也不想。

"为什么师父不告诉我们这座山的名字？这么漂亮雄伟的山，不应该没有名字吧？"

"昆山封剑地，惊云诉离殇。"忽然想起黑衣人留下的话，闻青虹恍如顿悟："这座山，叫昆山。"

冰阙看他的眼里没有惊讶，也没有问"你怎么知道"，就好像他理所应当知道这座山的名字。她喃喃低语："这座山这么大，该到哪儿去找我师父啊？"

他遥遥指向那条白练似的瀑布，说："那是惊云瀑，明天，我们在那里等他。"

当晚，他们宿在山脚下，半夜时分，那两柄锈蚀严重的剑忽然铮铮而鸣，鸣声轻微，时急时缓，似是欢喜，又似悲伤。

四

"他们来了。"

"嗯，来了。"

洗心亭。亭檐下一盏八角琉璃灯，透出橘色的温暖灯光。亭里两人对坐，中间石几上摆着一盘棋，纵横十九路黑白交错，纠缠往复，劫中有劫，既有共活，又有长生，是一局极其高明的玲珑。

黄衣女子拈一枚白子沉思，玉石棋子在她纤长五指间打转，迟迟不落。半晌，她抬起头，紧盯着对面的老者。"卓方成，现在他们已经来了，你打算怎样？"

这个女子，竟然是曾经在北定王府教习剑法，后来又突然不辞而别的韩容若。而与她对弈的，叫作卓方成的老者，就是冰阙的师父。

卓方成并不答话，只看她手中白子，韩容若哼了一声，将棋子落在盘中。

老者看着那一子的落处摇了摇头，点下一枚黑子："凡事不能一心二用，下棋就是下棋，你棋力本就不及我，还敢分心别处吗？"

盘中格局白棋本就处于下风，刚才一子下错，眼看有一大片白棋已经岌岌可危。她也不在意，又是一颗白棋随手落下，还是向对座之人逼问刚才他避过的问题。

"檀云，"卓方成叫出这个名字，她也没有异议，似乎这才是她真正的名字，"重华之境都无用，你说还能怎样？"

檀云语塞，重华之境是最有效的解咒秘术，却仍然无法破除那二人命格中的"梵禁咒"，想起那个晚上他们梦里的种种，她恨恨地紧握手掌："只差一点，只差一点就成功了，要不然，我今晚再试一次。"

老者叹息，道："的确只差一点，可那一点，就是重华之境的极限了，便是再试十次、百次，结果都是如此。今晚就别折腾他们了，让他们好好歇过这一夜，还有明天等着他们呢。"

二人再也无言，默默走了几步棋。忽闻亭外一声清亮的鸣叫，一只鹅黄色的小小鸟儿，从夜色里飞了进来，它在亭里盘旋一圈，拢了翅膀，落在檀云肩上。可是它的主人此刻心情沉重，只蹙眉看着棋盘，没有半点理会它的意思。小鸟儿从没受到这样冷落，"啾"的一声低鸣，飞落在棋盘中，衔起棋子就往地上丢。

老者眼疾手快，伸两指夹住尚未落地的黑子，重新放回原来的位置，鸟儿更怒了，伸喙向他手上啄去。

檀云无奈，喝了一声："月牙儿！"纤手轻扬，一道碧色光华抛出，鸟儿见了那碧光，立刻放弃进攻，展翅掠去，张口衔住碧光，一折身回到主人肩上，吞下口中的碧色珍珠，心满意足梳理一番羽毛，朱红色的小嘴亲昵地擦了擦檀云的发丝，又飞出了亭子。

老者忽然笑道："这鸟儿，倒越发刁蛮了。"

檀云亦笑："它也不只是刁蛮，只要让它高兴，它还是很听话的，这个不就是它劫回来的。"她的手退入袖中，随即伸出，那块闻青虹和冰阙刚刚发现，就被一只小鸟抢去的血玉就在她的掌心，光华潋滟，满亭生辉。她拈起血玉，仔细观察血玉中缓缓流动的两道光华，浅紫金红，首尾相连，慢慢地回旋流转着。

"剑魂至今还如此安稳，只怕……"她一双秀眉蹙得更紧，咬了咬唇，低声道，"明日之事，真的就再无丝毫转机了吗？"

卓方成继续琢磨棋局，摇头道："你只问我，我去问谁。这件事原本就不在我们的掌控之中，你我只是看客。你何曾见过一出戏的结局，因看客的意思而扭转。"

檀云的脸色骤然一凛，明黄色的衣袖流云般覆上棋盘，一拂而过，棋子哗啦啦散落满地，盘中一子不留。她冷笑起身："檀云心浮气躁，从来没耐心看注定要哭的戏，下注定要输的棋，少陪了！"

老者看着满地黑白狼藉，不急不怒，反而低声笑了："檀云，其实解开一个玲珑最快捷的方法就是这样，一袖拂过，满盘皆活。"

"你这话什么意思？"檀云停了脚步，转身冷冷看他。当日一时心软被他拖下这趟浑水，眼睁睁看着那两人一步步走进死局而无能为力，到了此时，且看他还能说出什么来。

"我只是感慨，你这一袖可以打散棋局里的玲珑劫，可是他们命里的玲珑劫，谁有那么大本事，可以一袖挥过，云开雾散。"

"有这样本事的，只有天了。"檀云满腹的怨气化作无奈，喃喃说了句。

"天？"老者平静的眼神忽然变得桀骜锋利，"给他们布下这个劫的就是天。尘世中人逢灾遇难都要向天祷告，都说'天可怜见'。却不知天心最冷，天意如霜，天从不曾可怜过任何人。"

檀云惊愕，几乎以为自己看错听错。卓方成，昆山七十二剑仙中位列榜首之人，与他高超臻至化境的剑术成反比的，是他为人之低调谦和，明哲保身。估计谁也想不到，卓方成竟也有锋芒毕露之时，竟会出此大逆不道之言。

檀云苦笑，心中暗叹："水影，你这个老实师父今日居然发飙了，他这一怒是为了你，他终是疼你的。"

水影。这个名字已经多久没人提起了，还有一个名字，一个人，坤灵。是的，这两个人，自从离去之后，他们的名字，就成了昆山的禁忌。而昆山从此只有七十位剑仙，那两个空缺，至今还在。

檀云默念这两个名字，五味杂陈。当年，很久很久以前的当年，她和水影是最要好的朋友，她喜欢水影爽朗不羁、固执坚定的性格，也喜欢常伴在她身边的坤灵。

是的，她喜欢坤灵，早在水影上昆山，位列剑仙名册之前她就喜欢坤灵。可是，就连尘世中的女子喜欢上某个男子都羞于出口表白，何况仙家。于是她默默暗恋，并不觉苦。直到坤灵眼里心里有了水影，她才有些失落。可这两人亦不表明，一个从不直言，另一个假作不懂。于是他们三人常在一起，表面云淡风轻，心里纠结难言。不过反正神仙最多的就是时间，十年百年千年，哪一刻表白心迹都不晚，即使永远不挑明，只做同修道友也不错。

现在想来，当时他们三人心里，一定都是这个念头。于是她默默恋着坤灵，坤灵默默恋着水影，而水影默默恋着的，却是尚不知在何处的，属于她的仙剑。

终于水影有了她的仙剑，于是她去尘世历宣阗之劫，他们三人的天长地久也就此打破。

檀云是性情疏懒的人，做任何事都不会太用心，剑术，棋艺，从不求最好，包括对坤灵，也是淡淡的喜欢，这样很好，不会伤到自己。

她以为坤灵对水影亦是如此。他们是剑仙，剑术和清修是第一要务，至于"情"字，浅尝辄止就好，不可像红尘男女那样痴狂缠绵。

可是，那样聪明通透的坤灵，却偏偏没有勘破"情"字。她没想到，他会为了水影泄露天机；她更没想到，他在为了水影而死之后，魂魄还要助水影过宣阗之劫的最后一关，他就这样义无反顾，一错再错，最后在魂飞魄散之前，还把元神留给了水影。

在知道这个真相时，她的震惊和痛楚一点也不比水影少。说来也可笑，她喜欢了这个男人几百年，但真正爱上他，却是在他为了另一个女子死去之后。

这两个人的故事已经过去很久很久了，卓方成来找她，把他正在做的一件事和盘托出，他说你帮我，也是帮他们二人。

她答应了，不假思索。于是她来到尘世，给自己起了个名字，韩容若，应北定王礼聘，进王府当了剑术教习。她在那里见到了坤灵，她从未忘记的清朗面容依旧，只是他现在的名字叫闻青虹。

现在的他是文弱书生，他的手从未握过剑。但卓方成要她助他恢复原来的剑法，哪怕一剑也好。

他问是否要拜她为师学习剑术，她苦笑，在昆山时他的剑术也仅稍逊卓方成半筹而已，她哪有资格做他师父。

她使出"云漩剑法"来逼他出剑，她成功了，他果然想起了一式剑法，那一招"鹤冲天"，刺中了她的手腕。卓方成说普通的青锋剑伤不了她，又不会痛。她是没有受伤，可她很痛。

她在漫天大雪里见到水影，就是冰阙，卓方成的弟子。她来时，冰阙正抱着闻青虹的身体悲恸绝望。卓方成所料不差，他果然替冰阙喝下了"清梦饮"，她在心里大骂卓老头冷血，竟把他们逼到这步田地，但她是来助卓方成的，卓老头说一步，她就做一步，其余的无能为力。

她把回天丹放进闻青虹口中，她以渡气为名吻上了他苍白的唇，那一刻她仿佛回到昆山，面对丰神俊朗的他，心中淡淡欢喜。

后来她烦劳月牙儿出马，把血玉抢了来，卓方成十年来教习有方，冰阙的剑法已具从前五分神韵，若非有她襄助，月牙儿就回不来了。小家伙受了些惊吓，整整三天不理她，当然，月寒珠还是照吃不误。

再后来她引他们的梦进入重华之镜，虽然一线之差终不能冲破他们记忆最深处的"梵禁咒"，但总能让他们对前尘往事有些恍惚的感知，也聊胜于无。

接下来她能做的，就只有等待。等待明早他们上山。这座山，他们曾在此度过沧海桑田的时光，看到玉树琼花，听到惊云水声，那些隐约模糊的记忆会不会在故地猛然彻悟？

一个苍老的声音打破她的臆想："明日正午之前，若还无转机，就由我亲手给他们了断。"

"什么，你……"

"你不是一直追问我该怎样吗？其实老夫已是黔驴技穷，只剩下这一个笨办法了。我来了断他们，好歹能保下他们的魂魄，总比十八颗天雷击顶，魂魄都化作齑粉好些。"

这最后一句，让檀云生生打了个冷战。尽管开始就知道结果可能如此，但听他说起，还是难免惊慌。她深吸一口气压住心悸："可你当日私放坤灵的元神下世，已经担了不小的干系，若再逆天罚之意，使他二人免受雷击之刑，恐怕……"

"怕什么！顶多去了我三千年修为，打发我去纪景天看守天门。那活儿好，轻松省心，正合我意。"

檀云后悔刚才不该那么急躁，对他苦苦逼问。她只顾为那两个经过了太多磨难的旧日同伴叹息心痛，忘记了身处这盘迷局中的每个人都是身不由己的棋子，她和卓方成又何尝容易了，从竭尽全力到无能为力是怎样的滋味，只有自己知道。

天边有一颗孤星刚刚升起，卓方成遥望着，口中喃喃道："当日水影执意自退仙籍，入尘世轮转，生生世世永为凡人，她走时把坤灵的元神留与我，虽不置一词，我却明白她的意思。只是过了这么长时间才总算捡了个机会，送坤灵的元神入世。我原本打算得好，他投胎为闻漠宇之子，而闻漠宇的至交好友正是水影此生的父亲，两人生辰亦是同日，恰是世人所谓的'青梅竹马'，以后必有一段好姻缘。只可惜这一番算计，终是没能瞒天过海。"

檀云默然。那些上仙素日闲得无聊，此事败露后，他们并不急于追究责罚，而是要做一场游戏，用上界的话说，是给他二人一个机会。水影和坤灵的命格中被下了"梵禁咒"，曾属于他二人的仙剑也被抽出剑魂，封于那枚血玉之中，剑身被丢下尘世，不知落于何处。若他们长大后又寻回两柄剑，唤醒剑魂并冲破"梵禁咒"，忆起一切前尘往事，他们即可重归昆山剑仙之列，但若做不到，那便是卓方成刚才所说的结果。

"哼，"她不禁冷笑出声，"这哪里是什么机会？哪里有什么机会！让两个凡人做到连神仙都为难的事，这样的机会，不要也罢。"

老者笑，声音苦涩喑哑："我何尝不这样想。和上界那些家伙好说歹说，总算又求来一个简单的机会。可是我那个徒儿啊，不管轮转了几世，倔强的性子终是不变。若那日他们初遇之时，她一剑杀了他，她即可自保，平安过完这一世的岁月，也免了后面这许多麻烦。可她放着生路不走，偏要奔一条千辛万苦才能走到的死路。"

当年，在那二人都还年幼时，卓方成抹去了他们的记忆，然后带走冰阙，收她为徒教授剑术，十年后，命她去杀闻青虹。只要她一剑刺下，一了百了，万事皆休。可凡事难逃"注定"二字，她全然不记得他，但就是不能下手杀他。卓方成无奈，才来找到檀云，助他陪那二人走另一条路。那条上仙说有机会的路，可是一路走来，他们只看到绝望。

凝固空气的沉默，宫灯里的烛火燃得久了，烛芯"啪"地爆裂，小小的一声却震得檀云眼前一亮，让她生出绝处逢生的狂喜。"卓方成，你千算万算，怎么没算到那个人！在丝忆谷，你我都看到了，是那个人救了他们，他把那柄剑给了水影，还为他们点明了一些玄机，那个人，是放不下水影的！"

她口口声声只说那个人，只因不敢说出他的名字，那名字，在九天十地都是禁忌。

卓方成怔住，眼中亦闪过惊喜，但也只是一闪，即刻湮灭，只余一声叹息："那个人的确神通广大，也从来不把天意天机放在心上，但你莫要以为他就没有为难之时。出现在丝忆谷中的，只是那人分出的一缕神识，

237

而他本人，还在乱云渡的冰封雪盖之下沉睡，你知道的，当然是水影亲手用冰魄禁锢了他。而明日，水影和坤灵所要面对的，可不是那人分出些神识就能解决的，他若要帮他们，非得本尊亲至不可。"

檀云倒吸了一口冷气："可是那冰魄……"

卓方成点头："不错，那样的话，他就必须先挣脱冰魄的封印，即使是他，要与这样的上古至宝相抗，受伤也必然不轻。而要破除水影他们命格中的'梵禁咒'，于他虽不是难事，但也需付出些代价，再加上强抗天意所引发的后果。所有这些累积叠加，可以想见，那人若要襄助他们过明日之劫，所要付出的代价将是极其惨重的。更何况，"卓方成眯起眼睛，眼里一丝讥诮，一丝悲凉，"他如此辛苦襄助的，是'他们'。用世俗的眼光看，他若这样做，是很吃亏的。"

檀云狠狠瞪他一眼，觉得这老儿真是枉为仙家，居然说出"吃亏"这样市侩的话，可是只有凡夫俗子才怕吃亏吗？她沉吟着，然后自嘲地笑，其实神仙更怕吃亏，因为仙道太过艰难。修仙起始便要断六欲，绝七情，说穿了不过就是杜绝吃亏的可能性。

像坤灵这样不怕吃亏的神仙能有几人！况且，他与水影彼此有情，他为水影所做的，倘若置换，相信水影亦能为他如此。而那个人与水影只有刹那之缘，他们相遇，然后错过，那样单薄脆弱的幻梦，轻轻一点就破，应该不值得付出沉重代价来守护。再说，那样一个孤寒清高、睥睨天地的人，怎会愿意牺牲自己，来成全一段与自己无关的幸福呢？卓方成说得对，那样做是很吃亏。

檀云重重叹一口气，俯身捡起一颗颗黑白棋子，起身在石凳上坐下："卓方成，现下已过三更，再来手谈两局，天就亮了。"

老者归坐，抬手在"天元"点下一枚白子："不管怎样天总会亮，天会亮，就有希望。"

终章 · 前尘尽 归路长

一

　　天亮了，鸟儿们啁啾地唱成一片，正是人间四月天，春光恰好，春风和暖，满眼的景色，没有一处不好看。

　　可闻青虹和冰阙没心思理会风景好不好看，他们只顾看着自己的剑。就是那两柄已经锈到了家的剑，自从得到这两柄剑，一路走来，它们都没什么异样，除了有时因为那太严重的锈蚀而招来路人异样的目光，其他一切正常。

　　可自到了昆山脚下，它们竟出现了相同的异样情况，就是发出嗡嗡嗡的声响。闻青虹记得书上所写，宝剑即会如此，有时因为应和主人心情，有时则是感到了危险或者杀机，宝剑就会在鞘中铮鸣。可那说的是宝剑，而现在这两柄出不了鞘的废剑居然也发出铮鸣之音，而且长久不歇，从昨晚半夜时分，嗡嗡嗡的声音就没有停过，就像剑鞘里藏着好几只蜜蜂，他们几次试着拔剑，还是纹丝不动。

　　冰阙皱眉看向闻青虹，他的眼里也是满满的疑惑，这两柄来历古怪的剑突然有了古怪的变化，预示着什么呢？

　　“算了，管它怎样呢。我们遇到的怪事也不少了，再多一件又何妨。”闻青虹看看天色已然大亮，一把抓起嗡嗡作响的锈剑，另一只手伸向冰阙，“我们快点上山吧。”

"哦。"冰阙也捡起自己的剑，牵上他的手时脸有些热，心里却是安稳的。

山路和那个梦境走过的一样，如巨蟒般盘绕蜿蜒，山壁上爬满藤萝，浅蓝、淡紫、朱红、雪白，粉绿，开在五色藤萝上的精致小花，花瓣亦分五色，清香袭人。这样奇异的花儿，二人看着，没有惊异赞赏，心里反而生出不安。更紧地牵住彼此的手，免得身边的人会真如那梦中一般，莫名失踪。

"啊，是那个小贼！"走着走着，冰阙忽然大叫。

正埋头想心事的闻青虹吓了一跳，忙转头东张西望："哪里有贼？"

"在天上呢。就是那天抢走血玉的鸟儿。"冰阙指着高天之上的一个小黑点，恨恨道，"它刚才正从我面前飞过去，不会看错，就是那个小贼。"

闻青虹看了她一眼，没说话，冰阙也住了口。抢走玉的鸟儿在这座山上，那指挥鸟儿来抢玉的人也不会远了。

"闻青虹，等会儿见到我师父，无管他说什么，你千万不要顶撞他。"沉默一会儿，她这样说。

"嗯，我不出声就是了。"

"这两柄剑就给我师父吧。你别舍不得，只要能哄得我师父高兴，再不跟你为难，那才是最重要的。"

闻青虹握着锈剑的手紧了紧，剑仍在鞘中低鸣，震得掌心微微发麻。对这柄剑的珍视他说不出原因，只是执着地不想失去。

"我说话你有没有听到，你千万不要固执。反正，我肯定会把我这柄剑给师父的。"这样说着心里就是一酸，她真的舍得吗？可是，和身边人的性命相比，又有什么是舍不得的？

"好了，你既舍得，我也舍得，给他就是了。可是，你师父若不承认血玉在他手里，非向我们要该怎么办？"

"这个，我还没想好。"她语声黯然，深深埋着头，如果他们会神话故事里的地行术该有多好，钻进一条石缝，一下子就能逃到千万里外，师父找不到的地方。

后悔不该提起她最不敢想的事,他叹口气:"没关系,我们见机行事吧。"

登上山顶,他们看到了洗心亭,心里都是一紧。互望一眼,他们慢慢踏进亭子。还好,里面没有人。亭子里有两只石凳,一张石几,几上摆着一盘残局。是谁和谁,曾在这里对弈?

从这座侧峰的后面绕过去,有一条小路直通惊云瀑,闻青虹牵着冰阙径直走去,轻车熟路地就像进了自家的花园。

"这里好美啊!"尽管心情沉重,在第一眼看到惊云瀑时,冰阙还是赞了一声。银龙般的瀑布飞流直下,气势如虹,但弥漫四周的蒙蒙水雾和随处盛开的纯白小花,又在这磅礴中抹了一抹柔和,相映成趣。

闻青虹也被这美景映亮了眼睛,胸中的各种烦闷郁结也消散大半。两人似乎都忘记了为何来此,或者是故意不想,只在这里前前后后地玩赏起来,这里水声太大,他们都没听到手中锈剑的铮鸣忽然加剧。

血玉中原本平静安稳的两道光芒忽然加速转动,金红浅紫的颜色闪闪发亮,似是有些兴奋。檀云看着掌中宝玉,眉间蹙了又展,展了又蹙,喜忧不定。此时她正在和惊云瀑相对的一座山峰上,她从血玉上移开目光,望向对面,口中低低呢喃道:"这出戏的结局,不知是悲是喜!"

"你们是来这里游山玩水的吗?"一个熟悉的苍老声音冷冷响起,声音不大,在隆隆的瀑布声中却非常清晰。

冰阙身体一震,松了闻青虹的手转身下拜,垂首喊了声:"师父!"

卓方成站在一块白色巨岩上,高高在上地俯视他们,冷漠倨傲。山风吹来,拂起他的袍角衣袖,倒真有些道骨仙风的味道。

闻青虹也欠身施了礼,他有点纳闷,这老者怎么会突然出现?他可以确定,他们刚来时他不在这里,他们在这里前后转了一遍,也没见有人从那小路上走来,这老者,竟似是凭空冒出,即便他轻功高明,也不至于如此无声无息吧。

老者沉默,眼睛眨也不眨地盯着冰阙。闻青虹看到冰阙攥着衣角的手越来越紧,手背上浮起淡青色的血脉,知道她紧张已极。好在卓方成终于慢悠悠地说了声："起来吧。血玉呢？想必你们已经找到了，拿来！"

冰阙起了一半的身子又俯了下去，"师父，血玉我们找到了，可是，又丢了……"她咬了咬牙，壮着胆子把事情的经过说了一遍。

老者听完，不出所料地冷笑，"冰阙，这飞鸟劫玉的故事，若是为师讲给你听，你可信吗？"

冰阙又把头低了一些，师父不承认血玉已在他手，她和闻青虹早就想到，问题是下面该怎么办。

"你起来吧，不要装出这种诚惶诚恐的样子，其实你哪里还把为师放在眼里。"

冰阙也不介意他话语里的讥讽，就势起了身，低声道："师父，你要的那两柄剑我们已经找到了。"

"哦，找到了？"

冰阙应了一声，急急扯闻青虹的袖子，拿过他手里紧握的剑。和自己的那柄，一起双手奉上。

老者仍是高高在上，只淡淡向她手上瞟了一眼，道："找到就找到了，但我可没应允过你，可以用剑抵玉。玉没有找到该怎么办，还用为师再提醒吗？"

一直躬身低头的女子慢慢挺直了身体，她语气平静，不卑不亢："师父的话冰阙从不敢忘，但冰阙的心意也未改变过。师父，请您故念师徒情分，慈悲一次吧。"

卓方成站得高，其实只为不让他们察觉他的悲伤和无奈。傻徒弟，居然向师父要慈悲，你可知这些年来，师父无时无刻不对你慈悲，却是你自己，不肯给自己慈悲。"冰阙，若是为师偏要固执己见，你当怎样？"

"那就请师父受累，亲自动手，先杀我，再杀他，也就是了。"

卓方成闭了闭眼。真的只能如此了，水影，你既要师父慈悲，师父就给你这最后的慈悲。

二

"且慢！"

一直不发一言的闻青虹突然开口，喝破了压抑凝滞的僵局。卓方成看向他："怎么？你想起了当日允诺，不用老夫动手，要自刎于此吗？"

闻青虹冷笑，"当日是当日，现在是现在。当日我以为你所言是真，我家的血玉真是你的，觉得亏欠了你才有那样的允诺。可这一路走来，发现此事疑点甚多，老先生当日所言大不可信，我好好的一个人，若是糊里糊涂、不明不白地自刎，岂不可笑。"

卓方成暗叹，他曾是自己最为欣赏的后辈，行事从来果决明白，也从不后悔所做之事。包括死，他亦是从容清醒。当时他清楚自己为何而死，但今日，要如何与他说得明白？卓方成涩声道："那你要如何？"

闻青虹不答，抬头看看天色，转向冰阙："马上就到正午了，咱们且拔剑比试一番，拖到正午再说。"

"到正午又怎样，闻青虹，我们逃不掉的，早一刻晚一刻有什么分别！"

闻青虹眼里也有迷茫："我也说不清，但我总觉得到了正午会有些事情发生。我们试试吧，若到了正午也没什么转机，你，就杀了我吧。"

冰阙一怔，然后她笑了，笑得很美很美，她抬手轻抚他的脸，靠近他，在他唇上轻轻一吻。这些亲昵的举动她做得自然至极，不羞怯，也不顾忌师父。这是第一次，亦是最后一次与她深爱的男子温柔亲昵。她在他耳边轻声呢喃："我亲手杀你，你心里是不会痛的，对不对？"

闻青虹拥她入怀，轻轻点头："我愿意的，就不会痛。"

卓方成站在巨岩上，看着下面两个人招式来往，攻防有度，金铁相交夹在瀑布水声之中，分外清脆。

这是一场不具丝毫危险性的漂亮的比试。是的，真是漂亮。他们的剑法在每招每式间神速地进步着。尤其是闻青虹，再没有左支右挡的笨拙，一点剑芒在他手中化为千万，纵横经纬，织成一张完美的剑网，"琅琊剑法"竟似已恢复了八成。但他那傻徒弟亦可从容应对。也难怪，当年他们在这惊云瀑对试何止千百回，这套"琅琊剑法"她也许早就尽数学去了。

卓方成叹息：可是就算他们剑法尽复又有什么用？那些最重要的事，

244

他们终是想不起来！

　　被放置一旁的两柄锈剑铮鸣声越急，可剑身上仍是锈迹斑斑，死气沉沉。

　　血玉中两道光芒转动更快，但距彻底苏醒还早。檀云急得额头上冷汗涔涔，她站得高看得远，已经望到天际远处，一大片藏青色的云层正缓缓飘来，她知道，那是上界执掌雷刑的十八员雷神。

　　现在离正午只有半炷香的光景了，时间一到……她不敢再想，转头看向惊云瀑。她看不到，但她知道他们在做什么。抵抗、挣扎，期盼会有奇迹的降临，却不知即将降临的，不是奇迹，而是死亡。

　　青色云层又近了些，隐隐可见云中有雷电光芒闪动。

　　檀云的心紧缩，怒意隐隐。那二人懵懂，卓方成也无知吗？他在等什么，还是舍不得三千年的修为？她冷笑，若是他怕了，那就换她来。她抚着腰间剑柄，腕上用力，"呛啷"一声，丹霞剑出鞘，水蓝色剑身光华流转，几近透明。手指轻抚剑锋，她喃喃道："坤灵，从前论剑我从没胜过你，今天，让我赢一次吧！"

　　与此同时，卓方成的手已经缩入袖中，千年前他就不再用剑了。剑在心中，意到剑到，下一个刹那他就能让那二人毫无痛苦地死去，只要他能忍下胸中的一颗心。

　　前方的天突然亮了，湛蓝天幕上，有异彩光华闪动。卓方成压下一触即发的意念，心里陡起惊澜，如果他没有猜错的话，那是……

　　一声清越直上九天的鸣唱震撼了整座昆山，已完全覆盖山巅的青云也为之一颤。檀云掌心的血玉忽地红光大盛，玉中两道剑魂飞速地旋转起来，转动越来越快，几乎不能辨其首尾。随着鸣声，一只光艳灼灼的巨鸟从云端俯冲而下，袭向惊云瀑前的两人。

　　这突袭雷霆万钧，二人还不及反应，就被巨鸟鼓翅时掀起的风扑倒，只能就势连续翻滚，巨鸟的翅尖几乎擦着他们的身体而过，扫中一方山壁，花岗岩的坚硬山壁登时碎裂，如一块遭遇重击的薄冰，化作碎石齑粉。

闻青虹俯在地上，身下护着冰阙。头顶落石如雨，前方的地面被巨鸟尾羽划过，裂开一条尺余宽的深沟。

碎石虽多，好在都不大，打在身上只是疼痛却并未受伤。可还不等他们喘过一口气，头顶又覆下巨大的黑影，双翅席卷，惊云瀑上方顿时乱流四起，狂风大作，一棵在瀑布边上生长万余年的松树折为两段。

卓方成已经不在这里了，他和檀云并立在另一座侧峰上，遥望惊云。檀云掌中血玉滴溜溜地急转，玉中剑魂离苏醒只差一线。

席天卷地的狂流中，闻青虹挣扎着撑起身体。他看到了，那是一只孔雀，一只不可能存在于世的孔雀。金瞳金喙，羽分七彩，巨大双翼展开几可覆盖整座昆山，周身笼于炫目的光芒之中。尽管这一方所在已被它搅得天昏地暗，却没有半点尘埃能沾染于它。

孔雀再次向他们扑下，避无可避的绝望之中，闻青虹一剑刺出。华庭宫中带出的剑，虽非神品，也是精钢金铁打造，却还未近孔雀之身，就在他手中寸寸断裂。

孔雀金瞳中有异光闪过，它左翅横扫，瀑布附近的地面瞬间翻卷爆裂，刚刚挣扎起身的冰阙立足不稳，被疾风一卷，就像断线风筝般落下瀑布。闻青虹纵身扑了过去，虽然险险地握住冰阙手腕，心里却知必然无幸，现在那只孔雀只要再动一根羽毛，就能把他二人一起掀下瀑布。

可是孔雀并未追击，它在半空停了一瞬，突然猛地抬头，金瞳里射出妖异红光，艳如滴血。它一个盘旋，巨大的身躯灵如飞燕，疾似流星，径直冲向高天之上的青色云层，长长的炫彩尾羽在空气中划出点点火星。

那一大片青云开始扭曲、分裂，云里传出的惊呼声隐约可闻。不等云层散开，孔雀已冲至，喙上射出的点点金芒如利箭般破云而入。青云立刻就泛上红色，由淡到浅，由浅而深，顷刻之间，那片云层就完全成了血云，像是在夕阳里浸泡透了才捞出似的。孔雀双翅一振，强大风力卷过，血云随风而散，天际重现蔚蓝。

檀云惊得舌头打结："他……他……他疯了吗？一下子杀了上界十八员雷神……"

246

卓方成笑道:"难道你不觉得那些家伙耀武扬威,气势汹汹悬在头顶上,很碍眼,很讨厌吗?"

"当然讨厌!可是上界那些家伙再傲慢蛮横,我们又敢怎样!"檀云打了个冷战,眼里却是激动和赞赏,"我以前只听闻传说,那人不惧天地,神通无边,今日才知传说非虚。"

卓方成看着扫尽青云后干净的天空,叹息道:"没有人可以在他头顶之上,何况,那些执掌雷刑的家伙冲着水影而来,这不是找死吗。只是没想到,他在挣脱了冰魄桎梏后,还能有如此威势!"

这时,闻青虹刚把冰阙拉上来,两人甫脱险地,喘息不已。

身在高天的孔雀忽然引吭长鸣,山谷震荡。惊云瀑的水流一窒,白练般的瀑布猛然倒卷而上,直冲半空。檀云只觉掌心一烫,血玉"啪"地碎为齑粉,两道剑魂苏醒脱缚,带着擦破空气的尖啸腾上天际,盘旋一周,向惊云瀑激射而去。

孔雀一声鸣过,也向惊云瀑飞去,只是似乎有意慢了半拍,直至剑魂各自没入两柄锈剑之中,它才俯冲而下。

还在喘息的二人眼睁睁看着两道炫目光华从天际冲下,浅紫金红盘绕射向那两柄躺在矿石泥土中的锈剑,一闪便没入剑身。

两柄锈剑陡然飞起,悬浮在半空剧烈震颤,层层锈蚀渐渐消失,露出光洁如新的剑鞘。"呛啷"一声,两柄剑同时出鞘,一柄浅紫,一柄金红,光华璀璨,灵气满溢。二人愣怔一瞬,随即同时大喊:

"紫萝!"

"流火!"

长剑应声而动,紫萝剑径直飞向闻青虹,流火则落入冰阙掌中,他们不及端详一眼,孔雀已挟着猎猎狂风袭来,依然是雷霆万钧的威势,只是环护它周身的明艳光环已然敛起……

两柄长剑一起刺出,毫无阻碍地深深刺入孔雀身体,那一瞬,冰阙和它眼神相触,她从那双金瞳里看到了骄傲、悲哀和淡淡温柔。

孔雀振翅向后飞掠,身体脱离剑锋,血液立刻喷薄而出。血是黑色的，飞溅在空中，阳光穿过，映成墨染的虹。

有几滴孔雀血落在了闻青虹和冰阙的身上，小小的几滴血，沾身却如重击。他们脑中突然一片空茫，随即仿佛堤坝开闸，记忆如咆哮的洪水，争先恐后涌入脑海，沧海桑田的时光一刹那流转。

孔雀又是一声长鸣，鸣声威严欢喜，又有掩不住的虚弱，它盘旋转身，展翅向西方飞去，与来时的迅急威势相比，它离去时的身形明显迟缓，甚至有些艰难。

"明王，孔雀明王！"水影放声大喊，可孔雀没有回头，又一振翅就已消失在天际。水影遥望着那方碧空，泪水不由分说地涌入眼眶。她记起来了，梦中对她微笑的黑衣男子，刚才甘愿受她一剑的孔雀，是孔雀明王。为了她在乱云渡的雪原下沉睡万年的孔雀明王。他的温柔藏在强悍和冷酷的外表下，他的温柔只让她看到。

三

"水影！"

一只手抚上她的肩，转过她的身体和他面对，这种温柔和坚持是她熟悉的；这张清朗俊逸的脸是她熟悉的；这个安详微笑着为她拭泪的人是她熟悉的；她张口念出的名字也是她熟悉的："坤灵！"

"梵禁咒"解开了，锢锁已久的记忆重又鲜明。这里是昆山，他们曾是镇守昆山的剑仙，曾经一起度过简单而漫长的岁月，后来发生了很多不简单的事，先是生离，最后死别，也是直到最后，她才明白他的深情。他为她身死，她为他入世，她想在尘世中再和他相遇，果然，她又遇见了他，只是，今日才知他是他。

他们执手相望，久久无言。经历过太长离别再相聚时，唯有默然相望，才是最通透、最贴心的语言，就这样相望，从彼此眼中看到天荒地老。

"啾"的一声鸣叫，一只小黄鸟很没眼色地插了进来，自顾自栖上水影的肩，在她鬓边轻啄，毛茸茸的小翅膀拍着她的脸。

"呀，小贼！"水影脱口而出，鸟儿狡狭而又不满地瞟她一眼，展翅飞离她的肩头。如梦方醒的二人恍然意识到，这里应该不止多了一只鸟。

转头看去，远处果然站着两人，背向他们，似是正在看风景。

水影一眼就认出了那个着灰袍的沧桑背影，无论从前还是现在，她都得唤他："师父！"

卓方成回身，他旁边淡黄衣衫的女子也转了过来，她微笑着，那只小鸟在她掌中跳来跳去。

二人看着那个女子，她是檀云，曾经一起同修的道友，亦是好友。只是，在尘世时，他们也都见过她的。水影想起那个风雪天里与她相遇的场景，她吻上他的唇，她对自己说谢谢你的成全。想起这些，水影微有些羞恼，但随即释然。檀云对坤灵的心思，从前在昆山时她就隐约知道。不想这么长时间过去，檀云也不曾释怀。那样一点隐讳细密的温柔心意，又有什么好计较的，成全就成全了吧。

卓方成看着他们，这位老者此时不再冷硬如铁石，而是慈祥宽厚的长辈，眼里满是欣慰和赞赏，他说："你们跟我来。"

碧烟阁是水影的旧居，曾经她就是在此度过沧海桑田的山中岁月，如今重至，阁中竟然全无变化，一切皆是她离去时的样子，桌上连半点灰尘也无。她有点恍惚，好像自己离开这里的时间，只有几个时辰。

卓方成讲起这场劫梦的前因后果，一五一十，一点一滴都让他们明白。二人一言不插，只默默听着，桌上的琉璃沙漏里，时间细细流过。

讲完这一切，卓方成捋了捋长须，道："既然上界所设的劫难你们都已过了，那就可以重回昆山，重入剑仙之列。名册中你们二人的位置，我还留着。现在就重新填回，可好？"

二人对望一眼，水影轻笑道："你决定好了，你说怎样就怎样。"

"我说，"坤灵望着琉璃沙漏沉吟，"卓真人一番用心良苦，我们感激不尽，不过，昆山剑仙已是前尘旧事，过去的事回不去了，也不想再回去，我们现在只想回家去。"

卓方成脸上惊愕一闪而逝，随即平静了然，道："所有劫难皆过，你们回尘世生活，上界也是不会再追究的。老夫亦知你二人经过太多艰辛痛楚，因此不想再回这伤心之地。可还是要劝你们再仔细想想，不要意气用事。世间人都感慨人生苦短，烦恼良多；又常道'人生不如意事常八九'可见做人之艰难。与其那样烦恼，倒不如山中岁月安静久长。"

坤灵唇边泛起一丝笑容，有点冷，有点痛。"真人说得不错，世间俗人，烦恼良多。可神仙就不烦恼吗？神仙的生命比世人长很多很多，其实烦恼也比世人多很多很多，只不过神仙都好面子，不说罢了，我曾经也是神仙，难道还不清楚？"他转向水影，"曾经那些世人羡慕的神仙日子，你可曾每天都真心快乐吗？"

"每天都真心快乐哪里可能？做神仙那么多禁忌，这也不许，那也不准。我日思夜想盼得一柄仙剑，终于得到了，却被罚去下世历劫；九死一生历过劫难，一梦醒来发现什么都没有了。"水影黯然低头，"不要说我们这昆山剑仙，就是孔雀明王，他那么大的神通，那么高的地位，却何曾有过自在和快乐。他说过的，永生不死只是一个漫长虚空的乏味幻景，如果可以，他只想做一个凡人，生命短暂却有滋味……孔雀明王，其实是个可怜人呢。"

"世人以为神仙没有烦恼，那是因为神仙都高高在上，他们看不到神仙烦恼罢了。所以，我们不做神仙，我们不要那么漫长的煎熬，我们去过短暂却有滋味的生活。"坤灵说着牵起水影的手，向卓方成施了一礼，信步而出。

身后有叹息声，一半欣慰，一半悲凉。

四

此时已是子夜时分，这夜正是十五，满月如银盘，渐渐移向中天。两人慢慢走着，循路下山。又一次经过洗心亭，亭子里残局仍在，棋盘旁，多了一支玉箫。

一声箫音响起，清清朗朗，越发衬得满山空寂。这一曲箫，幽咽清寒，孤高哀凉，吹冷了溶溶月色，吹得满地霜华堆积。

水影只觉心中空空凉凉的，似有一缕凄寒的月光揉进心里，又觉得这曲子似在哪里听过，仔细一想，此生听到的第一支箫，三年前那个人夜半吹奏的箫曲，就是这一首。

"你，你为何会吹这首曲子？"她惊异不解。

"让你做番比较呀？我所吹的这首曲子，比起那晚你听过的，如何？"

"那还用比，自然是你吹得好。那人吹这曲子，我听着觉得心里有点凉；刚才听你吹的时候，觉得心里都凉透了。"

他举箫在她头上轻敲一记："傻丫头，凉就对了。这支曲子叫《月如霜》，就是夜凉如水，月冷如霜的意境。"

"我又没说不好，就是太冷了，你再吹个暖和的曲子来听听。"

他笑，拉她出了这旧识之地。"吹箫要应景，《月如霜》正应今晚的月色，想听暖和的，明天太阳出来，我吹《晴光舞》给你听。"

她微怔，《晴光舞》就是那首能引凤起舞的箫曲。她多次听过，也曾见彩凤在虹桥上伴着箫音起舞，当时那曲《晴光舞》，虽是如春晴好，暖意融融，但细听总能品出一丝哀凉。只因吹箫之人，总不曾真正打开心结。她回头看他，身旁的少年笑容清朗，眼里是澄澈明净的欢喜。而从前的他，眼里总有抹不去的忧色，就像《晴光舞》中隐含的哀凉。

她慢慢握紧他的手，轻声低语："以后我还是叫你闻青虹好不好？既然过去的不再重来。我喜欢叫你闻青虹，我希望你是闻青虹。"

他笑意更深，眼底有闪亮的光，摘下琉璃青鸟，细心地为她戴上。"我是闻青虹。你也不要忘记，你是慕容烟！"

他们走下昆山的时候，月已西沉，天边渐渐透出霞光，今天，又会是个好天气。

正是人间四月天，春光和暖，好看花开。